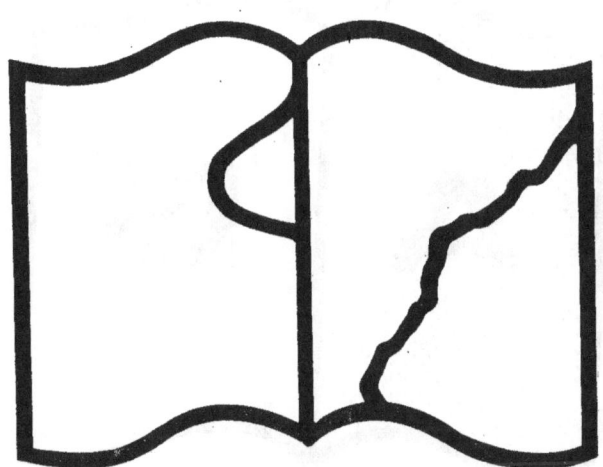

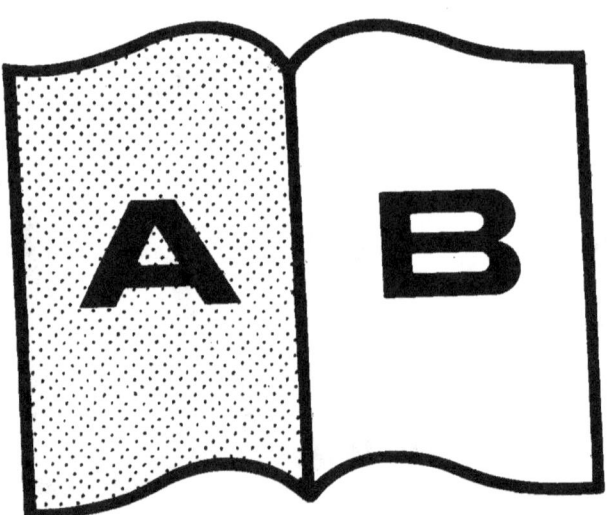

Contraste insuffisant

NF Z 43-120-14

Reliure serrée

LES CHASSEURS

DE

PLANTES

PAR

LE CAPITAINE MAYNE-REID

Traduit de l'anglais par E. DÉLAUNEY

AVEC GRAVURES DANS LE TEXTE

ROUEN

MÉGARD ET Cie, LIBRAIRES-ÉDITEURS

BIBLIOTHÈQUE MORALE

DE

LA JEUNESSE

1re SÉRIE GR. IN-8º JÉSUS

Seuls, toujours seuls !

LES CHASSEURS

DE

PLANTES

PAR

LE CAPITAINE MAYNE-REID

Traduit de l'anglais par E. DELAUNEY

AVEC GRAVURES DANS LE TEXTE

ROUEN

MÉGARD ET Cⁱᵉ, LIBRAIRES-ÉDITEURS

1884

CHASSEURS DE PLANTES.

I.

UN CHASSEUR DE PLANTES.

Un chasseur de plantes ! Qu'est-ce que cela peut bien être ?...

Nous avons entendu parler de chasseurs de renards, de daims, d'ours, de buffles, de chamois ou de lions, voire même de chasseurs d'hommes ; mais de celui-là, jamais !

Ah ! j'y suis. Les truffes sont des plantes — si l'on veut — pour la découverte desquelles on met à profit le flair de certains chiens ; ceux ainsi employés peuvent prétendre à la dénomination de chasseurs de truffes. C'est sans doute ce qu'entend le capitaine.

Non, ami lecteur, vous n'y êtes pas. Mon chasseur de plantes n'a rien du tout de commun avec les pourvoyeurs de truffes, à quelque espèce qu'ils appartiennent. Son occupation, fort diffé-

rente, est plus noble qu'elle ne le serait, s'il s'agissait pour lui
de se borner à flatter le palais capricieux d'un gourmet. Toutes
les nations civilisées ont contracté envers lui une dette de reconnaissance, et vous êtes personnellement à même d'apprécier la
nature de ses bienfaits. C'est à lui que nous devons la variété des
teintes qui rendent le feuillage de nos jardins si opulent et si
séduisant. Le splendide dahlia, la pivoine éclatante qui égaient
nos plates-bandes, le délicieux camélia qui ne s'épanouit que
dans nos serres, les kalmias, les azalées, les rhododendrons, les
jasmins aux blanches étoiles, les géraniums, et un millier d'autres
fleurs plus charmantes les unes que les autres, sont autant de
dons de sa main généreuse. Grâce à lui, la froide et brumeuse
Angleterre elle-même, malgré son ciel inclément, a réuni dans
ses parterres plus de variétés, de formes, de couleurs et de
parfums que n'en a jamais renfermé la célèbre vallée de Cachemire, si renommée pour sa flore. La plupart des beaux arbres
qui font l'ornement de nos parcs, des arbustes et des charmilles
dont s'enorgueillissent nos villas et qui prêtent leur élégante
parure aux murs mêmes de nos plus humbles demeures, ne sont
là que grâce à son incessante industrie. Sans lui, que de fruits,
de légumes, de racines savoureuses et de baies parfumées,
n'eussent jamais paru sur nos tables et enrichi nos desserts !
Donc un bon mouvement, ami lecteur, et dites avec moi de
confiance : Vive le chasseur de plantes !

Et maintenant laissez-moi vous expliquer sérieusement ce qui
se trouve sous cette dénomination. C'est un homme qui se dévoue
exclusivement à rechercher et à collectionner les fleurs ou plantes
rares des régions inexplorées ou peu connues ; qui fait de ce
travail ardu sa profession et lui consacre tout son temps, toute
son intelligence, toute son énergie. Ce n'est pas seulement un

botaniste, bien qu'il doive en posséder toutes les connaissances pratiques, ce serait plutôt un botaniste collecteur.

Bien que cet homme n'occupe dans le monde scientifique qu'un rang fort modeste, bien que le savant de cabinet affecte à son égard une dédaigneuse supériorité, moi, je n'hésite pas à affirmer ici que le plus humble de ces collecteurs de plantes a rendu plus de services à la race humaine que le grand Linné lui-même. C'est lui qui est le vrai botaniste, car il ne se contente pas de nous communiquer de belles théories sur la végétation de notre globe, mais il se déplace et s'expose pour nous en soumettre les échantillons les plus rares, pour nous en faire admirer les productions les plus ravissantes, pour mettre à notre portée le suave parfum de fleurs qui, sans lui, seraient encore innommées, et distilleraient en vain leurs senteurs sur les brises de régions inconnues.

Ne croyez pas toutefois que je veuille en rien diminuer les mérites du savant botaniste qui se renferme dans les théories scientifiques. Loin de moi semblable intention ! Je désire seulement mettre en relief une classe d'hommes dont, à mon opinion, les services n'ont point été suffisamment appréciés par le monde et que je vous présente sous le nom de chasseurs de plantes.

Il est fort possible que vous n'ayez jamais soupçonné l'existence de cette carrière, et partant de ces chercheurs ; cependant il s'en est trouvé depuis les premiers temps de l'histoire. Aux jours de Pline, il y en avait qui enrichissaient de leurs découvertes les jardins d'Herculanum et de Pompéi. Les opulents mandarins chinois, les sybarites de Delhi et de Cachemire en entretenaient à leur solde, alors que nos ancêtres demi-barbares se contentaient parfaitement des fleurs sauvages de leurs bois ou de leurs prairies. En Angleterre même, cette profession n'est pas de date récente. Elle remonte à l'époque de la colonisation de l'Amérique, et les noms des Tradescant, des Bartram, des Caterby — de vrais chasseurs de plantes, ceux-là ! — sont restés en honneur dans les annales de la botanique. C'est à eux que nous devons, en effet, les tulipiers, les magnoliers, les érables, les platanes, les acacias, et tant d'autres arbres qui ont pris place dans nos forêts et y figurent si dignement, qu'ils partagent aujourd'hui le droit au sol avec nos espèces indigènes.

A aucune autre période toutefois le nombre de ces collecteurs ou collectionneurs attitrés n'a été aussi grand que de nos jours. Le croiriez-vous ? Il y a des centaines d'individus engagés dans cette utile et noble carrière. Toutes les nations de l'Europe y sont représentées. Les Allemands sont les plus nombreux ; mais on y trouve aussi bien des Suédois que des Russes, des Danois et des Anglais, des Français, des Espagnols, des Portugais, des Suisses et des Italiens. On les rencontre s'acquittant de leur mission dans tous les coins du globe, au fond des gorges les plus retirées des Montagnes Rocheuses, comme dans les Prairies, où ils doivent s'orienter à l'aventure, dans les « barrancas » profondes des Andes, au sein des forêts presque vierges de l'Amazone et de l'Orénoque, dans les steppes de la Sibérie, au bord des glaciers de l'Himalaya, partout où une région inconnue et sauvage leur offre une chance quelconque d'arriver dans un lieu que nul pas n'a foulé et où la végétation peut leur réserver quelque surprise nouvelle. Ils vont errant, l'œil investigateur, scrutant chaque plante, retournant chaque feuille, explorant les recoins des vallées, escaladant les pics, passant à gué tantôt le marais stagnant et mortel, tantôt le fleuve au rapide courant, se faufilant au milieu des fourrés épineux, du « chapparal » ou de la « jungle, » dormant à la belle étoile, souffrant de la faim et de la soif, risquant mille fois leurs vies au milieu des bêtes fauves et d'hommes plus féroces encore ; ils vont impassibles et satisfaits, sans se préoccuper des épreuves dont leur périlleuse carrière est semée.

Habitations européennes dans l'Himalaya.

Et cela, pourquoi ? me demanderez-vous.

Les causes pouvant être multiples, la raison n'est pas facile à

déterminer. Quelques-uns ne sont poussés que par leur amour
de la science. Qu'ils lui fassent faire un pas en avant, et tout est
oublié. D'autres sont soutenus par l'attrait de cette vie d'aventures dont le danger même fait pour eux le principal charme. Il
en est qui sont les mandataires de nobles patrons, d'amateurs
poussant le culte de la fleur jusqu'à la passion et payant assez
cher l'accomplissement de leurs désirs pour qu'on n'y regarde
pas. Un certain nombre sont les émissaires connus des jardins
publics et d'acclimatation. Enfin, quelques-uns, probablement
les plus humbles et les moins fortunés, mais apportant non moins
de zèle à leur carrière de prédilection, ne sont là que pour le
compte de certains pépiniéristes.

Vous ne vous étiez peut-être jamais figuré que le modeste
horticulteur qu'il faut aller chercher à l'autre extrémité de la ville,
quand on a besoin de graines, de plantes ou de boutures, entretient à ses frais dans les cinq parties du monde une équipe de
chercheurs, d'hommes d'un véritable talent, qui se disperse en
quête d'une fleur nouvelle, d'une plante inconnue, dont la vue
charmera les regards de tous les amateurs de la flore.

Ai-je besoin d'insister sur les dangers auxquels s'exposent
incessamment ces obscurs héros? Vous en jugerez mieux lorsque
je vous aurai raconté quelques épisodes de la vie que mena un
jeune botaniste bavarois, Karl Linden, durant une expédition
entreprise par lui sur les flancs de ces monts formidables que
nous appelons l'Himalaya.

II.

KARL LINDEN.

Karl était né dans la haute Bavière, sur les confins du Tyrol. Il n'était point d'une origine illustre, son père n'étant que jardinier ; mais, ce qui importe beaucoup plus de nos jours, il était bien élevé et avait reçu une éducation soignée. En outre, il était foncièrement honnête et bon, loyal et chevaleresque ; ce qui en faisait, en dépit de sa parenté, un jeune homme accompli et réellement distingué. Son père, qui était illettré, ayant eu maintes fois à souffrir de l'infériorité où le maintenait son ignorance, avait juré d'épargner à son fils cette infériorité et cette souffrance.

A dix-neuf ans, Karl, entré dans une université, se mêla de politique, comme font la plupart des étudiants allemands, et, s'étant fait remarquer par son exaltation, il fut bientôt forcé de s'expatrier.

Exilé à Londres ou plutôt « réfugié », comme on dit à présent,

Karl ne savait trop à quel parti s'arrêter. Son père n'était point assez riche pour lui fournir des moyens de subsistance. D'autre part, il était assez mal disposé en faveur de son héritier. Qu'avait besoin celui-ci de se mêler de ce qui ne le regardait pas, et, au lieu de se créer un bel avenir indépendant dans sa patrie, de se faire stigmatiser comme rebelle? Etait-ce pour cela qu'il lui avait fait donner cette éducation dont il était si fier et qui lui avait fait entrevoir pour son fils tous les postes indistinctement?... Karl n'avait donc rien à espérer des siens, du moins tant que la colère de son père ne serait pas un peu calmée.

Il raconta son histoire en toute simplicité.

D'ici-là comment faire? Notre exilé trouvait l'hospitalité anglaise un peu bien froide. Par exemple, il n'avait pas à se plaindre du côté de la liberté. Il avait plus qu'à satiété celle

d'errer comme une âme en peine dans les rues encombrées de
monde, souffrant de la faim et n'osant s'adresser à personne,
car il avait l'âme trop bien placée pour mendier.

Heureusement il s'avisa tout à coup d'une ressource. Maintes
fois, à l'époque des vacances, il avait aidé son père dans ses
travaux de jardinage. Il savait mieux que quiconque bêcher,
planter, semer, tailler, greffer, et avait la main heureuse aux
boutures. Rien de ce qui touche à l'aménagement des orangeries
ou des serres chaudes, à l'agencement des couches de toutes
natures, ne lui était étranger. Bien plus, il connaissait parfaitement les noms, les espèces et les vertus de toutes les plantes
cultivées en Europe. Il avait eu la facilité de se familiariser avec
elles dans le jardin splendide et princier dont son père était le
surintendant, et il avait apporté à cette étude le goût et les
aptitudes qui font le botaniste. A défaut d'autre chose, il pouvait
trouver de l'ouvrage comme aide-jardinier. Cela vaudrait toujours
mieux que de vagabonder solitaire dans les rues de l'immense
capitale, et de se laisser mourir de faim au milieu de tant de
richesses.

Une fois ce sage parti adopté, le jeune homme se présenta à la
porte d'un de ces magnifiques jardins d'horticulture si nombreux
et si remarquables à Londres. Il raconta son histoire en toute
simplicité et fut immédiatement embauché.

L'intelligent propriétaire de ce riche établissement ne fut pas
longtemps à découvrir les solides connaissances botaniques de son
jeune protégé et le parti qu'il en pourrait tirer. C'était précisément l'homme qu'il lui fallait. Il avait des collectionneurs dans
presque toutes les parties du monde, dans l'Amérique du Nord
et dans celle du Sud, en Australie, en Afrique ; mais il lui en
manquait un pour l'Inde, et cela ne s'improvise pas. La flore de

l'Himalaya venait d'être mise à la mode par les remarquables
découvertes des célèbres chasseurs Royle et Hooker. Il n'était
question que des pins magnifiques, des arums, des différentes
espèces de bambous, des magnoliers et des rhododendrons
semés à profusion dans les vallées de l'Himalaya, et que l'on
commençait à acclimater en Europe. C'était un engouement, une
fureur, et par conséquent l'entreprenant industriel chez lequel le
jeune Bavarois avait trouvé un emploi sacrifiait au goût du jour
et voulait à tout prix satisfaire son aristocratique clientèle.

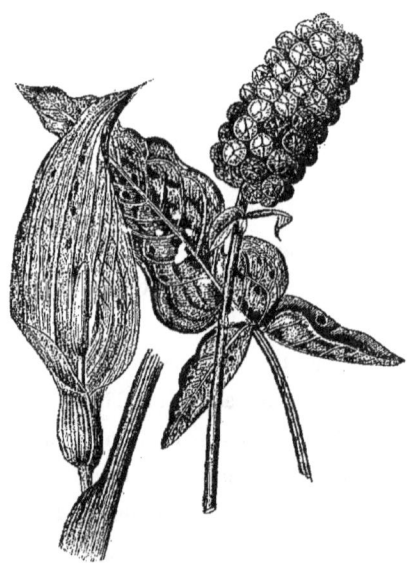

Feuilles d'arum.

Ce qui ajoutait une singulière valeur à ces plantes exotiques,
c'est que, grâce aux latitudes élevées où elles se développaient
sur les flancs de l'Himalaya, elles pouvaient pour la plupart

supporter en pleine terre les intempéries de nos régions, beaucoup plus froides que l'Inde.

Plus d'un collectionneur était déjà, à ce moment, parti avec mission d'aller explorer la chaîne des Alpes indiennes ; mais elle est assez vaste pour qu'il y eût place et chances de réussite pour tous, et bientôt le nombre de ces chasseurs de plantes s'accrut de la personnalité de notre héros, **Karl Linden.**

III.

GASPARD, OSSARO & FRITZ.

Un navire anglais débarqua notre ami à Calcutta, et ses excellentes jambes se chargèrent de le transporter au pied de l'Himalaya. Il eût fort bien pu y arriver de toute autre manière, car il n'y a peut-être pas de contrée au monde où il y ait plus de modes de locomotion que dans l'Inde. Les éléphants, les chameaux, les chevaux, les ânes, les mulets, les poneys, les buffles, les bœufs, les zébus, l'homme même, sont tour à tour employés comme bêtes de somme. Il n'y a pas jusqu'aux chiens, aux chèvres et aux moutons qui n'aient été dressés à traîner des fardeaux.

Si Karl Linden eût été un émissaire du gouvernement ou de quelque amateur à fortune princière, il eût très probablement mené plus grand train. Il eût voyagé à dos d'éléphant dans quelque somptueux « howdah » ou dans un palanquin avec des

Vue du port de Calcutta.

relais de porteurs et une armée de coolies pour prévenir ses
moindres désirs.

Mais il n'en était point ainsi. Karl n'avait pas d'argent à
gaspiller de la sorte et ne songeait pas à le regretter, sentant bien
que cela n'influerait pas sur le succès de sa mission. Plus d'une
expédition pompeusement organisée par des gouvernements qui
n'avaient point à ménager l'argent, n'a abouti qu'à un splendide
fiasco ; tandis que l'initiative privée, avec ses allures modestes,
a fait beaucoup plus pour les progrès des sciences et de la
géographie. Je n'en citerai pour exemple que la délimitation des
côtes septentrionales de l'Amérique, qui, après avoir à maintes
reprises coûté des sommes folles et la vie de bien des braves
marins, s'est effectuée par la compagnie de la baie d'Hudson
dans une barque côtière, et dont la dépense totale n'a pas excédé
les frais que fait en moins de huit jours une de nos grandes
explorations arctiques.

Notre chasseur de plantes ne s'était donc procuré ni équipement dispendieux ni escorte inutile. Il avait atteint son champ de
travail à pied, et c'était à pied qu'il avait résolu d'en gravir les
pentes et d'en explorer les vallées. Cependant il n'était pas seul,
et la compagnie qu'il s'était donnée était bien celle qui pouvait
lui être la plus douce et la plus avantageuse : c'était celle de son
unique frère. Une tendre amitié l'unissait à Gaspard ; aussi
celui-ci n'avait-il pas tardé à le rejoindre sur la terre d'exil et
partageait-il aujourd'hui ses travaux et ses dangers.

Au moment où je vous le présente, il n'existe pas grande
différence de taille entre les deux frères, bien que Gaspard soit
de deux ans plus jeune ; mais l'étude n'a certainement pas
entravé son développement musculaire. Il arrive de ses montagnes, le corps vigoureux, la joue couverte du frais incarnat de

la jeunesse et de la santé, et offre un contraste frappant avec les formes plus émaciées et le teint déjà pâli de son aîné.

Le costume des deux jeunes gens est en harmonie avec leur physionomie respective. Celui de Karl a ce quelque chose de sobre, cette coupe sévère qui doit plaire à son esprit sérieux. Celui de Gaspard est beaucoup plus fantaisiste. Il porte une redingote verte, une casquette de même couleur, agrémentée d'une visière d'une largeur improbable, un ample pantalon de velours bleu à côtes et des bottes à la Blücher.

Tous les deux sont armés de fusils et pourvus de tous les accessoires qui forment l'équipement du chasseur. Le fusil de Gaspard est une canardière à deux coups, tandis que celui de Karl est une de ces carabines connues sous le nom de *yager* suisse.

C'est que Gaspard est un véritable chasseur. Tout enfant, il a souvent poursuivi le chamois sur les sentiers vertigineux de ses montagnes natales, et, pour cela, déserté l'école. Aussi n'est il pas fort savant en matière de ce que les livres enseignent; mais en matière de chasse, il est passé maître. Joignez à cela une énergie infatigable, un caractère aimable et gai, une bravoure à toute épreuve; et vous conviendrez que son frère eût eu du mal à se procurer un auxiliaire plus utile et plus sympathique.

Mais nos deux chasseurs ne sont pas seuls; nous trouvons à leur suite quelqu'un de bien indispensable : c'est le guide Ossaro. Il faudrait des pages entières pour décrire ce personnage, et certes il mériterait d'être présenté dans les règles au lecteur; mais nous lui laisserons le soin de se faire connaître par ses œuvres. Qu'il nous suffise de dire ici qu'Ossaro est un Hindou admirablement proportionné, avec le teint bronzé, les grands yeux en amandes et la luxuriante chevelure noire qui caractérisent sa race. Il appartient à la caste des « Shikarris » ou chasseurs, et cela non seulement par droit de naissance, mais aussi et surtout parce qu'il n'existe pas dans sa province de plus habile tireur. Sa notoriété s'est propagée au loin, car, chose rare, Ossaro possède un esprit énergique, qui eût contribué à le distinguer en tous pays, mais qui, au milieu de ses indolents compatriotes, lui a acquis un véritable renom d'héroïsme. C'est le Nemrod de tout le district.

Nos trois chasseurs de plantes.

L'équipement et le costume d'Ossaro diffèrent en tous points de ceux de ses compagnons de route. Il est revêtu d'une tunique de coton blanc, retombant sur de larges pantalons bouffants. Pour toutes chaussures, il porte des sandales; une ceinture écarlate lui enserre le corps; sa tête est couverte du turban traditionnel. Il tient à la main une lance légère, tandis qu'un arc de bambous et un carquois rempli de flèches se balancent sur son dos. Un long couteau passé à sa ceinture complète son armement. Une courroie en sautoir retient un carnier avec différentes provisions, et de nombreux brimborions sans valeur brillent sur sa poitrine.

De sa vie, Ossaro, né dans la plaine et habitué des jungles, n'a escaladé les pics de l'Himalaya. Toutefois cette considération n'a point arrêté Karl. Ce qu'il lui faut, ce n'est pas tant un guide qui lui montre la route — puisqu'il est appelé à aller un peu à l'aventure — qu'un aide de bonne volonté pour faciliter ses travaux et l'initier aux dangers comme aux ressources de cette vie toute particulière, et cela il l'a trouvé. Cette expédition fait le bonheur d'Ossaro, comble ses vœux les plus chers.

Depuis longtemps, le bouillant chasseur se surprenait à contempler dans leur éloignement vaporeux les pics et les dômes de cette chaîne titanesque revêtus de neiges éternelles, et à souhaiter d'y pousser une pointe pour faire connaissance avec une faune nouvelle. Mais aucune occasion favorable ne s'était présentée, et le projet vaguement caressé par l'Hindou avait grande chance de ne jamais se réaliser, quand le hasard le plaça sur le chemin des deux frères. Il accepta donc avec une joie non déguisée l'offre que lui fit Karl de les suivre, et de devenir le factotum et le pourvoyeur attitré de son expédition.

Enfin le quatrième individu composant la petite troupe avait aux titres et aux prérogatives de chasseur des droits non moins positifs que les trois autres ; seulement il ne pouvait songer à les faire valoir de la même manière. C'était un superbe quadrupède de la taille d'un mâtin, mais que sa robe noire fauve et ses longues oreilles pendantes désignaient pour un limier. C'en était un en effet, et un fameux, dont les mâchoires puissantes avaient eu raison de plus d'un cerf aux abois et de plus d'un sanglier dans les forêts bavaroises. Aussi Fritz était-il pour Gaspard, son maître, plus qu'un chien ordinaire : c'était un ami éprouvé sur la valeur duquel il n'avait plus rien à apprendre et qu'il n'eût pas échangé contre le plus bel éléphant de l'empire des Indes.

IV.

SERAIT-CE DU SANG ?

Le jour même où se conclut l'engagement d'Ossaro, la petite troupe s'ébranla. Les préparatifs de départ n'avaient point été longs. Chacun devant être son propre domestique, il n'y avait pas d'excédant de bagages ; chacun portait sur son dos son havre-sac et sa couverture roulée.

Ossaro marchait en avant, Karl et Gaspard cheminaient côte à côte, devisant gaiement toutes les fois que les accidents de la route le leur permettaient. Fritz se tenait généralement en arrière, trottant et flairant de çà et de là, excepté quand il rejoignait à l'avant-garde Ossaro, pour lequel il semblait éprouver une vive amitié, son instinct lui révélant un vrai chasseur. Du reste, cette sympathie était partagée, et, malgré la brièveté de leur connaissance, Fritz était déjà le favori du Shikarri.

Tandis que tous avançaient d'un pas allègre, l'attention de Gaspard fut attirée par quelques taches rougeâtres qui se détachaient sur la surface unie du sentier. Ces taches, qui apparaissaient à intervalles presque réguliers, étaient humides comme du sang fraîchement répandu.

— Serait-ce du sang? demanda-t-il en les désignant à son frère.

— Cela ne peut être autre chose, répondit Karl, dont ces traces insolites avaient également sollicité l'attention.

— C'était ce que je pensais; mais je serais curieux de savoir si c'est celui d'un homme ou d'un animal, continua Gaspard, fortement intrigué.

— Oh! d'un animal, et même d'un animal de fort grande taille. Nous avons certainement fait plus d'un mille depuis que ces marques sanglantes ont commencé à se produire. Une telle perte eût eu de quoi mettre à sec les veines d'un géant. Je ne serais pas étonné que cela indiquât le passage d'un éléphant blessé.

— Mais on en distinguerait la piste, si elle était fraîche. Et tu vois bien qu'il n'y en a aucune — au moins de récente — tandis que le sang paraît être encore chaud.

— Tu as raison, Gaspard; il n'a passé par ici ni éléphant ni chameau, et j'avoue que je ne m'explique pas du tout de quoi il s'agit.

A cet aveu dépouillé d'artifice, les deux jeunes gens dirigèrent leurs regards sur le sentier qui se déroulait devant eux, espérant y découvrir quelque éclaircissement à ce mystère. Rien autre chose n'était en vue qu'Ossaro seul au milieu du chemin. Or, on ne pouvait admettre que ce fût lui qui eût perdu tout ce sang.

— Pauvre diable! se disaient les deux frères, s'il en était ainsi, il serait déjà mort.

Toutefois ils ne pouvaient s'empêcher d'observer le Shikarri;

et précisément, sur ces entrefaites, ils le virent tourner la tête et cracher négligemment. Ils notèrent l'endroit, pressèrent le pas, et quel ne fut pas leur étonnement de découvrir une nouvelle tache exactement semblable à celles qui depuis un moment les avaient si fort surpris et inquiétés.

Il n'y avait plus à douter, leur guide crachait le sang, et avec une telle abondance, que son état devait être bien grave, sinon désespéré.

Fort alarmés pour la santé de leur guide, les jeunes gens résolurent toutefois de confirmer leur conviction par une observation prolongée et marchèrent en silence, en proie à de pénibles réflexions. A moins de cent mètres de là ils virent Ossaro se livrer de nouveau à cette expectoration désolante.

— Pauvre Ossaro! pauvre garçon! s'écrièrent-ils simultanément; il ne pourra survivre longtemps à une pareille hémorragie!

Et les deux frères coururent après l'Hindou en lui criant de s'arrêter.

Le Shikarri pirouetta légèrement sur ses talons et les regarda venir, se demandant ce qui se passait. D'un geste rapide, il atteignit son arc, auquel il assujettit une flèche, et se tint prêt à faire face à l'ennemi invisible dont il se supposait menacé. Le chien, également, flairant quelque chose d'insolite, accourut en aboyant.

— Qu'avez-vous donc, Ossaro? demandèrent Karl et Gaspard tout d'une haleine.

— Quoi j'ai, moi, sahibs, moi?

— Mais oui.... Quel est votre mal?... Où souffrez-vous?

— Moi, sahibs.... Moi, aucun mal; moi pas souffrir. Pourquoi, seigneurs, demander cela?...

— Mais tout ce sang.... là.... regardez !

Et les deux frères indiquaient la dernière tache sanglante qu'il avait laissée sur son passage.

Sur quoi le Shikarri partit d'un formidable éclat de rire, qui ajouta encore à la perplexité de ses interlocuteurs. On voyait fort bien que son accès de gaieté folle n'avait rien d'irrévérencieux pour les jeunes sahibs, mais qu'il provenait d'une cause tellement irrésistible, qu'il lui était matériellement impossible de se maîtriser.

— Paunie, sahibs, dit-il enfin dès qu'il eut recouvré l'usage de la parole, et en tirant de son espèce de carnier un rouleau semblable à une carotte de tabac.

Il en mordit l'extrémité, pour leur montrer que c'était de là que provenait la teinte particulière de sa salive.

Les jeunes gens comprirent aussitôt leur erreur. La substance que leur présentait Ossaro était le fameux « bétel », et l'Hindou n'avait d'autre infirmité que celle d'être un mâcheur de paunie, — comme il appelait sa chique, — infirmité qu'il partageait avec des millions de ses compatriotes et avec la masse des indigènes d'Assam, de Burmah, de Siam, de Chine, de Cochinchine, de la presqu'île de Malacca, des Philippines et des autres îles du grand archipel Indien.

Naturellement les deux frères témoignèrent le désir d'en apprendre davantage sur cette plante singulière, et le Shikarri se prêta de bonne grâce à leur communiquer tout ce qu'il en savait.

Le « bétel » ou « paun » des Hindous est une substance composée, formée d'une feuille, d'une noix et d'une petite quantité de chaux vive. La feuille provient d'un arbrisseau toujours vert, cultivé dans l'Inde absolument pour cet usage et qui

réclame les précautions les plus minutieuses. Il exige une
atmosphère à la fois humide et très chaude. On est généralement
obligé de l'entourer de hautes palissades de bambous recouvertes d'une légère toiture de même espèce, afin de le soustraire
aux ardeurs du soleil, qui flétriraient la feuille et lui enlèveraient
sa saveur et son arome. Chaque jour un homme pénètre dans ce
réduit par une petite porte soigneusement refermée après lui,
puis nettoie la plante. Mais ce travail n'est point exempt de
dangers. Ces enclos sont fréquemment le rendez-vous de serpents
venimeux, et maint cultivateur entré là plein de vie n'en ressort
que mortellement frappé. Toutefois le rapport de cette culture
est si avantageux, que peines et périls sont comptés pour rien en
comparaison des profits.

Serpent.

Ossaro avait par hasard sur lui quelques feuilles à leur état
naturel. Il ne les connaissait que sous la dénomination indigène
de paunie ; mais le botaniste les reconnut aussitôt pour appartenir à une plante rare, cultivée chez nous en serre chaude, du
genre poivre, famille des *piperaceæ*. C'est le « piper betel », très
proche parent de la plante grimpante qui fournit le poivre noir
du commerce, les feuilles de l'un et l'autre arbuste étant ovales,

d'un vert foncé, brusquement terminées par une pointe aiguë. Il en existe une autre espèce, le « piper siriboa », également cultivé pour le même usage.

— Et maintenant, dit Ossaro en indiquant le sommet d'un arbre, si sahibs regarder, eux voir la noix du paun.

Les deux jeunes gens levèrent les yeux et aperçurent un bouquet de palmiers d'une hauteur uniforme de cinquante pieds environ ; leurs troncs étaient unis, cylindriques et terminés par une belle touffe de feuilles pinnées. Ces feuilles mesuraient près de deux mètres de largeur sur une longueur proportionnée, et les folioles dont elles se composaient avaient elles-mêmes un mètre de long. Juste à l'endroit où le feuillage se détachait du tronc s'étalait une grappe énorme de fruits d'une teinte orange et de la grosseur d'un œuf de poule. C'étaient ces fameuses noix du bétel dont tous les voyageurs ont parlé. Karl reconnut l'arbre pour l'*areca catechu*, considéré par bien des gens comme le plus beau palmier de l'Inde.

Il existe deux autres espèces connues d'areca, l'une originaire de l'Inde et l'autre d'Amérique. Celle de l'Inde est même encore plus remarquable que l'*areca catechu*, car c'est l'*areca oleracea* ou palmier chou. Ce dernier atteint une hauteur de deux cents pieds, bien que sa tige ne dépasse pas sept pouces de diamètre. Ce splendide échantillon de l'exubérance de la vie végétale dans les pays chauds est fréquemment abattu dans le seul but d'obtenir, au moment de leur éclosion, ses jeunes pousses terminales que l'on assaisonne et déguste comme un véritable chou.

Ossaro montra ensuite à ses jeunes maîtres comment le bétel est apprêté pour être chiqué. La feuille du poivrier-bétel est d'abord parfaitement étendue, puis on appose dessus une mince couche de chaux vive délayée, recouverte à son tour d'une fine

tranche de la noix ci-dessus décrite. Après quoi on roule le tout
ensemble comme une carotte de tabac et on laisse sécher pour le
moment du besoin.

Bouquet de palmiers.

La noix seule ne serait pas mangeable. Sa saveur est beaucoup
trop piquante et ses propriétés trop astringentes, à cause du

tannin qu'elle renferme en abondance ; mais unie à la feuille et à
la chaux, elle acquiert un goût presque agréable. Aucun palais
européen ne peut en supporter l'âcreté, et elle produit chez ceux
qui n'y sont pas habitués une ivresse complète. Sa propriété la
plus étrange est sans contredit de donner à la salive de celui qui
la mâche une parfaite ressemblance avec le sang. Ossaro, qui
avait beaucoup voyagé et ne manquait pas d'esprit, raconta à
cette occasion l'anecdote que voici :

Les parents se troublèrent vivement.

Un jeune docteur en médecine arrivant d'Europe venait de
débarquer dans une des grandes villes de l'Inde. Le lendemain
de son arrivée, se promenant dans les faubourgs de la cité, il
remarqua une jeune indigène qui lui parut cracher le sang à
pleine bouche. Il s'en alarma, la suivit, et, saisi de pitié à la vue
d'une semblable hémorragie, il entra en même temps qu'elle

chez les parents de la jeune fille, déclina ses noms et qualités, et crut devoir les avertir que les minutes de leur pauvre enfant étaient comptées. Les parents se troublèrent vivement, moins cependant que la jeune fille. Nul ne songea à révoquer en doute le talent et l'autorité des paroles d'un grand docteur sahib. On s'empressa autour de la pauvre fille, on envoya chercher le prêtre; mais quand il arriva, la jeune indigène était bien réellement morte, et, comme vous pouvez le penser, morte de la révolution qu'avait opérée en elle la frayeur de mourir. Toutefois personne ne s'en douta ; le docteur était parfaitement de bonne foi en supposant qu'elle s'était éteinte à bout de sang, et les autres, ne s'informant pas, ne le mirent pas à même de déduire les raisons sur lesquelles il avait basé son fâcheux pronostic.

La célébrité d'un docteur aussi perspicace se répandit en fort peu de temps, et tout le monde se le disputait. Il était sur la voie de la gloire et de la fortune ; mais il n'avait pas tardé à observer autour de lui la reproduction des symptômes qui l'avaient si douloureusement impressionné chez la jeune personne et à découvrir leur véritable cause. S'il eût eu le bon sens de se taire, son secret lui fût resté et tout se serait bien passé ; mais l'affaire lui parut plaisante — il ne s'agissait que d'une indigène — et il ne put résister au plaisir d'en faire quelques gorges chaudes avec des camarades.

Mal lui en prit. La vérité transpira, et parvint aux oreilles des parents de la victime de cette singulière méprise. Ils jurèrent de tirer de lui une vengeance éclatante. Sa clientèle se dispersa comme elle était venue ; et pour étouffer le scandale et échapper au danger, le pauvre médecin fut encore heureux de s'embarquer sain et sauf sur le bâtiment qui l'avait amené.

3

V.

LES PÊCHEURS AILÉS.

Nos voyageurs suivaient les rives d'un des tributaires du Burrampoutre. Le chasseur de plantes avait l'intention de pénétrer dans l'Himalaya par le Boutan, sachant que cette région n'avait encore été visitée par aucun botaniste, et que les indigènes la représentaient comme très riche en beautés florales. Ils étaient encore dans une zone cultivée, plantée de riz, de cannes à sucre, de bananiers et de différentes sortes de palmiers. Parmi ces derniers on remarque, outre le cocotier et l'areca cultivés pour leurs noix, d'autres espèces, telles que le caryota à larges feuilles, très recherchées à cause du vin qu'elles fournissent.

Ils rencontraient également sur leur passage de vastes champs de pavots somnifères pour la fabrication de l'opium, des mangoustans et des poivriers grimpant à qui mieux mieux après la tige des palmiers, des jacquiers aux fruits énormes, des figuiers, des micocouliers, des pins, des euphorbes et diverses espèces d'orangers.

Le botaniste reconnaissait aussi beaucoup d'arbres et de plantes se rattachant à la flore chinoise; c'est qu'en effet cette partie de l'Inde — nos voyageurs étaient presque sur la frontière du royaume d'Annam — rappelle la Chine de très près, non seulement dans ses productions naturelles, mais aussi dans les mœurs de sa population; et comme pour ajouter à cette ressemblance, la culture du thé y a été introduite dernièrement et y a réussi à souhait.

Pavots.

Au tournant d'un sentier, nos amis se trouvèrent en présence d'une scène qui, plus que jamais, leur remit en mémoire ce qu'ils avaient lu sur la Chine. Un lac de petites dimensions s'étendait devant eux; à son extrémité la plus éloignée, un homme était debout dans une grossière embarcation, qu'il manœuvrait avec un long bambou.

Un cri de surprise échappa aux deux frères, car sur les rebords du canot étaient perchés une douzaine d'oiseaux de la grosseur de nos oies. Ils avaient la gorge et la poitrine blanches, les ailes et le dos tachetés de brun, un long cou onduleux, un énorme bec jaune et une large queue arrondie à son extrémité.

Bien que l'homme manœuvrât sa perche dans toutes les directions, en la passant fréquemment au-dessus de leurs têtes, les oiseaux étaient si apprivoisés, qu'ils ne s'inquiétaient nullement de ses mouvements, et, bien que n'étant point attachés à l'esquif, y restaient immobiles. Parfois l'un d'entre eux allongeait sur l'eau son grand cou avec des poses coquettes, la tête de côté comme pour examiner quelque chose, puis reprenait sa première attitude. Rien d'étonnant donc à ce que cette vue inattendue eût comblé de surprise les jeunes Européens, tout à fait étrangers à pareil spectacle. Ils se tournèrent vers Ossaro d'un air interrogateur. Pour toute explication :

— Lui pêcher, dit-il.

— C'est donc un pêcheur? demanda le botaniste.

— Oui, sahibs, vous voir faire lui.

Ce fut assez. Les deux frères se souvinrent aussitôt d'avoir lu la description du mode de pêche usité en Chine à l'aide des cormorans. Les oiseaux qu'ils avaient sous les yeux étaient en effet des *phalacrocorax sinensis*, et bien que différant quelque peu du cormoran commun, ils en présentaient néanmoins tous les signes caractéristiques : le corps plat et allongé, la poitrine saillante, le bec recourbé vers la pointe et la queue en éventail.

Désireux de voir à l'œuvre ces singuliers pêcheurs, nos chasseurs firent halte sur le bord du lac et attendirent le commencement des opérations.

L'homme atteignit enfin le point central du lac vers lequel il tendait; alors, déposant sa perche, il tourna son attention vers les cormorans et leur donna ses ordres, comme fait le chasseur à sa meute. Une minute après, tous ces oiseaux battaient de l'aile, s'élevaient lentement, planaient un instant dans les airs, puis se précipitaient dans l'eau. A ce moment, la scène devint réellement bizarre. Ici on voyait un oiseau nager en sondant du

Désireux de voir à l'œuvre ces singuliers pêcheurs, nos chasseurs firent halte sur le bord du lac.

regard le cristal transparent de l'onde; ailleurs, on n'apercevait plus de l'animal que sa queue dressée verticalement hors de l'eau; plus loin, de grandes rides concentriques indiquaient seules où un troisième venait de disparaître. Un quatrième luttait avec un gros poisson qui se débattait en scintillant dans son bec; un cinquième, tout glorieux, s'élevait avec sa proie vaincue, qu'il allait déposer au fond du bateau. Enfin les douze oiseaux rivalisaient d'activité et d'adresse pour se montrer dignes de la tâche qui leur avait été confiée.

Le lac, naguère uni comme un miroir, n'offrait plus qu'une surface troublée, couverte de rides, de bulles d'air et d'écume, partout où les oiseaux nageaient, plongeaient, émergeaient ou battaient des ailes, en se précipitant sur le poisson. En vain celui-ci cherchait-il à se dérober. Le cormoran nage à la surface ou entre deux eaux avec une égale rapidité ; sa poitrine saillante coupe l'eau comme une flèche ; ses grandes ailes le poussent comme une paire d'avirons, et le tout constitue un ensemble qui lui permet de s'élancer en avant ou de changer de direction avec une incroyable agilité.

Une particularité singulière vint à plusieurs reprises frapper l'attention de nos observateurs. Si l'un des oiseaux avait fondu sur un poisson d'une taille au-dessus de la moyenne, et dépassant en conséquence la mesure de ses forces, un ou plusieurs de ses camarades, suivant le cas, se précipitaient à son aide pour lui faciliter le transport à bord de cette proie convoitée.

Vous vous étonnerez peut-être que ces créatures, dont le poisson est la nourriture naturelle, ne cèdent jamais à la tentation de s'approprier celui qu'elles pêchent. C'est un exemple de plus de la force de l'habitude. Ce fait ne se présente absolument que chez les très jeunes oiseaux dont le dressage est encore imparfait, et, pour y remédier, le pêcheur adopte la mesure préventive que voici. Il leur met un collier assez large pour ne point les étrangler, mais trop étroit pour leur permettre d'avaler une proie quelconque. Dès que l'éducation de l'oiseau est achevée, cette précaution devient superflue. Si affamé que soit le

cormoran, il ne touche pas à sa pêche et rapporte absolument
tout à son maître, qui récompense son honnêteté en lui jetant en
pâture le menu fretin qu'il peut avoir pêché.

Quelquefois, en revanche, un de ces oiseaux se laisse aller à
la paresse, et suit le fil de l'eau sans s'inquiéter de son devoir.
En pareil cas, le batelier approche, frappe l'eau violemment
avec son bambou près de l'indolent, et le tance avec sévérité. Ce
traitement ne manque jamais son effet, et le pêcheur, réveillé
par la voix bien connue de son maître, se remet à l'œuvre avec
un redoublement d'énergie.

Quand la pêche a duré plusieurs heures, les cormorans fatigués obtiennent la permission de venir se reposer sur les bords
du bateau. S'ils ont des colliers, ils leur sont retirés; leur
maître les flatte, les caresse, puis leur distribue leur part de
butin, qui est toujours la plus inférieure.

Nos voyageurs n'attendirent pas ce final. Ils reprirent leur
route en devisant, et Karl rappela que cette sorte de pêche avait
longtemps été en usage dans certaines contrées de l'Europe, et
spécialement en Hollande.

VI.

LE TÉRAÏ.

En approchant par le bord de la mer de n'importe quelle
chaîne importante de montagnes, on rencontre toujours une
assez vaste région composée de hautes collines et de gorges
profondes, entrecoupées de torrents impétueux. Cette région,
qui varie suivant la hauteur des montagnes auxquelles elle se
relie, atteint généralement pour les principales chaînes une
largeur de trente-cinq à quatre-vingts kilomètres. Il existe une
région de cette nature sur chaque versant des Cordillères des
Andes, tout le long de l'Amérique, ainsi qu'aux approches des
Montagnes Rocheuses et de l'Alleghany, et celle des Alpes est
bien connue sous l'appellation significative de Piémont.

Les Alpes de l'Inde présentent également cette particularité
géologique. Tout le long de son versant méridional, faisant face
aux plaines de l'Hindoustan, s'étendent comme une ceinture de

quatre-vingts kilomètres de large ces terrains si pittoresque-
ment accidentés, pleins de sites agrestes et sauvages, de vallons

Lion.

ombreux, de cascatelles écumantes et de
ravins abrupts. La partie inférieure, c'est-
à-dire la plus éloignée du flanc de la montagne,
est connue aux Européens sous le nom de Téraï.
C'est une bande irrégulièrement large, qui ne
ressemble ni aux plaines de l'Hindoustan ni aux
montagnes de l'Himalaya. Sa flore et sa faune
diffèrent essentiellement de celles des deux
régions qui la circonscrivent, et son climat est
un des plus malsains que l'on connaisse; d'où il résulte que
le Téraï est presque désert, les établissements des quasi-

sauvages qui l'habitent — les Mechs — étant fort clair-semés.

En revanche, le Téraï, couvert de jungles et de forêts presque vierges, est, en dépit de la malaria qui y règne, un véritable rendez-vous de fauves. Le lion, le tigre, la panthère, le léopard, et presque tous les grands représentants de la race des *felidæ* rôdent en paix sous ces halliers. L'éléphant, le rhinocéros et le gyal peuplent ces forêts. Le sambour et l'axis paissent dans ces clairières ombreuses. Des serpents au mortel venin, d'horribles lézards, d'énormes chauves-souris y trouvent asile, aussi bien du reste que les papillons les plus élégants et les plus jolis oiseaux du monde.

Quelques jours de marche transportèrent nos voyageurs sur l'extrême limite du district que nous venons de décrire. Le jour où ils pénétrèrent dans le Téraï proprement dit, ils étaient partis de grand matin; aussi eurent-ils fourni leur traite de bonne heure. Longtemps avant le coucher du soleil, ils étaient installés, et le jeune botaniste, rempli d'admiration pour les formes si variées et si nouvelles affectées par la végétation qui l'entourait, prenait la résolution de prolonger son séjour à ce premier campement.

Nos voyageurs n'avaient point de tente. Ce luxe eût été une source de trop grandes fatigues pour des piétons. Ils avaient bien assez d'autres articles plus indispensables à porter, et aucun des trois n'avait d'objection à coucher à la belle étoile; ils y étaient habitués.

Toutefois, à la présente halte, la nature s'était chargée de leur ménager un abri plus confortable et plus épais que n'eût pu l'être même une tente. Ils avaient élu domicile sous une voûte de feuillage, celui du banian.

Ce n'est sans doute pas la première fois, ami lecteur, que

vous entendez parler de cet arbre merveilleux, dont les branches,
dès qu'elles touchent terre, reprennent à leur tour racine et
donnent à l'infini naissance à d'autres rejetons, de manière à
couvrir un espace de terrain plus que suffisant pour y faire
bivouaquer un régiment de cavalerie, ou y assembler un
meeting monstre. Je vous dirai donc succinctement que le
banian est une sorte de figuier, non comme celui qui produit les
excellentes figues de nos contrées, mais une autre espèce du

Ils avaient élu domicile sous la voûte de feuillage d'un banian.

même genre, *ficus*. Ce genre est extrêmement nombreux et
comprend les plantes les plus diverses, depuis certaines lianes
grimpantes qui se suspendent comme nos vignes ou nos lierres
aux rochers, jusqu'aux arbres les plus puissants, tels que le
banian des Indes, un des plus gros que l'on connaisse. Toutes

ces plantes sont confinées aux pays chauds. Des espèces splendides sont particulières à l'Australie, mais toutes possèdent plus ou moins la faculté remarquable de se multiplier en implantant leurs branches dans le sol, et il arrive fréquemment qu'elles enveloppent si bien d'autres arbres, qu'elles en dérobent le tronc à la vue.

Ce curieux spectacle s'offrait précisément aux regards de nos voyageurs. Le banian qu'ils avaient pris pour abri était encore jeune et pas des plus gros, et cependant du milieu de sa cime, déjà fort touffue, s'élevaient les grandes feuilles en éventail du palmier, scientifiquement connu sous le nom de *borassus flagelliformis*, dont le tronc était complètement invisible.

Si Karl n'eût été botaniste et parfaitement au courant des habitudes du banian, il eût été bien embarrassé de s'expliquer cette étrange combinaison de deux cimes superposées qui n'avaient rien de commun entre elles, et cependant semblaient sortir du même tronc, l'une composée des feuilles ovales du banian, un peu en forme de cœur, contrastant vivement avec les larges frondes rigides et radiées du palmier.

Des trois individus témoins de ce singulier phénomène, un seul en était réellement intrigué : c'était Gaspard, qui se tourna tout naturellement vers son frère pour obtenir la solution du mystère.

— Ce n'est pas le palmier, lui dit Karl, qui s'est développé sur le banian, c'est celui-ci, au contraire, qui est le véritable parasite. Quelque oiseau, un pigeon ou un mainate, ayant au bec un fruit de figuier, l'aura laissé tomber dans l'aisselle de l'une des frondes du palmier. Le plus faible oiseau est à même de le faire, puisque la baie du banian est à peine de la grosseur d'une petite cerise. Une fois déposée dans un endroit propice, la semence a germé et poussé ses racines le long du palmier, jusqu'à ce qu'elles aient touché terre; puis elles se sont enroulées et multipliées autour du tronc, de manière à l'envelopper complètement, à l'exception, bien entendu, du sommet. Après quoi le figuier a poussé des branches latérales dont l'ensemble a formé ce que nous avons sous les yeux, et présenté l'aspect d'un banian au sein duquel se serait développé un splendide palmier.

Telle était en effet l'explication de ce phénomène naturel. Ossaro y ajouta ce détail, que le peuple hindou éprouve une extrême vénération pour cette union des deux arbres, qu'il assimile à un mariage divin institué par la Providence.

Quant à lui, Ossaro, qui ne se piquait pas d'être un sectateur très fervent des divinités de ses compatriotes, il faisait bon marché de cette superstition, et la traitait de duperie bonne à attraper les sots.

VII.

LE PALMIER VINIFÈRE.

La première chose qu'avait faite Ossaro, débarrassé de son bagage de voyageur, avait été d'escalader le banian. C'était chose facile, le tronc étant couvert de rugosités, et l'Hindou fort agile grimpeur.

Mais qu'allait-il faire sur l'arbre? Ce ne pouvait être le fruit qui l'attirait, car les figues n'étaient point encore mûres; et l'eussent-elles été, elles ne constituent pas un fin régal. Etaient-ce donc les fruits du palmier? Encore moins; ils n'étaient pas même formés. La spathe qui en recouvre la floraison n'était point encore ouverte et commençait à peine à faire éclater sa verdoyante enveloppe. Si les noix eussent seulement été à leur premier degré de formation, elles eussent constitué un manger délicat. Elles atteignent la grosseur d'une tête d'enfant, affectent une forme triangulaire dont les angles seraient arrondies, et sont composées d'une écorce jaunâtre, succulente et épaisse, renfermant trois amandes de la dimension d'un œuf d'oie. Ce sont ces amandes que l'on mange avant leur maturité, car alors elles sont pulpeuses et savoureuses. Une fois mûres, elles durcissent et deviennent bleuâtres, insipides et immangeables.

Mais puisqu'elles n'existaient point, ce n'était point à elles que l'Hindou en avait. Les deux jeunes gens observaient curieusement ses mouvements. Ils l'avaient vu se munir d'un tube de bambou fermé par un nœud à son extrémité inférieure, et d'une capacité d'un à deux litres, ainsi que d'une grosse pierre; son long couteau l'avait également suivi dans son ascension.

En quelques secondes, le Shikarri fut au sommet du banian, d'où, à l'aide d'une des grandes frondes pendantes, il s'élança dans le cœur du palmier. Une fois là, il s'empara de la spathe, et, la courbant contre la tige, il se mit à frapper dessus de toutes ses forces, dans l'intention évidente de l'écraser. Ce fut vite fait; puis il tira son couteau, et d'une main légère trancha la partie supérieure de la spathe, qui se détacha et qu'il laissa négligemment tomber à terre.

Il fixa alors son morceau de bambou à ce qui restait de la spathe, de telle manière que la partie incisée correspondît à l'ouverture du tube et pût se déverser dedans. Cette opération terminée, il jeta la pierre qui lui avait servit de marteau, remit son couteau à sa ceinture et redescendit comme il était monté.

— Dans une petite heure, sahibs, Ossaro fera goûter à vous champagne indien. Vous voir....

Une heure après, il tenait sa promesse, et rapportait son bambou plein d'une liqueur transparente et délicieusement fraîche, dont ils burent tous, en la comparant au plus fin champagne. En effet, il n'existe pas dans l'Inde de boisson d'un goût

plus parfait et plus séduisant que la sève de ce palmier. Seulement, elle est fort enivrante, et là où on se la procure en
abondance, les indigènes ont le tort d'en faire un véritable abus.

Cette sève produit également du sucre par la simple ébullition.
Pour l'utiliser de cette manière, on procède comme nous l'avons
vu plus haut; mais il est nécessaire de mettre un peu de chaux
dans le vase où on recueille la sève, afin d'en éviter la fermen-
tation, qui nuirait à la fabrication du sucre.

La raison pour laquelle Ossaro avait saisi si vite l'occasion
d'inciser cet arbre-là, était la facilité que l'écorce du banian lui
fournissait pour atteindre le sommet du palmier. Cet avantage
était à considérer; autrement il est fort difficile d'escalader cette
longue tige lisse d'une cinquantaine de pieds de hauteur, et
sans une seule aspérité.

Naturellement, dès que le bambou fut vide, Ossaro s'empressa
d'aller le reporter sous l'incision, sachant bien que la sève
continuerait à couler. On peut ainsi se procurer ce liquide pendant plusieurs semaines, en ayant seulement la précaution de
rafraîchir chaque jour l'incision, de manière à maintenir les
pores de la plante ouverts et libres.

Bien que la journée eût été fort chaude, à la tombée du
crépuscule, l'air fraîchit tellement, que nos voyageurs se virent
contraints d'allumer du feu. Chacun y contribua pour sa part,
Ossaro en battant le briquet et en enflammant un tas de feuilles
sèches, les deux frères en amassant du bois mort et en l'empilant
de manière à élever un véritable bûcher qui projetait fort loin
sa lumière et sa chaleur, et leur servit également à faire cuire
leur modeste souper.

Karl, dont, même aux heures de loisir, l'œil et l'esprit étaient
toujours au service de sa mission, ne tarda pas à remarquer que

le bois dont ils se chauffaient brûlait absolument comme du chêne. Il en examina une branche, la coupa avec son couteau, et fut très surpris de découvrir qu'en effet cela en était; car il n'y a pas à se méprendre sur le grain et la fibre du géant des forêts du Nord. Ce qui l'étonnait, c'était d'en constater l'existence au sein d'une région dont la flore était exclusivement tropicale. Il s'attendait à le rencontrer sur les deux versants de l'Himalaya, mais à une certaine hauteur et non point à leur pied, au milieu des palmiers et des bananiers.

Karl ne savait pas alors un fait du reste peu connu : c'est que plusieurs espèces de chênes sont originaires de la zone torride, et croissent au niveau même de l'Océan. Ce qui est non moins étrange, c'est que s'il ne s'en trouve pas dans la région tropicale de l'Afrique et de l'Amérique du Sud, ni à Ceylan, ni dans la péninsule de l'Inde, en revanche on en compte à l'est du Bengale, aux Moluques et dans l'archipel Indien, un plus grand nombre de variétés que dans aucune autre partie du monde.

La vue de cette ancienne connaissance, ressouvenir des forêts natales, causa un véritable plaisir aux jeunes Bavarois. Ils se sentaient moins isolés et soupiraient après le retour du jour pour se mettre à la recherche de l'arbre lui-même.

Enfin, la nuit étant depuis longtemps tombée, ils se préparaient à s'envelopper dans leurs couvertures et à chercher le repos, quand se produisit un incident qui retarda d'une heure ou deux le moment où ils comptaient goûter le sommeil.

VIII.

LE SAMBOUR.

— Regarde donc ! s'écria tout à coup Gaspard, dont la vue était plus perçante que celle de son frère, n'aperçois-tu pas ces deux singulières lueurs là-bas ?

— Parfaitement, répondit le botaniste, je vois deux points ronds et lumineux. Qu'est-ce que cela peut être ?

— Quelque fauve, je le parierais, reprit le chasseur.

Ils observaient cette apparition avec un certain malaise, car ils n'ignoraient pas avoir pénétré le matin même dans un véritable repaire de bêtes féroces.

— Si c'était un tigre ? suggéra Karl.

— Ou une panthère, ajouta Gaspard.

— Plaise au ciel que ce ne soit ni l'un ni l'autre !... car....

Ici le botaniste fut interrompu par l'Hindou, qui le rassura d'un seul mot.

— Sambour, dit-il.

Les craintes des deux frères s'évanouirent aussitôt et firent place à une véritable satisfaction. Le sambour n'étant autre qu'une sorte de cerf, c'était tout plaisir de lui donner la chasse et d'avoir en perspective une savoureuse tranche de venaison fraîche.

Sambour, dit Ossaro.

Tous avaient trop de sang-froid pour compromettre l'avenir de leur déjeuner du lendemain par quelque démonstration intempestive. Un mouvement brusque eût suffi à effarer le gibier; et s'il s'élançait dans la forêt ou détournait seulement la tête, c'en était fait des espérances des chasseurs, ses prunelles brillantes qui réfléchissaient l'éclat du feu étant la seule chose qui révélât sa présence et pût servir de point de mire. Si la pauvre bête eût seulement fermé ses paupières, elle eût pu dormir à la même place jusqu'au matin sans courir le moindre danger. Mais la curiosité était la plus forte chez le sambour. Il ne songeait guère au sommeil, et c'est le cas de dire qu'il ouvrait de grands yeux.

Gaspard recommanda tout bas à ses deux compagnons l'immobilité et le silence. Lui-même laissa presque insensiblement son bras pendre jusqu'à terre, afin d'y saisir son fusil, qu'il ramena tout aussi graduellement au niveau voulu pour faire feu. Très prudemment, il ne visa pas entre les deux points brillants qui semblaient tenter son coup. Il savait que son arme n'était point chargée à balle, et redoutait avec raison que du plomb ne pût suffire à entamer le crâne épais de l'animal. Au lieu donc de viser aux yeux, Gaspard tira quelques centimètres au-dessous, de manière à toucher la gorge ou le poitrail.

Aussitôt qu'il eut déchargé son premier coup, les yeux brillants s'éteignirent comme une bougie sur laquelle a soufflé la brise ; néanmoins il tira une seconde fois au juger. Il eût pu s'épargner cette peine. Le premier coup avait porté. Au bruit de feuilles sèches foulées qui se faisait entendre, on pouvait se convaincre que l'animal n'avait pu s'enfuir, et que s'il n'était pas mort, il était au moins dans les spasmes de l'agonie.

Fritz s'était élancé, et, avant que les chasseurs eussent pu se procurer une torche et arriver sur le lieu de la lutte, le bouillant animal s'était jeté à la gorge du cerf et avait terminé ses souffrances en l'étranglant net.

Il ne leur resta plus qu'à attirer le corps près du feu, ce qui nécessita l'emploi de toutes leurs forces. Le sambour est une des plus grosses espèces de la race cervine, et celui qui leur était tombé entre les mains était précisément un vieux mâle, dont le front était couronné d'un bois extrêmement fort et branchu, qui avait dû depuis longtemps exciter le légitime orgueil de son propriétaire.

Le sambour est un des plus beaux spécimens de sa race. Bien qu'il soit inférieur en taille au wapiti américain (*cervus canadensis*), il est beaucoup plus fort et plus gros que le cerf d'Europe. C'est un animal très vif, audacieux et méchant, et qui, lorsqu'il est réduit aux abois, devient un dangereux adversaire pour quiconque l'y a réduit, homme ou chien. Sa robe est d'un brun grisâtre, à poil rude et ras, excepté autour du cou où il s'ébouriffe et s'allonge, et surtout à la ligne médiane du poitrail, où il forme une sous-crinière semblable à celle du wapiti. Une autre crinière s'étend sur le dessus du col, ajoutant à l'aspect farouche et hardi de l'animal. Une bande noirâtre encercle le museau, et celle qui entoure la naissance de la queue est jaunâtre et petite.

Cette description s'applique au sambour commun (*cervus hippelaphus*) que les Européens et les Anglo-Indiens appellent tout bonnement cerf ; mais nous devons ajouter qu'il existe dans différentes portions de l'Asie de nombreuses variétés de sambour. Les zoologistes les classent dans un groupe spécial appelé *rusa*, et des individus se rattachant à ce groupe sont répandus dans chacune des provinces de l'Inde, depuis l'île de Ceylan jusqu'à l'Himalaya, et depuis l'Indus jusqu'aux îles de l'archipel Indien. Ils gîtent dans les forêts, et de préférence sur les bords des eaux courantes.

IX.

UN MARAUDEUR NOCTURNE.

En un tour de main, Ossaro, ayant dépouillé le sambour, l'eut découpé en quartiers qu'il suspendit à une branche d'arbre. Bien que nos voyageurs eussent déjà soupé, l'émotion et le plaisir occasionnés par une chasse aussi heureuse leur avaient rouvert l'appétit, et ils ne résistèrent pas au désir de goûter un peu de viande fraîche, occasion qui ne se présentait pas tous les jours. Aussi une tranche de venaison fut-elle bientôt étendue sur la braise de leur foyer et, aussitôt à point, savourée comme elle le méritait. De nouvelles rasades du délicieux vin de palmier arrosèrent ce souper tardif, et enfin nos voyageurs, bien restaurés, rassemblèrent auprès de leur feu des quantités d'une certaine mousse retombante dont ils formèrent des couchettes épaisses sur lesquelles ils s'étendirent, enveloppés de leurs couvertures. Puis le silence se fit dans le petit campement. Tous dormaient.

Ce calme toutefois ne fut pas de longue durée. Dans le courant de la nuit Fritz donna de la voix, et tout le monde s'éveilla en sursaut. Les aboiements furieux du chien, ses démonstrations hostiles indiquaient suffisamment que quelque intrus s'était approché de ses maîtres de plus près qu'il ne le jugeait convenable. Les trois hommes se soulevèrent et prêtèrent l'oreille : l'un croyait entendre des pas dans le lointain, l'autre un grognement sourd comme celui d'un fauve ; mais on n'était sûr de rien, car, dans cette saison, les forêts des tropiques sont pleines des bruits les plus discordants, au point qu'il est parfois difficile de s'entendre même en causant à haute voix. Entre le chant continu de la cigale, le coassement des grenouilles, la voix grêle des crapauds, le houhoulement des hiboux, les cris suraigus des engoulevents et autres oiseaux nocturnes, et les accents de toute nature de ses innombrables habitants, une forêt indienne n'offre pendant la nuit qu'un brouhaha assourdissant à l'infortuné qui a compté y trouver le repos.

Au bout de quelque temps, Fritz se tut et se recoucha. Chacun suivit son exemple, et les voyageurs s'endormirent profondément jusqu'au lendemain matin.

Dès le point du jour, nos trois amis étaient sur pied, et se distribuaient la besogne pour leur ménage matinal. Karl empilait le bois mort pour le feu et se chargeait de l'entretenir, Ossaro *grimpait* au cellier pour tirer son vin, et Gaspard se munissait de ce qui lui était nécessaire pour aller tailler une belle tranche de la venaison qui devait constituer leur déjeuner.

Les quartiers de cerf avaient été suspendus à un arbre à une cinquantaine de pas du campement, sur le bord d'un torrent où l'on avait lavé la viande. A peine Gaspard était-il arrivé à ce qu'il nommait plaisamment leur garde-manger, qu'une exclamation de surprise attirait sur lui l'attention de ses camarades.

— Voyez donc! criait-il, un de nos quartiers de cerf a disparu.

Les autres accoururent.

— Il y a donc eu des voleurs par ici? demanda Karl ; c'est sans doute pour cela que Fritz a tant aboyé.

— Des voleurs! allons donc, frère! En tout cas, pas des bipèdes, ils auraient tout emporté! Je parierais que c'est un voleur à quatre pattes qui a fait le coup, peut-être une bête féroce.

— Oh! oui, sahib ; féroce, très féroce, le voleur! lui, gros tigre, dit Ossaro, qui venait d'examiner les environs.

A la mention de ce nom redouté, les deux frères tressaillirent et regardèrent autour d'eux avec terreur. Ossaro lui-même laissait percer quelques symptômes d'effroi. Penser qu'ils avaient dormi à la belle étoile dans un pareil voisinage n'avait rien de bien rassurant. Le tigre est en effet l'animal le plus féroce de la terre, et il n'y a pas de jour où, dans l'Inde, on n'entende parler de quelques nouveaux ravages dus à son humeur farouche et carnassière.

— Vous êtes sûr que c'est un tigre? demanda le botaniste.

— Parfaitement sûr, sahib ; voyez.... sa trace.... là.

Et le Shikarri indiquait des empreintes restées sur la berge sablonneuse du torrent. Il n'y avait pas à s'y méprendre. Ces empreintes étaient celles d'un très gros animal de la famille des félins. On distinguait nettement la trace des coussinets dont ses doigts sont garnis, et très légèrement celle de ses griffes, car le tigre, bien qu'ayant des ongles très puissants et très aigus, a,

comme les autres membres de sa famille, la faculté de les rentrer
à volonté assez pour qu'en marchant ils effleurent à peine le sol.
Ces empreintes étaient beaucoup trop grandes pour qu'on pût
admettre qu'elles eussent été laissées par un léopard ou une
panthère. Le seul autre animal auquel on pût les attribuer était
le lion ; il y en avait dans le district, mais Ossaro n'était point
embarrassé pour distinguer l'une de l'autre les pistes de ces deux
grands carnivores, et, comme nous l'avons vu, il n'avait point
hésité à se prononcer.

Il devenait urgent d'aviser au parti à prendre. Qu'allait-on
faire ? Fallait-il abandonner le bivouac ? Karl était désireux de
passer une couple de jours à cet endroit, persuadé de pouvoir
enrichir sa collection d'un certain nombre de plantes inconnues ;
mais la certitude d'un pareil voisinage n'était pas de nature à
laisser une parfaite tranquillité d'esprit. Le tigre ne pouvait
manquer de revenir ; il ne négligerait pas volontairement la rive
hospitalière où il trouvait si bonne chère préparée pour son
souper. Il fallait donc compter sur sa visite à courte échéance.
Les voyageurs pouvaient à la rigueur tenir allumé un assez grand
feu pour l'écarter la nuit de leur lieu de repos ; mais le jour, en
se dispersant pour aller botaniser dans les recoins de la forêt, ils
couraient le risque de le rencontrer seul à seul et d'être attaqués
à l'improviste et dans de fâcheuses conditions de défense.

Tout en mangeant leur déjeuner, dont cela avait subitement
altéré le goût, les trois jeunes gens discutaient la question.
Gaspard, brave jusqu'à la témérité, ne voyait que l'intérêt
passionnant de cette chasse au tigre, et, impatient de s'y livrer,
opinait pour rester. Karl, plus prudent, proposait de partir ;
mais il dut céder aux sollicitations de son frère et surtout
d'Ossaro, qui s'engageait à *tuer* l'animal, pourvu que le bota-

niste consentit à leur laisser passer la nuit prochaine sur le
terrain.

— Vous parlez bien à votre aise de tuer notre voleur; est-ce
avec vos flèches que vous comptez en venir à bout? demanda
Gaspard. Sont-elles donc empoisonnées?

— Oh! non, jeune sahib.

— J'aurais cru qu'il vous était impossible de vous défaire d'un
si gros gibier avec de telles armes. Expliquez-moi donc comment
vous vous y prendrez.

— Si le sahib consent à rester ici, Ossaro montrer à vous
son moyen. Lui prendre le tigre tout en vie, et tuer lui après.

— Vous espérez le prendre vivant?... Dans un piège alors?...

— Ossaro pas besoin de piège. Vous voir : Ossaro faire ce
qu'il dit.

L'Hindou avait évidemment un plan parfaitement défini. Il était
inutile d'insister pour le connaître d'avance. Et Karl, tout aussi
intrigué que son frère, ayant reçu l'assurance qu'il n'y avait de
danger à courir pour aucun des trois, résolut de rester et de
satisfaire ainsi sa curiosité.

Le Shikarri leur fit alors connaître son projet; et aussitôt le
repas terminé, tous se mirent à l'œuvre pour préparer le succès
de l'entreprise.

Le procédé était fort simple. D'abord ils se procurèrent un
grand nombre de tiges de bambous dans un fourré voisin; puis
on entailla l'écorce des jeunes pousses du banian et on y inséra
l'ouverture de ces bambous, de manière à ce que la sève
laiteuse dont elles sont pleines pût y couler librement. Chaque
jointure d'un nœud de bambou à l'autre se trouva donc transformée en un récipient d'une capacité plus ou moins vaste. A
mesure que ces récipients se remplissaient, le contenu en était

vidé dans la marmite des voyageurs, que l'Hindou plaça ensuite sur un feu couvert, en ayant soin de remuer à mesure qu'on ajoutait du liquide frais ; au bout de quelque temps, il se trouva en possession d'un résidu ayant la consistance et les propriétés de la plus excellente glu de houx obtenue par nos procédés européens.

Tandis que ceci s'achevait d'une part, les deux frères, d'après le conseil d'Ossaro, avaient réuni une énorme quantité de feuillage, en ayant soin d'y mêler une proportion considérable de feuilles de pousses de banian. Ces feuilles, qui ont la dimension d'une soucoupe, présentent une surface duveteuse particulière aux jeunes arbres, car, à mesure que le banian vieillit, sa feuille devient plus unie et plus consistante.

Quand tout fut prêt, que la glu et le feuillage eurent été transportés à l'endroit voulu, Ossaro commença les dernières dispositions.

Les deux quartiers de cerf étaient encore à la même place. L'Hindou les y laissa comme appât; seulement il eut le soin de les assujettir solidement et plus haut, afin que le tigre ne pût les atteindre trop facilement, ce qui eût été la ruine de son projet.

Une fois la venaison hors de la portée du voleur, Ossaro déblaya un vaste espace de terrain, et ce ne fut pas une petite besogne que de faire place nette et de le débarrasser des broussailles et du bois mort qui l'encombraient. Mais il était bien secondé et il put enfin attaquer la dernière partie de sa tâche. Elle l'occupa deux grandes heures. Il ne s'agissait de rien moins que d'enduire légèrement de glu les deux côtés des feuilles amoncelées à cet effet et de les disposer en diverses couches sur le terrain; de cette manière, à plusieurs mètres à la ronde, il était impossible d'approcher de l'arbre sur lequel était la viande, sans être obligé de marcher sur ce tapis de feuilles barbouillées que le vent lui-même ne pouvait déranger, puisqu'elles adhé- raient aux mousses du sol par leur face inférieure.

Il était tard quand ces singulières dispositions furent prises, les travailleurs n'ayant point voulu songer à dîner avant que tout fût terminé. Très satisfaits de leur journée, les trois jeunes gens regagnèrent leur bivouac, pour se réconforter à loisir en atten- dant le résultat de leur stratagème.

X.

A PROPOS DE TIGRES.

Ai-je besoin de vous décrire le tigre? Tout le monde l'a vu, ne fût-ce qu'en peinture, et sa description est aisée. C'est un énorme chat à la robe rayée. Les autres félins que l'on vous montre comme tels avec des fourrures tachetées peuvent être des jaguars, des panthères, des ours, des léopards, des servals; mais des tigres, jamais ! Récusez-les.

Du reste, il est impossible de confondre le tigre avec aucun autre animal. A l'exception du lion, il est le plus grand des félins; et encore y a-t-il quelques individus de la race dont la taille égale celle des plus beaux lions. C'est la crinière qui flotte sur le cou et les épaules de ces derniers qui les fait paraître plus grands et plus gros qu'ils ne sont en réalité. Dépouillez en un et comparez sa peau avec celle d'un tigre, et vous verrez que les deux seront à bien peu de chose près égales.

Comme le lion, le tigre varie très peu de forme et de couleur. Il semble que la nature n'ait pas voulu plaisanter avec ces créatures puissantes. Elle ne se livre à ses excentricités fantaisistes que sur les êtres de moindre importance. On peut trouver des tigres dont le pelage soit d'un jaune plus ou moins clair, ou dont les rayures soient plus ou moins foncées ; mais l'aspect général ne change pas, et il suffit d'un coup d'œil pour en reconnaître l'espèce.

Lion et tigre.

Le domaine ou habitat du tigre est beaucoup plus circonscrit que celui du lion. Ce dernier existe dans tout le continent africain et dans la moitié méridionale de l'Asie, tandis que le tigre ne se rencontre que dans le sud-est de l'Asie et dans quelques-unes des îles les plus considérables de l'archipel Indien. A l'ouest, son habitat est fermé par l'Indus, et on ne sait pas au juste où il s'arrête du côté du nord. Quelques naturalistes affirment qu'il existe des tigres jusque sur les rives de l'Obi, ce qui contredirait l'opinion reçue que le tigre est un habitant des tropiques. En tous cas, nous avons la preuve que de nos jours il a pénétré jusque dans la Mongolie et la partie septentrionale de l'Afrique. Les relations de bien des voyageurs nous induiraient volontiers en erreur en nous montrant le tigre non seulement en Asie, mais en Afrique et en Amérique. Ce sont les panthères, les jaguars et autres animaux à robes tachetées qui jouent les rôles de tigres dans leurs écrits et leurs imaginations.

La véritable patrie de cette redoutable créature est la région brûlante des jungles qui s'étend dans l'Hindoustan, Siam, Malacca et les provinces du sud de la Chine. C'est là qu'il règne en maître absolu, promenant son despotisme et semant la terreur de la forêt à la plaine, de la clairière au hallier. Et bien que le lion existe également dans cette région, il y est beaucoup plus rare et par conséquent beaucoup moins redouté.

Nous qui vivons loin de ces terribles carnassiers, nous pouvons à peine nous faire une juste idée de l'épouvante dont ils remplissent les pays qu'ils infestent. Le voyageur ne s'y sent jamais en sûreté. Qu'un tigre l'attaque au passage, et il ne reverra plus sa demeure, ou n'y reviendra qu'estropié. On ne croirait jamais, et c'est pourtant un fait authentique, que des districts entiers, cultivés et fertiles, ont souvent dû être abandonnés par leurs habitants par suite de la terreur que leur occasionnaient les tigres et les panthères qui y promenaient leurs ravages. Des cas similaires de dépopulation se sont produits à bien des reprises dans l'Amérique du Sud, là où le jaguar, qui est bien moins formidable, fait mine d'établir son séjour.

Dans certaines provinces, l'indigène n'essaie même pas d'opposer de résistance aux attaques du tigre. La superstition de la victime vient en aide à la fureur de destruction du monstre. On le considère comme doué d'un pouvoir surnaturel et envoyé par la divinité pour châtier. Que faire alors, sinon courber la tête et souffrir en silence?

Jaguar.

Dans d'autres provinces, au contraire, dont les habitants possèdent une somme d'énergie plus considérable, le tigre trouve des adversaires dignes de lui, et tous les moyens sont

bons pour le détruire. Quelquefois ce sont des flèches empoisonnées que l'on place sur un arc disposé à cet effet. Un appât
est placé à terre et correspond au moyen d'une corde à la ficelle
de l'arc, de sorte que le tigre, en s'approchant du morceau de
viande, appuie sur la corde et fait partir la flèche, dont la blessure
devient mortelle par le poison.

Chasse au tigre à dos d'éléphant.

On se sert également d'un fusil disposé de la même manière et
dont le tigre presse lui-même la détente.

5

Le trébuchet dont les pionniers américains se servent pour se défaire de l'ours noir, est également employé dans l'Inde contre le tigre. Il consiste en un tronc d'arbre posé en équilibre sur un second et qui tombe en écrasant l'animal, dès que celui-ci détruit l'équilibre en s'approchant pour saisir l'appât.

Chasser le tigre à dos d'éléphant est un plaisir royal que se permettent les rajahs et quelques chasseurs anglais, officiers de la Compagnie des Indes. Mais cette chasse, si intéressante qu'elle soit, ne peut se faire qu'à la condition d'avoir un grand nombre de pauvres diables occupés à battre la forêt ou la jungle, et se termine généralement par la perte de quelques douzaines de vies humaines. Peu de chose pour un rajah !

On raconte que les Chinois prennent le tigre avec un piège dont le seul appât est un miroir. L'animal, croyant se trouver en présence d'un rival, s'élance sur lui et s'y acharne jusqu'à ce que, le ressort du piège ayant joué, le jaloux compère soit prisonnier. Quant à la valeur de cette méthode, nous la donnons sous toutes réserves. Il nous faudrait en avoir fait la preuve avant de la recommander.

Mais peut-être allez-vous me dire que le plan d'Ossaro ne valait guère mieux. A-t-on jamais ouï parler de prendre un tigre à la glu ?

L'avenir nous le dira.

XI.

UN TIGRE PRIS A LA GLU.

Quelque absurde que parût le projet du Shikarri, nos voyageurs eurent l'occasion d'en constater la vertu beaucoup plus tôt qu'ils ne se l'étaient imaginé. Ils ne comptaient pas sur le retour du tigre avant le coucher du soleil, et ils avaient résolu de passer la nuit au milieu des branches du banian pour être à l'abri de tout danger. Le tigre pouvait se passer la fantaisie de venir inspecter leur camp ; et bien qu'en général, tous les fauves aient peur du feu, on a vu telles circonstances où des tigres ont attaqué des hommes assis auprès d'un splendide brasier. Ossaro en connaissait plusieurs exemples, et avait en conséquence donné le conseil de se réfugier dans l'arbre. Il convenait que le tigre pouvait à la rigueur escalader leur retraite, si l'idée lui en prenait ; mais pour cela, il aurait fallu que quelque bruit suspect attirât son attention de leur côté. En s'abstenant de tout ce qui pouvait lui donner à penser, il était peu probable qu'il songeât à soupçonner leur présence. Ils avaient eu la précaution d'établir une sorte de plate-forme de bambous au milieu de l'arbre, afin de pouvoir s'y coucher.

En attendant, le soleil était encore assez haut sur l'horizon. Les voyageurs, fatigués par des travaux si divers, étaient assis auprès de leur feu quand un bruit singulier frappa leurs oreilles. Il rappelait le sifflement d'une machine à battre, mais il était intermittent. Ossaro fut le seul chez lequel ces sons insolites produisirent un mouvement de frayeur. Les deux frères se demandaient seulement avec curiosité d'où ils provenaient. Je laisse à penser s'ils partagèrent bien vite l'alarme du Shikarri, dès que celui-ci les eut informés que ce qu'ils entendaient n'était rien moins que le ronron du tigre.

Ossaro leur fit cette communication significative d'une voix basse et émue, et se mit aussitôt à ramper vers le banian, en faisant signe à ses camarades de le suivre. Ceux-ci obéirent sans dire un mot, et furent bientôt établis auprès de lui sur leur plate-forme.

En se penchant un peu, ils pouvaient, derrière l'écran de feuillage qui dérobait leur présence, voir très distinctement et les quartiers de venaison suspendus à leur branche, et tout l'espace couvert de feuilles engluées.

Soit que le morceau pris la veille n'eût pas suffi à son souper, soit qu'alléché par ce souvenir, il eût senti son appétit se réveiller avant l'heure habituelle, il est certain que le tigre avait trompé toutes les prévisions d'Ossaro. Lui qui certes se connaissait aux habitudes de ces seigneurs au manteau rayé, il ne l'attendait que bien après le coucher du soleil, et pourtant le ronron qui s'accentuait à chaque minute davantage indiquait assez l'approche du grand carnassier.

Tout à coup, ceux-ci l'aperçurent sortant des broussailles sur
la rive opposée du petit cours d'eau. Sa large poitrine blanchâtre
contrastait vivement avec la verdure sombre du feuillage. Il
s'accroupit dans l'herbe exactement comme le chat domestique
qui guette sa proie ; ses énormes pattes s'allongèrent en avant ;
sa longue échine se courba, prête à se redresser pour bondir.
C'était horrible et effrayant à voir. Et lorsqu'il les fixa sur les
morceaux tentateurs pour s'assurer qu'ils étaient encore là, ses
yeux semblaient lancer des flammes.

Après avoir flairé à droite et à gauche, il se ramassa sur lui-
même, et, d'un bond puissant, franchit le torrent, puis se dirigea
vivement vers la proie convoitée.

Ossaro avait à dessein placé la viande à une élévation plus
considérable. Elle était au moins à douze pieds du sol ; et bien
que le tigre puisse, d'un bond, franchir une distance beaucoup
plus grande sur un plan horizontal, il n'est pas conformé pour
atteindre verticalement un point semblable sans difficulté. Il fut
donc assez désappointé de trouver les choses si différentes de la
veille. Toutefois, après avoir considéré les morceaux avec
quelque attention, il pensa sans doute qu'ils valaient la peine
d'un effort ; et, après avoir exhalé son mécontentement par
un grondement sonore, il s'accroupit de nouveau et s'élança
en l'air.

Vaine tentative ! Il toucha terre sans avoir seulement effleuré
la viande, et exprima sa colère par un grognement plus significatif
que le précédent. Après avoir repris haleine, il renouvela sa
gymnastique excitante. Cette fois il fut plus heureux. Il parvint
à toucher la venaison avec sa patte et l'ébranla assez pour qu'elle
se balançât longuement à la branche, sans s'en détacher toutefois. Elle avait été trop solidement assujettie pour cela.

Mais, à ce moment, l'attention de l'animal fut attirée sur un bien autre sujet, sujet très nouveau pour lui, et qui paraissait l'étonner autant au moins qu'il le contrariait. Quelque chose ne s'avisait-il pas d'adhérer à ses pattes? Il en souleva une et constata que deux ou trois feuilles s'y étaient bel et bien fixées. Comment? Pourquoi?... C'étaient à la vérité des feuilles humides; mais que de fois il en avait foulé auparavant, de mouillées et de sèches, dont il n'avait eu garde de s'inquiéter! C'était peut-être elles, somme toute, qui l'avaient empêché de sauter aussi haut qu'il l'aurait fallu. N'importe! après tout. Il en aurait vite raison. Il allait s'en débarrasser avant de tenter l'assaut de son souper.

Il secoua donc sa patte une ou deux fois. Peine inutile. Il la secoua plus fort, avec un commencement d'impatience. Les feuilles ne bougèrent point. Qu'est-ce que pouvait signifier un entêtement pareil? Il avait marché sur bien des feuilles de figuier dans sa vie, mais chose pareille ne s'était jamais produite.

Le tigre s'obstinait à secouer ses pattes, et, chose étrange! je crois vraiment que plus il les secouait dans son ire croissante, plus ces bêtes de feuilles s'obstinaient à y adhérer. Elles se multipliaient au contraire. Il en avait maintenant sous la plante du pied, sur les côtés, sur la surface, et jusqu'à mi-patte. Qu'y faire? Dieux protecteurs des tigres! qu'y faire?...

Mais, en animal pratique, loin de perdre la tête, il avisa sans plus tarder le seul procédé qu'il connût de se libérer. Il ne s'agissait pour cela que de se passer les pattes derrière l'oreille et sur le museau; en frottant un peu fort, on en viendrait facilement à bout. Aussitôt fait que pensé. Sa patte, se conformant aux saines traditions, se débarrassa de presque tout ce qui la gênait; mais il n'avait pas encore eu le temps de s'en réjouir, qu'il constatait avec indignation que ces *impedimenta* n'avaient fait que changer de place et adhéraient maintenant à ses oreilles, à ses mâchoires, à son nez même, où, par ma foi! ils étaient bien autrement encombrants. Il fallait à présent employer la griffe à débarrasser la tête, comme naguère il avait employé la tête pour débarrasser les ongles. Ça devenait fastidieux à la longue.

L'attention de l'animal fut attirée sur un bien autre sujet.

Enfin, il porta la patte à sa tête.... Hélas! qu'avait-elle donc cette maudite patte? N'avait-elle pas trouvé moyen de se couvrir plus que jamais de ces feuilles diaboliques? Il fallait essayer de l'autre. Mais avec l'autre ce fut bien pis encore; et de cet essai il ne résulta qu'une chose, c'est que la tête rivalisa de feuillage avec les pattes. Les oreilles, les joues, les paupières même se voilaient. L'animal était déjà à moitié aveugle. Il ne sentait plus

qu'un moyen de se tirer de là ; heureusement, il était infaillible.
De mémoire de tigre on n'avait ouï dire qu'il eût trompé
l'attente de ceux qui l'avaient employé. Il n'y avait qu'à se rouler
à terre en s'y frottant la tête.

A peine cette idée lumineuse s'était-elle fait jour dans son
esprit, que le tigre la mettait à exécution ; il posa sa joue par
terre, et, se servant de ses pattes de derrière pour se donner
plus de force, il se frictionna avec ardeur, puis se retourna pour
en faire autant de l'autre côté, se roulant dans tous les sens
jusqu'au moment où il découvrit qu'il ne faisait qu'empirer les
choses. Il était maintenant tout à fait aveuglé, et de plus il
sentait que tout son corps, y compris sa queue, était enveloppé
de cette couverture insolite qui épaississait à chacun de ses
mouvements.

Il était affolé, exaspéré. Il ne songeait plus, l'infortuné, à la
venaison tentatrice qui se balançait encore au-dessus de lui. Ce
qu'il lui fallait à tout prix, c'était la délivrance ; aussi le voyait-on
tantôt bondissant comme dans un accès de démence, puis se
roulant à terre avec rage, se meurtrissant aux arbres sans
paraître s'en apercevoir, et faisant retentir la forêt des rauques
accents de sa voix parfois furieuse, parfois désespérée.

Jusque-là nos voyageurs restaient spectateurs muets, mais
non pas impassibles, de cette scène bizarre. Tous les trois se
fussent volontiers tenu les côtes de rire ; la crainte seule de
mettre un terme prématuré à cette comédie burlesque leur
donna la puissance de se contenir. Mais Ossaro guettait le
moment de l'intervention ; quand il vit qu'il était arrivé, il saisit
sa lance ; et, faisant signe à ses compagnons de le suivre avec
leurs armes, il descendit de son lieu de retraite. Le Shikarri eût
pu s'approcher du tigre et le transpercer sans danger ; mais,

par excès de prudence, les deux fusils à balles furent tirés simultanément sur l'animal, et l'une des balles, pénétrant entre les côtes, mit un terme à ses contorsions en l'étendant raide mort.

En l'examinant, nos amis s'assurèrent que les feuilles de figuier l'avaient bien réellement aveuglé ; ce qui l'avait empêché de pouvoir s'en défaire avec ses maîtresses griffes, c'est que ces dernières étaient réduites à l'impuissance par l'enveloppe feuillue dont elles s'étaient trouvées entourées. On eût pu sans danger engager avec lui une lutte corps à corps. Il était désarmé.

Quand ce petit drame fut terminé, les trois spectateurs donnèrent libre carrière à leur hilarité ; car, outre l'embarras si comique de l'animal, il y avait quelque chose de trop amusant dans l'idée de prendre une bête féroce à la glu, comme une innocente alouette, pour ne pas les mettre en gaieté.

XII.

UN RADEAU PEU COMMUN.

Ossaro ne manqua pas de dépouiller le tigre et de se préparer pour son souper une splendide grillade découpée dans ses flancs charnus. Les deux frères refusèrent de s'associer à son repas, bien que l'Hindou leur assurât que ce bifteck de tigre est autrement savoureux que celui du sambour.

Il pouvait y avoir du vrai dans l'assertion d'Ossaro; car il est reconnu que la chair de certains carnassiers est non seulement supportable, mais réellement délicieuse. Du reste, l'excellence de la viande n'est pas toujours en rapport avec le genre d'alimentation ou la diète de l'animal, témoin celle de notre porc domestique, dont le régime est loin d'être délicat, et qui fournit cependant un des meilleurs rôtis connus.

Toutefois, ce n'était pas pour la viande proprement dite qu'Ossaro avait dépouillé sa proie, mais pour sa peau. Non que

celle-ci ait une grande valeur aux Indes; celle d'un léopard ou
d'une panthère est de beaucoup plus appréciée; mais il savait
qu'il y avait une prime de dix roupies allouée à quiconque a tué
un tigre, à la condition toutefois qu'il en présente la dépouille
comme pièce de conviction. C'est la Compagnie des Indes qui
paye cette prime, et seulement pour des tigres tués sur son
territoire. Celui-ci, il est vrai, n'avait pas succombé à l'ombre
du drapeau anglais, mais qu'importe? Il ne portait avec lui ni
son extrait de naissance, ni son extrait mortuaire; c'était une
peau de tigre, voilà tout. Et comme Ossaro comptait bien, dans
un délai relativement court, fouler de nouveau les rues de
Calcutta, il prenait ses mesures en conséquence. Aussi grimpa-
t-il sur le banian et enfouit-il la robe du tigre dans une cavité,
pour la retrouver au jour du besoin.

Les deux jours suivants se passèrent à explorer les environs.
Suivant son attente, notre ami Karl eut une réussite complète. Il
recueillit différentes graines de plantes tout à fait inconnues; et
comme le Shikarri, au lieu de s'en charger, il les mit en lieu
sûr, afin de les retrouver au retour. Il comptait ainsi mettre le
produit de ses découvertes en des lieux déterminés, et plus tard
en charger quelques coolies qui les transporteraient à Calcutta
ou à quelque autre port de mer.

Le quatrième jour, nos amis se remirent en route, se portant
vers le nord dans la direction des montagnes. La rivière dont ils
avaient résolu de remonter le cours leur servait de guide; aussi
marchaient-ils généralement sur ses bords, à moins que quelque
fourré plus impénétrable que les autres les forçât à faire un
détour.

Vers midi, ils arrivèrent à un petit affluent de la rivière, qui
leur barra nécessairement le passage. Il fallait le traverser, mais

comment? De pont, il n'y en avait point dans ces régions inha-
bitées, et le cours d'eau n'était point guéable. En vain ils le
remontèrent l'espace d'un ou deux kilomètres, il ne devenait ni
moins profond ni moins rapide. Ils errèrent sur ses rives pendant
plus de deux heures sans aucun résultat.

Gaspard et Ossaro étaient tous deux d'excellents nageurs, et
ce n'eût point été pour eux une difficulté de nature à les retarder
un quart d'heure; mais Karl ne pouvait pas du tout nager, et
c'était à cause de lui que la situation se compliquait. Si le
courant n'avait pas été aussi rapide, Gaspard et l'Hindou se
fussent chargés de l'amener sain et sauf à l'autre bord; mais
dans le cas présent il y avait assez à faire pour chacun d'eux de
veiller sur soi-même.

Ils s'étaient assis sous un arbre pour débattre la question, et
sans doute l'ingénieux Ossaro eût trouvé une solution quelconque
pour faire traverser son jeune sahib, si à ce moment cette
solution ne s'était présentée d'elle-même de la manière la plus
inespérée. Il y avait de l'autre côté de l'eau une sorte de prairie
qui s'étendait de la berge à une jungle épaisse qui la terminait.

Tout à coup un homme sortit du bois et traversa la prairie,
en se dirigeant vers la rivière. Son teint basané, ses cheveux
noirs, longs, pendant en désordre sur ses épaules, son vêtement
formé d'un lambeau de couverture retenu à sa taille par une
ceinture de cuir, ses jambes nues et ses pieds chaussés de
sandales, tout indiquait que c'était un des indigènes du Téraï,
un de ces Mechs à demi sauvages dont nous avons eu l'occasion
de parler.

Cette apparition inattendue causa le plus vif étonnement aux
deux frères. Ossaro seul était aguerri contre toutes les surprises
de cette vie nomade. Ce n'était toutefois pas l'aspect sauvage ni

le costume primitif du nouveau venu qui causaient l'étonnement des Européens. Quiconque a voyagé quelque temps dans ces régions est vite habitué à l'apparence misérable et farouche de leurs habitants ; non, ce qui avait bouleversé nos amis, c'était de voir que l'individu qui s'approchait portait un buffle sur son dos. Un buffle ! Oui, vous avez bien lu, un buffle tout entier, aussi gros, aussi noir, aussi velu qu'un taureau anglais. Le dos de l'animal s'appuyait sur celui de l'homme, la tête et les cornes reposaient sur une de ses épaules, les quatre jambes se raidissaient en l'air, et la queue ballottait sur ses talons.

Comment un homme pouvait-il supporter sans fléchir un pareil fardeau ? Voilà ce que nos voyageurs ne pouvaient s'expliquer. Et non seulement le Mech n'était point écrasé sous sa charge, mais il la portait avec une désinvolture charmante, et s'avançait vers l'eau sans en paraître plus encombré que d'un paquet de plumes.

Karl et Gaspard avaient poussé des exclamations de surprise et multipliaient les interrogations. Ossaro se contentait de sourire d'un air significatif, trop amusé de l'état de surexcitation dans lequel il voyait ses jeunes maîtres pour ne pas le prolonger, autant du moins que le décorum le lui permettrait.

Leur surprise ne fit que s'accroître quand un second indigène sortit de la forêt, chargé comme le premier, puis un troisième, puis un quatrième, etc., jusqu'à ce qu'une demi-douzaine d'hommes, buffles au dos, fussent lancés au pas de course dans la prairie.

Pendant ce temps, le premier Mech avait gagné le bord de l'eau, et c'est alors que l'étonnement de nos amis atteignit son apogée. L'homme, toujours avec la même aisance, déposa son lourd fardeau à terre devant lui, l'enlaça de ses bras, le posa

dans l'eau, puis s'élança dessus à califourchon. En un clin d'œil
il était au milieu du courant, où, s'aidant de ses bras et de ses
jambes comme de rames, il dirigea sa monture vers la rive
opposée, où se trouvaient nos voyageurs.

Les individus qui le suivaient firent exactement de même
en arrivant sur le bord, et toute la bande se trouva bientôt à l'eau
en même temps.

Le premier Mech dirigea sa monture vers la rive opposée, où se
trouvaient nos voyageurs.

Ce ne fut pas avant que le premier Mech eût abordé et qu'il
eût replacé le buffle sur ses épaules que les deux frères purent
se rendre compte du fait qui les avait tant étonnés. Ce qu'ils
avaient pris jusqu'alors pour un buffle n'était que la peau de cet
animal transformée en vessie et ensuite en radeau par les rudes
mais ingénieux habitants de ce district désolé.

On fait usage de ce même moyen primitif dans le Pundjab et d'autres parties de l'Inde, où les cours d'eau ne sont pas guéables, et où les ponts sont rares.

A cet effet, on dépouille le buffle en lui conservant les jambes, la tête et les cornes, pour servir de poignées ou points d'appui. On rend alors cette dépouille imperméable, puis on la remplit d'air et on la gonfle comme un ballon. Après ces diverses opérations, le buffle a une telle ressemblance avec ce qu'il était de son vivant, que les chiens eux-mêmes s'y trompent et aboient après lui. Naturellement la quantité d'air qu'on peut y introduire est plus que suffisante pour contre-balancer le poids d'un homme. Quelquefois, quand on veut transporter certaines marchandises, on attache ensemble quelques-unes de ces peaux, et elles constituent un excellent radeau.

Ce fut précisément ce qui se passa sous les yeux de nos amis. Les Mechs, bien qu'à demi barbares, sont très convenables dans leurs relations avec les étrangers. Un mot d'Ossaro, accompagné de quelques poignées de tabac offertes par le botaniste, suffit pour que les buffles artificiels fussent liés ensemble et mis à la disposition des voyageurs pour passer la rivière. Une demi-heure après, tous trois étaient sur l'autre rive et continuaient leur chemin sans avoir été le moins du monde molestés.

XIII.

L'HERBE LA PLUS HAUTE DU GLOBE.

Tout en remontant le cours de la rivière qu'ils avaient résolu de suivre, nos amis étaient par moment obligés de traverser de grands espaces couverts d'une espèce de végétation appelée *herbe des jungles*. Non seulement cette herbe s'élevait au-dessus de leurs têtes, mais pas plus que Goliath ou les Cyclopes, ils n'eussent pu, en se dressant sur la pointe des pieds, regarder par-dessus ces étranges prairies.

Le botaniste se montra curieux de mesurer la hauteur d'une de ces herbes, et, choisissant une des plus longues, il lui trouva quatorze pieds, et la grosseur d'un doigt d'homme à sa sortie de terre. Seule une girafe pourrait voir au-dessus de la pointe de cette herbe bizarre ; mais les girafes sont spéciales à l'Afrique, et ne se rencontrent point en Asie. Donc, aucun animal n'est de taille à dominer cette herbe des jungles au milieu de laquelle les éléphants sauvages se jouent et se cachent avec autant de facilité qu'une souris dans nos champs.

L'éléphant n'est pas le seul animal qui cherche l'ombre impénétrable de ces prairies d'un nouveau genre. Le tigre et le lion y cachent fréquemment leurs repaires, et ce n'était jamais sans un sentiment d'angoisse que nos voyageurs avaient à se frayer une route à travers ces cannes innombrables et pressées.

Girafe.

Vous ne contesterez pas, cher lecteur, que cette herbe des jungles est déjà de belle taille ; cependant elle est loin d'être la plus haute du monde, ni même de l'Inde. Que penserez-vous d'une autre herbe ayant près de cinq fois cette hauteur ? Cela vous étonnera sans doute, et pourtant elle existe dans ce pays de merveilles en fait de végétation.

Elle est connue sous le nom de *panicum arborescens*. Seulement celle-là est grimpante ; et bien qu'elle n'ait guère que la grosseur d'une plume d'oie, elle s'attache au tronc des arbres.

6

et, montant de branche en branche, dépasse souvent cinquante pieds de hauteur.

Cette fois-ci vous vous écriez qu'il n'y a rien au delà, et que nous sommes en présence de l'herbe la plus colossale de l'univers. Détrompez-vous, il en existe une autre atteignant la prodigieuse dimension de cent pieds.

Vous devinez sans peine l'espèce dont je veux vous entretenir. C'est le bambou, l'herbe géante la plus élevée qui existe sous le soleil. Vous connaissez tous le bambou comme canne. Ce n'en est pas moins une herbe véritable, appartenant à l'ordre naturel des graminées, auquel se rattachent toutes les herbes. La seule différence qui existe entre celles de nos prairies et celles des autres parties du monde, consiste dans les dimensions gigantesques de quelques-unes de ces dernières.

A ce propos, permettez, ami lecteur, de réclamer en faveur de cette modeste famille des herbes, que peut-être vous n'avez jamais songé à apprécier à sa juste valeur. Est-il dans le règne végétal quelque chose de plus précieux pour l'homme que les graminées? Ce sont elles qui nous fournissent les éléments les plus indispensables de notre existence. Le pain, qui, parmi toutes les nations civilisées, tient la première place dans l'alimentation, n'est-il pas le produit d'une herbe? Le blé, l'orge, l'avoine, le maïs et le riz ne sont-ils pas des herbes d'espèces variées, sans oublier la canne à sucre, dont le produit n'est pas non plus à dédaigner? Il nous faudrait consacrer toute une partie de ce volume à vous décrire les graminées qui sont mises à contribution pour le service de l'homme, et bien plus encore, si nous voulions vous faire connaître toutes celles qui pourront un jour lui servir, mais que l'on n'a pas encore trouvé le moyen d'utiliser ou de cultiver.

Quoi qu'il en soit, l'une des herbes les plus intéressantes et les plus curieuses est sans contredit le bambou. Sauf qu'il n'est pas entré pour une grande part dans l'alimentation ; le bambou est employé à tant d'usages, que l'on peut dire qu'il est peu de plantes qui aient rendu plus de services que lui à l'humanité.

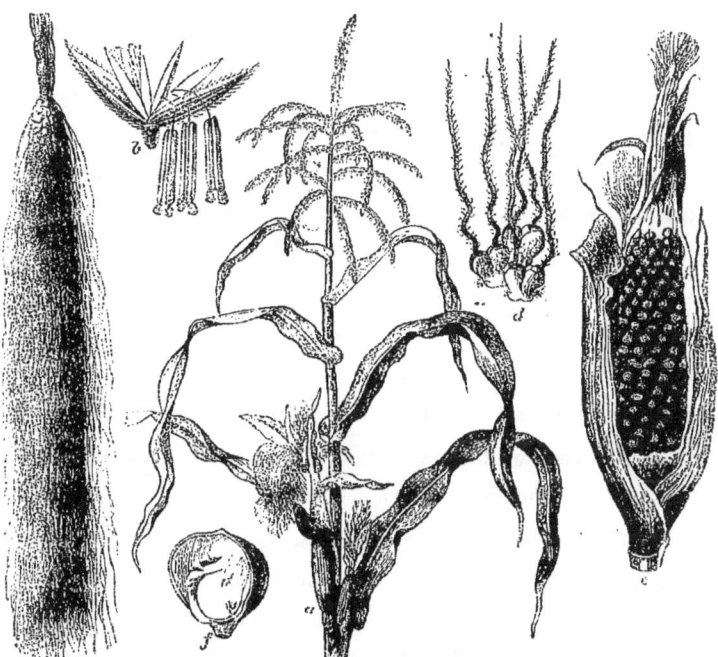

Feuilles de maïs.

Ce que le palmier, sous ses différentes espèces, est pour l'indigène du sud de l'Amérique ou de l'Afrique centrale, le bambou l'est également pour les peuples de l'Asie méridionale. Je ne crois pas que la bienfaisante nature ait fait aux habitants

de ces régions un cadeau plus précieux et plus merveilleusement
approprié à leurs besoins que cette noble plante qui se prête aux
usages les plus divers et les plus multiples. Il serait trop difficile
de vous les énumérer tous, et nous nous bornerons à en passer
quelques-uns en revue pour vous donner seulement un aperçu
de sa valeur.

Les jeunes pousses de quelques espèces sont coupées encore
toutes tendres et mangées comme le sont chez nous les asperges.
La tige parvenue au terme de sa croissance, mais encore verte,
forme d'élégants étuis, inappréciables pour transporter des
fleurs à des distances considérables, à cause de l'humidité qui
s'exhale de leurs parois. Une fois mûr et durci, le bambou est
transformé en arcs, en flèches et en carquois, en hampes de
lances, en mâts de navire, en cannes recherchées, en brancards
de palanquin, en ponts et en une foule d'autres choses.

A l'époque de leur croissance, les espèces les plus fortes sont
disposées en palissades épaisses, que l'intervention de l'armée
régulière (artillerie et infanterie) peut seule entamer.

En entaillant les tiges de bambou, les Malais se construisent
des échelles d'une merveilleuse légèreté.

Broyés dans l'eau, les bourgeons et les feuilles forment une
pâte, base du papier de Chine, dont les qualités surfines
s'obtiennent par l'addition d'un peu de coton brut et par une
manutention plus soignée. Les feuilles des plus petites espèces
sont employées par les Chinois pour doubler leurs boîtes
à thé.

Conservées dans toute leur longueur, les tiges, dont on fait
disparaître les nœuds, forment d'excellents conduits pour l'eau;
ou bien coupées en morceaux, elles fournissent des étuis pour

renfermer des rouleaux de papier. Divisées en lanières, elles procurent les meilleurs matériaux pour toutes sortes de nattes, de paillassons, de paniers, de jalousies pour fenêtres, et même de voiles pour bateaux. Les brins les plus gros sont sculptés par les Chinois avec un art et une perfection infinis.

Mais c'est surtout au point de vue des constructions que le bambou est réellement d'une valeur inappréciable. Il forme à lui seul les murailles et les charpentes de la plupart des maisons indigènes. Pour les planchers on se sert de tiges de quatre à cinq pouces de diamètre, placées à côté les unes des autres, et recouvertes de lattes d'un pouce de largeur assujetties aux tiges par des filaments de rotin, autre graminée. La toiture est formée par un chaume d'éclats de bambous de six pieds de long, posés très régulièrement les uns sur les autres, de manière à former une triple couverture. En fendant la tige en deux, on est même arrivé à en tirer parti pour faire des gouttières.

Tels sont, d'après un savant écrivain, les principaux usages du bambou ; mais nous sommes presque certain que tout ce que nous venons d'énumérer ne représente pas un dixième des services qu'il rend aux natifs des bords du Gange.

La rapidité avec laquelle le bambou peut être façonné à tous les besoins n'est pas une de ses moins remarquables propriétés. Le célèbre botaniste Hooker rapporte avoir vu ériger par six de ses domestiques indiens une maison complète, avec table et chaises, dans l'espace *d'une* heure.

Il existe environ une cinquantaine d'espèces de bambou, dont quelques-unes se trouvent en Afrique et dans l'Amérique méridionale, mais qui pour le plus grand nombre appartiennent au sud de l'Asie, véritable patrie de cette herbe gigantesque. Ces espèces varient entre elles à tous égards, les unes étant grosses et résistantes, tandis que les autres sont minces, gracieuses, élastiques et souples. Mais c'est surtout en taille que ces espèces diffèrent, depuis le bambou nain, aussi grêle qu'une tige de blé et de deux pieds de haut, jusqu'au *bambusa maxima*, plus gros qu'un homme et atteignant plus de cent pieds.

XIV.

LES MANGEURS D'HOMMES.

Ossaro avait passé sa vie entière dans la patrie du bambou; aussi n'avait-il pas son pareil pour en connaître toutes les ressources. Il n'y avait pas un vase ou un ustensile quelconque qu'il ne pût fabriquer avec telle ou telle espèce, la première qui lui tombait sous la main. Rien ne l'embarrassait longtemps, et si les Mechs ne s'étaient pas trouvés là tout exprès avec leur radeau de peaux de buffles, il eût certainement imaginé quelque moyen de tirer d'embarras les deux frères. Ce qui le prouve, c'est que, quelques heures après, le même dilemme s'étant présenté — il s'agissait cette fois de la rivière qui leur barrait le passage, ou les obligeait à un détour considérable dans un terrain marécageux — Ossaro indiqua tout de suite un espace couvert de bambous.

83   LES CHASSEURS DE PLANTES.

— Vous pensez à faire un radeau? demanda le botaniste.

— Oui, sahib.

— Mais cela va nous demander bien du temps, j'en ai peur.

— Pas peur, sahib, demi-heure, petite demi-heure seulement.

Il tint parole. Au bout de ce temps, non pas un radeau, mais trois appareils rappelant nos bouées de sauvetage n'attendaient plus que d'être mis à l'eau. Ils étaient aussi simples que possible, mais c'était tout ce qu'il fallait. Quatre tiges croisées, reliées entre elles avec du rotin, formaient un carré assez grand pour qu'un homme pût s'y introduire. Naturellement les bambous, étant creux et fermés à leur extrémité, avaient assez de légèreté pour que le poids d'une personne ne les fît point enfoncer.

Chaque voyageur, après avoir rajusté son bagage sur ses épaules, entra dans son appareil, le souleva, et le porta à la rivière, où il s'élança bravement, Ossaro en tête. Celui-ci avait donné les instructions nécessaires à ses compagnons pour qu'ils sussent manœuvrer des pieds et des mains leur appareil natatoire, ce qui n'empêcha pas beaucoup de barbotage; de sorte qu'après maints exploits qui excitèrent au plus haut point la gaieté des jeunes gens, ils finirent par aborder sains et saufs à la rive opposée, où Fritz les avait précédés, sans appareil.

Comme il fallait repasser la rivière un peu plus loin, chacun de nos voyageurs emporta son appendice natatoire, et, après une seconde traversée non moins joyeuse que la première, ils se retrouvèrent sur la route dont ils avaient intérêt à ne point s'écarter, et dont le coude de la rivière les eût considérablement éloignés. C'est ainsi que, pour ainsi dire à toute heure du jour, les deux frères avaient quelque raison d'applaudir à l'ingé-

niosité de leur guide, et d'admirer comment, plein d'esprit
pratique, il trouvait toujours le moyen de tirer un nouveau parti
des ressources naturelles fournies par le bambou.

Animal domestique attaqué par un tigre.

Mais une nouvelle surprise les attendait. Ossaro leur réservait
la vue d'un nouvel exploit.

Nous avons déjà eu l'occasion de parler de l'effroi qu'entretient dans un grand nombre de villages le voisinage des tigres d'abord, puis des lions, des éléphants sauvages, des panthères et des rhinocéros. Les habitants de ces villages n'ont aucune connaissance des armes à feu, et leurs flèches même empoisonnées sont bien insuffisantes dans une rencontre avec ces terribles fauves.

Il arrive fréquemment qu'un village entier est tenu en émoi pendant de longues semaines par un seul tigre qui a fixé son repaire dans les environs, et dont la présence se révèle journellement par des déprédations parmi les animaux domestiques. Il faut que cet état de choses ait duré fort longtemps et que le pays ait souffert des pertes considérables pour que les malheureux habitants, poussés à bout, arrivés au comble de l'exaspération, se rassemblent et tentent une sortie contre le tyran. Il n'est pas rare que ces tentatives désespérées n'amènent la perte d'un certain nombre de vies humaines, sans compter les infortunés qui reviennent estropiés pour toujours de cette lutte corps à corps contre le ravisseur.

Et ce n'est pas encore là le pire. Assez souvent le tigre ne se contente pas de limiter ses ravages au bétail, mais s'attaque à l'indigène lui-même, qu'il enlève pour le dévorer. Quand le monstre ne rencontre pas un châtiment immédiat, on peut être certain qu'il recommencera avec une audace inconcevable. C'est un fait aussi étrange qu'avéré que lorsque le tigre a une fois goûté de la chair humaine, il la préfère à toute autre, et ne néglige rien pour satisfaire cette préférence. Celui auquel on a reconnu cette malheureuse passion reçoit des indigènes le surnom de mangeur d'hommes, et il en existe pas mal dans l'Inde. Quand on découvre la présence d'un de ces fléaux dans un district protégé par des postes anglais, les indigènes accourent implorer l'aide des officiers, et les choses ne tardent pas à changer d'aspect; mais quand ils sont abandonnés à eux-mêmes et à leur initiative, la consternation les prend, à moins qu'ils ne comptent dans leur nombre quelque Shikarri fameux.

XV.

MORT DU MANGEUR D'HOMMES.

La route que suivaient nos voyageurs les conduisit à un village situé dans un coin reculé d'une forêt. Ils furent accueillis avec des acclamations de joie par les habitants, qui, ayant appris leur arrivée avant même qu'ils fussent en vue de leur pauvre bourgade, se portèrent en foule au-devant d'eux avec mille démonstrations amicales.

Le botaniste et son frère, qui ne comprenaient pas le dialecte du pays, étaient fort en peine de s'expliquer une pareille bienvenue, et, comme d'habitude, ils se tournèrent vers Ossaro pour être mis au courant.

— Un mangeur d'hommes, répondit-il laconiquement.

— Un mangeur d'hommes!

— Oui, sahib, dans jungle là-bas.

Ce n'était pas suffisamment explicite. Les deux jeunes gens ne connaissaient aucun animal répondant à cette appellation, et ne croyaient pas à la présence d'anthropophages dans cette région. Que voulait dire Ossaro?

Ce dernier leur expliqua qu'il s'agissait d'un tigre qui avait déjà tué et dévoré un homme et deux enfants, sans parler d'un nombre considérable de têtes de bétail. Depuis plus de trois mois il infestait le village et avait tenu ses habitants sur un perpétuel qui-vive. Plusieurs familles avaient même déserté la place, et celles qui restaient encore se barricadaient chez elles au coucher du soleil, et n'osaient plus en sortir jusqu'au lendemain au grand jour. Ces précautions étaient même devenues insuffi- santes, car le tigre avait fait irruption à travers la frêle muraille de bambous d'une des habitations, et enlevé le dernier enfant sous les yeux de ses parents désespérés.

A plusieurs reprises, les timides habitants de ce village, exaspérés par tant d'audace, s'étaient rassemblés pour tâcher de se défendre de ce cruel ennemi. Ils l'avaient toujours trouvé dans sa tanière; mais, vu leurs armes insuffisantes et leur peu d'habileté, ils n'avaient réussi qu'à lui faire prendre la fuite et à laisser quelqu'un des leurs sur le terrain. Les pertes se chiffraient déjà par un mort et plusieurs blessés. On comprend que, dans un pareil état de choses, les malheureux eussent depuis long- temps perdu le sommeil et la tranquillité.

Mais en quoi la venue de ces étrangers pouvait-elle justifier la joie qu'elle provoquait?

Ossaro ne pouvait en donner la raison sans un léger sentiment d'orgueil, bien légitime du reste : c'est que sa réputation comme grand chasseur l'avait précédé jusque dans le Téraï, et qu'en apprenant son arrivée en compagnie de deux sahibs européens, les pauvres gens s'étaient crus sauvés, se berçant de l'espoir que ces illustres voyageurs ne leur refuseraient pas un concours si nécessaire.

Ossaro promit aussitôt de tenter l'aventure, et le botaniste ratifia sa promesse; quant à Gaspard, il ne se sentait pas de joie. Une nouvelle chasse au tigre, quelle aubaine! Il fallait passer la nuit dans ce village; car avant ce moment rien ne pouvait être tenté. On eût pu, il est vrai, organiser une grande battue et attaquer le fauve dans son antre; mais personne n'y était bien disposé. C'était compromettre encore pas mal de vies, et telle n'était pas la manière de procéder d'Ossaro.

Karl et Gaspard s'attendaient à voir renouveler le stratagème qui leur avait si merveilleusement réussi quelques jours auparavant. Ç'avait été du reste la première pensée d'Ossaro. Mais, après informations, il ne se trouvait dans le voisinage ni banians, ni houx, ni aucun arbre fournissant la glu.

Que faire en pareille circonstance? Ossaro allait-il renoncer au dessein de détruire le mangeur d'hommes et abandonner les malheureux villageois à leur sort? Non; tout s'y opposait, d'abord sa réputation, qui était en jeu, puis son humanité. Car, tout Hindou et païen qu'il était, le Shikarri était richement doué sous le rapport du cœur. D'autre part, les deux frères prenaient grand intérêt à la chose et l'encourageaient de leur mieux, lui promettant leur concours le plus empressé.

Obligé de renoncer à une chasse ouverte et au procédé de la glu, Ossaro avisa un autre plan, et se mit aussitôt à l'œuvre. Ce n'étaient pas les dévouements qui lui manquaient; tout le monde s'était mis à ses ordres, c'était à qui se distinguerait à son service. En avant du village s'étendait un terrain découvert; c'est là qu'il établit le centre de ses opérations.

Il se fit d'abord apporter quatre énormes poteaux, qu'il fit enfoncer profondément aux quatre coins d'un espace de huit pieds carrés environ. Au sommet de chacun de ces poteaux, s'élevait une fourche solidement assujettie; sur ces fourches on établit de grosses poutres, qui y furent liées par de bonnes courroies de cuir, puis on creusa des tranchées d'un poteau à l'autre, et l'on espaça dans ces tranchées de forts bambous ayant environ quatre pouces de diamètre; après quoi l'on solidifia le tout en refermant les tranchées et en battant le terrain de manière à le durcir. Enfin on posa d'autres bambous pareils en travers des poutres que soutenaient les poteaux, en les liant ensemble avec soin, puis la construction fut complète. Avec sa parfaite régularité, elle ressemblait à une immense cage dont la porte seule manquait; mais il paraît qu'elle n'était pas nécessaire, l'oiseau en vue duquel elle était préparée n'étant pas destiné à y entrer.

Ceci terminé, Ossaro demanda une chèvre ayant de très jeunes chevreaux, et une de ces peaux de buffle que nous avons vues servir de bateau. Quand les deux objets furent arrivés, la nuit commençait à tomber. Il n'y avait pas de temps à perdre.

Ossaro revêtit la peau de buffle, mettant ses pieds et ses mains dans les quatre membres de l'animal, et se coiffant de la tête comme d'un capuchon, de manière à ce que les ouvertures des yeux du buffle correspondissent aux siens et laissassent son regard aussi libre que possible.

Ainsi métamorphosé, Ossaro pénétra dans la cage, emportant la chèvre avec lui. Le bambou qui n'avait point été assujetti, pour laisser un passage libre, fut alors solidement rajusté; puis chacun se dispersa. Karl et Gaspard s'éloignaient à regret avec les villageois pour chercher l'abri protecteur de leurs maisons.

Un étranger qui fût par hasard passé par là eût cru tout bonnement que ce singulier enclos avait été fait pour contenir deux têtes de bétail un peu différentes, mais n'ayant, somme toute, rien d'anormal. Peut-être, sur un examen plus attentif, se fût-il demandé comment ce buffle tenait si fermement entre ses pattes de devant une forte lance de bambou ; mais, à cela près, la pose des animaux était bien naturelle, tous les deux couchés sur le flanc et au repos.

Le soleil était couché, la nuit tout à fait venue, le silence profond. Les villageois avaient éteint toutes les lumières et barricadé leurs demeures, attendant les événements avec une inexprimable angoisse. Ossaro, de son côté, était inquiet, non qu'il redoutât un danger contre lequel il s'était prémuni, mais parce qu'il lui tardait de voir arriver le mangeur d'hommes. Ce qui faisait battre son cœur, c'était la crainte que celui-ci ne vînt pas et ne lui fît perdre cette belle occasion d'un triomphe si doux pour son amour-propre de chasseur.

On lui avait bien assuré qu'il ne serait pas désappointé. Le tigre, disait-on, ne passait guère de nuit sans venir rôder plusieurs heures de suite autour du village. S'il s'abstenait parfois, c'était le lendemain du jour où il avait enlevé une grosse pièce. Repu pour un certain laps de temps, il lui arrivait de laisser un peu de répit aux malheureux villageois. Mais comme sa dernière capture remontait déjà à plusieurs jours, on avait toutes raisons de l'attendre cette nuit-là.

Si le tigre approchait du village, Ossaro était certain d'avoir sa visite : il ne manquerait pas de tomber dans le piège qui lui avait été si savamment tendu. La chèvre, séparée de ses petits, les appelait incessamment d'une voix plaintive, et le chasseur, fort au courant des goûts de son gibier, ne doutait pas que le fauve n'accourût à ces accents, vu son faible très prononcé pour la chair de la chevrette.

Notre ami ne fut pas désappointé, et son attente ne fut pas de longue durée. Il y avait à peine une demi-heure qu'il s'était métamorphosé en buffle, quand un grondement sur la lisière de la forêt trahit l'approche du redoutable animal. Aussitôt la pauvre chèvre affolée se mit à bondir dans la cage, en poussant des cris déchirants. C'était ce que désirait le chasseur.

Le tigre, entendant la voix de la chèvre, n'avait pas besoin d'autre excitation ou d'autres renseignements. En quelques instants on le vit accourir vers l'endroit où il pensait se régaler d'un si fin morceau. Il n'avait rien de rampant dans la démarche, pas même la prudence cauteleuse habituelle à sa race. Trop longtemps il avait régné en maître dans ces parages pour redouter d'y voir surgir un ennemi sérieux, et c'était en maître qu'il arrivait. Il avait faim; il y avait là pour lui un excellent souper, qui donc l'empêcherait d'en jouir? En quelques bonds hardis il était à proximité de la cage.

Cette construction bizarre qu'il ne se rappelait pas avoir jamais rencontrée sur son passage l'arrêta et l'intrigua. Il tourna autour, pour s'assurer de ce qu'elle contenait. Heureusement il faisait clair de lune, ce qui lui permettait de voir distinctement le buffle et la chèvre, mais facilitait aussi à Ossaro la surveillance des mouvements de l'ennemi.

— Tiens! tiens! sembla se dire le tigre, le nez au vent, voilà encore une des inventions de ces braves gens. Ils auront fait cela pour empêcher ces deux misérables bêtes d'aller s'égarer dans

7

le bois, et aussi de me tomber sous la patte. Ils paraissent avoir
mis passablement de soin à leur petit édifice, mais nous allons
bien voir s'ils auront fait des murs qui puissent me résister.

Tout en faisant ces réflexions, le tigre s'approcha, se dressa,
et, passant sa patte dans l'intervalle d'un des barreaux, s'en
saisit et le secoua avec violence. Aussi solide qu'une barre de
fer, le bambou ne céda point même à la puissance du félin; ce
que voyant, celui-ci se mit à faire le tour de la clôture, essayant
ses forces en maints endroits, et cherchant l'entrée de ce singulier
enclos. Il fallut bien se rendre à l'évidence qu'il n'y avait ni
issue, ni endroit faible. Le fauve essaya de parvenir jusqu'à la
chèvre, en passant ses pattes à travers les barreaux; mais la
chèvre n'était pas d'humeur à se laisser atteindre, et s'enfuyait
toujours hors de la portée du tigre. Celui-ci aurait peut-être bien
tenté un coup de patte contre le buffle, mais ce dernier se tenait
très prudemment immobile au centre de la cage, sans paraître
s'émouvoir outre mesure de la présence de ce prince de la forêt.
Ce sang-froid du buffle n'aurait pas manqué de surprendre un
peu le tigre, qui s'en fût ému comme d'un fait peu ordinaire,
s'il n'eût été aussi actionné après la chèvre.

Tout à coup, comme il redoublait d'ardeur pour atteindre le
souper convoité, le buffle se précipita vers lui. Le tigre nour-
rissait l'espoir très fondé de saisir son agresseur au passage,
quand, à sa grande surprise, un instrument aigu lui déchira le
museau et produisit un bruit sec en lui frappant les dents. Ce ne
pouvait être que la corne du buffle. Rendu furieux par la
douleur, le tigre oublia la chèvre pour concentrer tous ses efforts
contre l'audacieux adversaire qui osait l'attaquer. Dix fois il
s'élança tête baissée contre la palissade, elle ne bougea pas.
L'idée lui vint alors de pénétrer dans la cage par sa partie

supérieure, et d'un bond puissant il se trouva sur une des poutrelles du sommet.

C'était là précisément ce que souhaitait le buffle. Le ventre blanc de l'assaillant formait un admirable point de mire à sa terrible corne. Rapide comme l'éclair, l'arme puissante pénètre entre les côtes du tigre, le sang jaillit en abondance; un effroyable cri s'échappe de la gueule enflammée de l'animal, qui se débat quelques minutes encore, puis se raidit dans une dernière convulsion et retombe mort sur le sol.

L'idée lui vint de pénétrer dans la cage par sa partie supérieure.

Un coup de sifflet d'Ossaro appela tous les villageois. On accourut délivrer le Shikarri et sa compagne. Le cadavre du mangeur d'hommes fut porté dans le village, au milieu d'acclamations triomphales, et le reste de la nuit fut consacré à des réjouissances de toute nature.

Une sorte de « droit de cité » fut spontanément offert à Ossaro, ainsi qu'à ses deux compagnons ; et tout ce que peut imaginer la reconnaissance la plus vive fut mis en œuvre par les indigènes pour prouver leur gratitude à leurs libérateurs.

XVI.

AVENTURES DE KARL AVEC UN OURS AUX GRANDES LÈVRES.

Le lendemain, nos voyageurs étaient en route dès l'aube. Après avoir traversé quelques champs cultivés, ils s'enfoncèrent de nouveau dans les forêts vierges qui couvrent la plupart des collines et des vallées du Téraï.

Leur chemin, durant cette première journée, ne fut qu'une série de montées et de descentes. Bien qu'ils atteignissent graduellement un niveau plus élevé, la végétation tropicale conservait son caractère exclusif. Ils rencontraient toujours les pothos, les arums à larges feuilles, les bambous, les plantains sauvages, les palmiers, après lesquels les épiphytes, les lianes et des orchidées aux fleurs charmantes, s'élançaient, entrecroisant leurs festons de manière à former une sorte de voûte fleurie qui parfois leur interceptait la vue du ciel.

Ce fut une journée de travail pour notre ami Karl, mais il ne s'en plaignit pas. Il rencontra un grand nombre de plantes rares couvertes de graines, et il en recueillit de quoi les charger tous les trois jusqu'au lieu de leur prochaine halte, où il comptait les déposer en sûreté pour les retrouver au retour. Quant à celles qui étaient en ce moment en fleurs, Karl en prit note, pensant que leurs semences seraient mûries à l'époque où il redescendrait de la montagne.

Vers midi ils s'arrêtèrent pour prendre un peu de repos. Ils avaient choisi un bosquet de magnolias pourpres, dont la fleur splendide s'épanouissait dans toute sa beauté, embaumant l'air de son parfum pénétrant. Un cours d'eau limpide traversait ce site délicieux et y répandait une fraîcheur charmante. Nos voyageurs venaient de déboucler leur fourniment et s'apprêtaient à satisfaire leur appétit, quand ils entendirent remuer dans les broussailles de l'autre côté de l'eau.

Gaspard et Ossaro, toujours prêts pour la chasse, sautèrent sur leurs armes, et, franchissant l'étroit ruisseau, se mirent à la poursuite de ce qu'ils supposaient devoir être un daim. Karl resta donc seul.

Or, nous devons l'avouer, il n'avait manifesté aucune envie de les suivre. Il se trouvait extrêmement las. Il avait, depuis le matin, ramassé tant de graines, de noix, de baies de toutes espèces, et tant travaillé pour classer et mettre en ordre ses trouvailles, qu'il était épuisé et avait une secrète envie de bivouaquer là pour la nuit. Toutefois, avant de s'abandonner à ce courant de mollesse qu'il se reprochait, il résolut d'avoir recours à un cordial qu'on lui avait chaudement recommandé. Ce n'était ni plus ni moins qu'une conserve de piments dans du vinaigre; mais, au dire du conseiller, c'était un spécimen merveilleux contre l'épuisement. Il suffisait d'en verser une ou deux gouttes dans un verre d'eau pour infuser une vie nouvelle au voyageur le plus harassé et lui communiquer la force d'affronter, sans les ressentir, toutes les fatigues. Karl trouvait le moment venu d'éprouver la vertu de ce topique. Il prit donc la bouteille d'une main et son gobelet d'étain de l'autre, et se dirigea vers le ruisseau.

Le cours d'eau en cet endroit était profondément enchâssé entre deux berges escarpées. Son lit avait environ un à deux mètres de large, mais était presque à sec. Karl avait descendu l'une des berges et s'était accroupi pour remplir sa timbale, lorsqu'il entendit en amont les voix de Gaspard et d'Ossaro qui paraissaient être à la poursuite de quelque animal. Au même instant un coup de feu retentit à peu de distance dans la direction des voix. Karl s'empressa de se relever, se demandant s'il ne pourrait pas donner un coup de main aux chasseurs, en arrêtant l'animal dans le cas où celui-ci se dirigerait de son côté. Il entendit alors Gaspard lui crier : Attention ! et vit arriver sur lui une bête assez grosse, au pelage noir et touffu, avec une tache blanche sur la poitrine. A première vue, cela lui fit l'effet d'un ours; mais une bosse que l'animal avait sur le dos, et qui lui donnait un aspect bizarre, le mit en garde contre cette impression. Il n'eut pas le temps du reste de l'examiner très minutieusement. Quand il l'aperçut, il n'en était plus qu'à six pieds; et bien loin de chercher à l'arrêter, Karl jugea prudent de battre en retraite et de lui livrer passage.

Sa première impulsion fut de remonter sur la berge. L'ours — car c'en était un, malgré sa bosse — accourait en ligne droite, et le seul moyen d'éviter une rencontre dangereuse était de lui laisser le champ libre. Notre ami s'élança donc pour escalader la rive; mais elle était escarpée et glissante, et bien avant qu'il en eût atteint le sommet, le pied lui manqua, et il redescendit au fond du ravin beaucoup plus vite qu'il n'en était sorti.

Il se trouva de nouveau face à face avec l'ours, et si proche, qu'aucun des deux ne pouvait bouger sans frôler son adversaire ; et Karl était sans armes, une bouteille de conserves n'ayant en aucun temps trouvé place dans cette catégorie.

La situation était trop tendue pour admettre un intervalle de réflexion. L'ours se précipita droit à l'attaque avec un grognement furieux. Sa griffe puissante effleurait déjà le chasseur de plantes, lorsque celui-ci, d'un geste instinctif, le frappa de ce qu'il tenait à la main et eut la bonne chance de l'atteindre en plein museau. Un bruit de verre cassé se fit entendre aussitôt, et le contenu de la bouteille, le précieux topique, sauta dans toutes les directions sur la tête de l'ours.

La bête poussa un gémissement de terreur, et, abandonnant le lieu de la lutte, entreprit à son tour de gravir la pente escarpée. Elle y réussit mieux que notre ami Karl. En un clin d'œil elle était au sommet, et elle eût été bien vite hors de vue et perdue dans les broussailles, si Gaspard, se présentant à l'improviste, n'eût d'un coup de fusil heureux envoyé l'animal rouler sans vie au fond du ravin.

Le corps vint s'arrêter aux pieds de Karl, qui put, comme il en mourait d'envie, l'examiner tout à loisir. Quel ne fut pas son étonnement de découvrir que ce qu'il avait pris pour une excroissance naturelle était une couple de jeunes oursons qui avaient dégringolé avec leur mère et qui, arrachés à leur asile, tournaient maintenant autour de la morte en poussant des cris déchirants et en montrant les dents d'une façon menaçante !

Sur ces entrefaites, Fritz accourut, et en quelques instants il mit fin à leur désespoir et à leurs démonstrations hostiles.

Gaspard raconta alors comment, lorsque Ossaro et lui s'étaient approchés de l'ourse, ils avaient trouvé les petits jouant et gambadant à quelques pas de leur mère ; et comment, après qu'il eut tiré son premier coup de feu, la bête, qui n'avait pas été atteinte, s'élança et saisit tour à tour avec la gueule les deux oursons, qu'elle chargea sur ses épaules, puis disparut.

Il eut la bonne chance de l'atteindre en plein museau....

L'animal qui venait de tomber sous la balle de Gaspard était l'ours paresseux, ou encore l'ours aux grandes lèvres (*ursus labiatus*). La seconde appellation lui vient de ce qu'il peut projeter ses lèvres fort en avant de ses mâchoires pour saisir sa nourriture. On l'appelle également *paresseux*, parce que les premiers naturalistes crurent tout d'abord qu'il appartenait à la

famille des paresseux. Sa laideur particulière, son pelage long,
noir, mal peigné, et son corps mal conformé, justifiaient
quelque peu cette erreur. Cependant sa sagacité remarquable,
qui permet aux Indiens de le façonner à toutes sortes de tours,
le fait grandement rechercher des bateleurs et lui a valu un autre
surnom, celui d'*ours des jongleurs*.

Cet animal est couvert d'un poil très long et presque hérissé ;
très noir, excepté sous la gorge, où il porte une marque blanche
ayant la forme d'un Y. Il est à peu près aussi grand que l'ours
noir d'Amérique, avec lequel ses habitudes ont beaucoup de
conformité. Il n'attaque jamais l'homme que s'il y est absolument
forcé pour se défendre. Si Karl avait pu se garer à temps, il est
certain que la mère des deux oursons n'eût point cherché à le
joindre, malgré sa fureur d'avoir été attaquée par Gaspard.

Inutile de dire que, malgré la perte du précieux spécifique
contre la fatigue, Karl ne songea pas trop à la déplorer et se
montra fort reconnaissant de l'usage inattendu auquel lui avait
servi sa bouteille de conserves.

XVII.

OSSARO EN DÉTRESSE.

Fritz en avait à peine fini avec les jeunes oursons, quand les deux frères entendirent de nouveau des cris perçants.

— Au secours, sahibs! au secours! répétait la voix d'Ossaro avec une ardeur croissante.

Que pouvait-il lui être arrivé? Karl et Gaspard s'élancèrent à son aide. Le botaniste saisit son fusil au passage, et ils coururent dans la direction des cris, redoutant vivement de trouver leur brave guide aux prises avec un tigre ou une panthère.

En quelques instants ils arrivèrent en vue d'Ossaro, et, à leur grand soulagement, ne virent aucun fauve dans les environs; cependant l'Hindou ne discontinuait pas ses appels désespérés, et se livrait à une pantomime bien faite pour surprendre les Européens. Il dansait, sautait, tournoyait, gesticulait de la manière la plus extravagante, se mettait la tête en bas et faisait aller ses jambes comme un nouveau Don Quichotte, se débattant contre un ennemi invisible. Ossaro n'était pourtant point sujet à des attaques d'épilepsie, ni à la danse de Saint-Guy. Jamais clown ne s'était livré avec plus de verve et d'entrain à des exercices gymnastiques plus bizarres et plus compliqués. Sans les cris poussés par l'Hindou, et qui entretenaient l'inquiétude au cœur des deux frères, ils se fussent bien certainement livrés aux douceurs du fou rire; mais ils craignaient que ces convulsions grotesques ne fussent causées par la morsure de quelque serpent, et ils continuaient d'avancer en courant.

Tout à coup la conduite d'Ossaro s'éclaira d'un jour nouveau. Un nuage doré formait autour de sa tête comme une auréole mouvante, hélas! et bourdonnante; pour parler moins poétiquement, il était au milieu d'un essaim d'abeilles acharnées après lui. Tout s'expliquait : ses gambades, ses contorsions effrénées; et les deux frères, qui avaient tenu leur sérieux tant qu'ils avaient redouté un véritable danger, ne purent résister plus longtemps au comique de la situation et partirent d'un éclat de rire homérique.

Mais en voyant la manière dont ses jeunes compagnons sympathisaient à ses peines, Ossaro se formalisa tout à fait. L'aiguillon des abeilles l'avait piqué tellement au vif, qu'il avait dérangé l'équilibre de son humeur généralement égale; et exaspéré de la gaieté des deux frères, il résolut de la faire cesser et d'en tirer vengeance. Il fallait qu'il leur fît voir si c'était risible. Aussitôt, sans mot dire pour les mettre sur leurs gardes, il s'élança vers eux, entraînant après lui l'essaim furibond.

Cette manœuvre inattendue mit fin à l'hilarité du botaniste et de son frère; et en un clin d'œil, au lieu de s'amuser aux dépens de l'Hindou, ils se transformaient, eux aussi, en gymnasiarques

émérites. Les abeilles, apercevant de nouvelles victimes, se
séparèrent aussitôt en trois essaims distincts. Il n'y eut pas
jusqu'à Fritz qui ne fût attaqué à son tour et ne commençât à
hurler et à se démener comme s'il eût été atteint de la rage.

Karl et Gaspard apprenaient à leurs dépens qu'il n'est pas
bon de rire du mal d'autrui, et, sous ces morsures virulentes,
ils se demandaient jusqu'à quel point leur vie était en sûreté.

Essaim d'abeilles.

Comment en finir avec ces maudites bêtes, qui les suivaient
partout, bourdonnaient sans cesse à leurs oreilles, et les piquaient
en pleine figure dès qu'elles en pouvaient trouver l'occasion?

Je ne sais trop comment cela se serait terminé pour nos
pauvres amis, qui eussent bien pu rester sur place victimes de

ce supplice d'un nouveau genre, si Ossaro n'eût avisé un remède.

Tout à coup, faisant signe à ses compagnons de le suivre, il prit sa course à travers les bois et arriva bientôt à un endroit où le ruisseau entravé dans son cours formait une nappe d'eau assez profonde. Sans un moment d'hésitation, l'Hindou se jeta dans l'eau, la tête la première. Karl et Gaspard, sans se rendre bien compte du résultat, l'imitèrent; et tous les trois restèrent enfoncés jusqu'au cou, et plongeant à courts intervalles leur tête sous l'eau. A la fin, les abeilles, se voyant menacées d'une noyade complète, si elles persistaient dans leur attaque, reprirent peu à peu le chemin de la forêt.

Après une submersion assez prolongée pour être certains que leurs infimes mais cruels adversaires les avaient quittés sans retour, nos trois voyageurs sortirent de l'eau et se séchèrent comme ils purent sur la berge, au soleil. C'était certes le moment de rire de leur mine piteuse; mais la souffrance était encore trop cuisante pour leur laisser savourer le côté plaisant de l'aventure, et ce fut de fort mauvaise humeur qu'ils regagnèrent leur campement.

En chemin, Ossaro leur expliqua comment il s'était trouvé aux prises avec les abeilles. En entendant la détonation du coup de feu de Gaspard et le bruit de la lutte entre Fritz et les oursons, il était accouru pour prêter main-forte en cas de nécessité. Dans sa précipitation, il regardait à peine devant lui, lorsque sa tête heurta un nid d'abeilles suspendu à une liane transversale. Le nid était construit en boue, et sans doute mal assujetti; car il tomba et se brisa dans la secousse que lui imprima Ossaro en cherchant à se dégager brusquement du réseau qui entravait sa marche.

Les abeilles furieuses se ruèrent sur l'auteur de cette maladresse, et ce fut le moment où il commença à appeler, et où les
jeunes gens s'avancèrent à sa rencontre, acte, disait-il, qu'il
déplorait amèrement.

Malgré ces paroles un peu vives, Ossaro ayant cherché dans
la forêt une herbe dont la sève enlève immédiatement la cuisson,
la bonne humeur de tous se rétablit bien vite, et avec elle la
parfaite harmonie qui distinguait notre petit trio.

XVIII.

L'AXIS ET LA PANTHÈRE.

La maternelle sollicitude dont l'ourse avait fait preuve à l'égard de ses petits, en essayant de les soustraire au danger, avait rempli d'admiration les deux frères ; et maintenant que l'enivrement de la chasse était passé, ils regrettaient positivement de l'avoir tuée et d'avoir laissé massacrer ses petits.

Mais la chose était faite ; il n'y avait plus à y revenir. En outre, pour leur enlever tout scrupule, Ossaro leur affirma que ces bêtes sont considérées comme très nuisibles, et leur destruction comme œuvre pie. Elles ne quittent guère leurs retraites dans les jungles ou dans la montagne qu'à l'époque de la moisson, et à ce moment détruisent ou compromettent les récoltes et en une seule nuit ravagent absolument tout un enclos.

En entendant ces détails, Karl et Gaspard se consolèrent de
leur précipitation, sans toutefois s'empêcher de parler avec
intérêt de la manière curieuse et touchante dont la pauvre mère
avait transporté ses petits. Karl avait lu maints récits analogues
concernant d'autres espèces, telles que le grand fourmilier de
l'Amérique du Sud, l'oppossum et la plupart des singes, chez
lesquels cette coutume est commune. Les jeunes gens conve-
naient que c'était un trait bien remarquable pour des animaux
inférieurs comme ceux-là, et qui prouvait que les natures les
plus sauvages sont susceptibles d'affection.

Singe portant son petit.

Le hasard permit que le jour même ils eussent l'occasion de
voir un nouvel exemple de ce dévouement maternel, exemple qui
heureusement eut une fin beaucoup moins tragique.

Ils avaient achevé leur marche de la journée et se reposaient

8

à l'ombre d'un *talauma* — variété à très grandes feuilles du
magnolier — tout au bord d'une clairière. Ils avaient fourni une
traite longue et rude, car ils étaient dans cette région si accidentée qui précède les hautes montagnes; et bien qu'ils
parussent descendre autant qu'ils montaient, ils s'élevaient
insensiblement et étaient déjà à plus de cinq mille pieds au-dessus
des plaines de l'Inde. Ils étaient arrivés à une nouvelle zone de
végétation parmi les grandes forêts de magnoliers qui forment en
quelque sorte une ligne de démarcation entre la partie basse et
la partie supérieure de la chaîne de l'Himalaya.

C'est dans cette partie du monde que la famille des magnoliers
acquiert toute sa vigueur et déploie toute sa variété. Après le
magnolier à fleurs blanches, qui s'épanouit dans toute sa splendeur à une altitude de quatre à huit mille pieds, vient le
magnolier *campbellia* à fleurs pourpres, le plus beau de tous,
qui revêt les pentes des montagnes d'un véritable manteau
d'écarlate.

Ici nos voyageurs rencontraient aussi différentes espèces fort
rares de châtaigniers, de chênes, d'érables et de lauriers; ces
derniers, à tiges droites et lisses, ne rappelaient guère le
modeste arbrisseau de nos contrées, car, ainsi que les rhododendrons, ils s'élevaient à la même hauteur que les chênes.

Ce qui surprenait surtout le botaniste, c'était de voir les arbres
d'Europe se mêler aux espèces qui caractérisent les forêts des
tropiques. Ainsi les bouleaux, les aunes, les saules et les
noyers croissaient côte à côte avec les bananiers, les palmiers
de Wallich et des bambous gigantesques; tandis que le grand
cedrela toona, les figuiers divers, les mélastomes, les baumes,
les pothos, les poivriers, les orchidées et les lianes gigantesques ombrageaient des véroniques, des ronces, des « ne

m'oubliez pas », et des orties qui se prélassaient à leur ombre comme elles eussent pu le faire en Europe.

Des fougères arborescentes portaient bien haut leur feuillage denteló, tandis qu'à leurs pieds prospéraient les mêmes fougères communes qui tapissent nos marécages. Notre fraisier des bois couvrait d'énormes espaces de terrain; mais dans l'Himalaya, son fruit est sans saveur aucune; on trouvait en revanche aux mêmes endroits une belle framboise jaune et succulente, un des fruits les plus savoureux de l'Himalaya, qui semble avoir pris à tâche de compenser ainsi le manque de parfum de la fraise.

C'était sous le feuillage d'un de ces splendides magnolias, dont la fleur largement épanouie embaumait l'atmosphère, que s'étaient étendus nos trois voyageurs, tellement las, qu'ils ne s'étaient pas senti le courage de commencer leur arrangement pour la nuit. L'Hindou mâchonnait son bétel; Karl et Gaspard ne faisaient rien et n'en disaient guère plus. Il n'y avait pas jusqu'à Fritz qui, la langue pendante et l'œil atone, ne semblât convenir qu'il était rendu de fatigue.

Tout à coup Gaspard, dont le regard perçant était toujours aux aguets, tira son frère par la manche et lui dit à demi-voix.

— Regarde donc, Karl! peut-on rien voir de plus joli?

Ce disant, il désignait un animal qui venait de sortir des bois et s'était arrêté après quelques pas dans la clairière. Cette gracieuse créature rappelait le daim, dont elle avait les formes élancées et les jambes fines; elle n'en différait guère que par sa robe; et encore sa couleur était à peu près celle du daim; mais elle était toute marquée de taches d'un blanc de neige, qui lui donnaient une beauté toute particulière.

— C'est le daim tacheté, plus connu sous le nom d'axis, répondit Karl, également à voix basse. Il est très connu dans la région où nous sommes, entre le Gange et le Bramapoutre. Retiens Fritz, afin que nous puissions l'observer à loisir.

Gaspard se rendit aussitôt au désir de son frère, et les voyageurs restèrent immobiles et silencieux pour examiner les mouvements de l'animal. Presque aussitôt ils virent un diminutif du premier axis apparaître entre les broussailles : c'était un petit faon à peine âgé de quelques jours et aussi tacheté que sa mère. Celle-ci, ne soupçonnant pas la présence des étrangers, s'était mise à brouter, et son petit, beaucoup trop jeune encore pour paitre, se livrait à ses côtés aux plus folles et aux plus gracieuses gambades.

Panthère.

Les chasseurs délibéraient à voix basse sur ce qu'ils allaient faire. Ossaro avait grande envie de se procurer un rôti, et le faon en offrait un bien tentant. Gaspard, de son côté, ne demandait qu'à placer son coup de fusil; mais le botaniste, d'un naturel plus pacifique, ou moins accessible aux enivrements de la chasse, s'opposait à ce dessein.

— Ce serait un meurtre, frère, dit-il. Vois comme ils ont l'air heureux et doux ! Rappelle-toi notre regret de n'avoir pas épargné cette vilaine ourse noire ; c'était pourtant autre chose que de s'attaquer à ces jolies et innocentes créatures.

Pendant cette discussion, un nouvel acteur fit son apparition sur la scène, et sa présence dissipa bientôt dans l'esprit de Gaspard et d'Ossaro toute idée de meurtre.

Le nouveau venu était un animal de la grosseur de l'axis, mais d'une forme toute différente et présentant avec lui un contraste frappant. La robe, d'un jaune un peu plus foncé, était tachetée de taches d'un noir de jais. Le mot tache ici est impropre ; c'étaient plutôt des roses, ou des anneaux formés de points et dont le centre était de la même couleur que la robe.

L'animal, très vigoureux, avait un corps trapu, planté sur des jambes courtes et larges ; sa longue queue se terminait en pointe et sa tête ressemblait étonnamment à celle d'un chat, ce qui n'avait rien d'étonnant, puisqu'il était de la famille : c'était une panthère.

L'attention de nos voyageurs se concentra aussitôt sur l'animal qu'ils avaient reconnu du premier coup d'œil, et qu'ils savaient être, après le tigre et le lion, le plus redoutable des félins asiatiques. Ils savaient que la panthère de l'Inde n'hésite point à attaquer l'homme, et ce ne fut point sans une certaine émotion qu'ils la virent sortir des jungles et s'avancer vers eux. Les deux frères avaient épaulé leurs fusils, Ossaro tendait la corde de son arc ; tous étaient prêts à recevoir le fauve de la bonne manière, dès qu'il lui plairait de s'aventurer à la portée de leurs armes.

Ce dernier ne songeait guère à molester les voyageurs. Il était parfaitement inconscient de leur présence et n'était absolument occupé que de la biche ou peut-être du faon, qui lui ferait, se disait-il, un excellent souper.

Couché sur l'herbe, il s'avançait en rampant tout le long de la lisière du bois, se rapprochant sans bruit de ses victimes. Encore quelques secondes, et il allait être à portée pour sauter sur sa proie ; il prenait déjà son élan, et l'axis broutait toujours ! Juste à ce moment critique Gaspard éternua violemment. Etait-ce

La panthère poursuivit l'axis sans pouvoir l'atteindre.

la pénétrante odeur du magnolia qui réagissait sur lui à son insu ? Il ne s'en rendit pas compte ; toujours est-il que son éternuement involontaire eut le meilleur effet du monde. La biche, en l'entendant, leva la tête, regarda autour d'elle, aperçut la panthère, prit son faon dans sa gueule, d'un bond souple et nerveux traversa la clairière, et disparut dans la jungle du côté opposé.

La panthère avait pris son élan; mais, ayant manqué le but, elle poursuivit l'axis sans pouvoir l'atteindre ; dès qu'elle se fut convaincue qu'il était hors de sa portée, elle se désista de sa poursuite, selon l'habitude des félins. Elle revint donc sur ses pas et rentra sous le couvert de la jungle, à l'endroit même où elle en était sortie, sans passer assez près des chasseurs pour qu'ils pussent risquer utilement leur coup de feu, et à son tour elle disparut définitivement.

Karl félicita alors son frère de l'avis opportun qu'il avait donné à la biche. Gaspard se défendit énergiquement de l'avoir fait exprès, convenant avec une parfaite bonne foi qu'il eût préféré avec Ossaro manger un fin rôti, ou exercer du moins son adresse sur un adversaire comme le fauve, vu qu'il n'est pas toujours donné d'être dans d'aussi bonnes conditions de défense.

XIX.

LE FLÉAU DES TROPIQUES.

On a beaucoup célébré en prose et en vers le brillant soleil et le ciel bleu des tropiques, et les voyageurs ne tarissent pas sur les fruits exquis, les fleurs ravissantes, le feuillage admirable des forêts équatoriales. Aussi celui qui n'a jamais visité ces régions enchantées y rêve sans cesse et s'imagine qu'il y goûterait un bonheur parfait, une vie tissue des plus fantastiques délices.

Mais la nature n'a pas accordé de semblables privilèges à une portion de son territoire sans les avoir compensés en les faisant chèrement payer. Et qui sait? Si l'on établissait une comparaison rigoureuse entre les diverses régions du globe, peut-être trouverait-on que le sort de l'Esquimau qui se chauffe dans sa hutte de neige et celui du méridional qui se balance dans son hamac sous un palmier ne sont pas, comme jouissance, aussi différents qu'on le croit communément.

Cette zone torride, avec sa végétation luxuriante, n'est pas moins prolifique sous le rapport des insectes et des reptiles venimeux, d'où il résulte que l'habitant des pays chauds est par cela même exposé à une plus grande somme de souffrances que celui des régions arctiques. La privation de nourriture végétale et la violence du froid sont certainement plus faciles à supporter que les tortures incessantes produites par les insectes et les reptiles qui pullulent entre les deux tropiques, sans compter que l'atmosphère remplie de ces insectes venimeux semble toujours plus surchauffée qu'elle ne l'est en réalité.

Nos chasseurs s'apercevaient de cette vérité. Ils avaient à subir précisément dans les basses régions himalayennes les mêmes souffrances de tous les instants que le grand Humboldt a décrites comme insupportables, lorsqu'il parcourait les forêts de l'Amérique.

A tout instant ils étaient mordus par les fourmis ou piqués par l'aiguillon des moustiques, attaqués par des tiquets, dont quelques espèces infectent le bambou et sont réellement épouvantables. Rien ne peut en garantir. Ils s'insinuent sous les vêtements, souvent en grand nombre, introduisent dans la peau leur appareil mandibulaire, y enfoncent leur tête et leur corselet qui, retenus par une sorte de lancette bardelée, ne peuvent plus être arrachés que par la force et au prix d'une véritable douleur.

Mais de toutes les tortures auxquelles ils étaient soumis, aucune ne leur parut plus désagréable et plus écœurante que celle dont nous allons parler. C'était le lendemain de leur aventure avec l'ourse et avec l'essaim d'abeilles. Nos trois amis avaient marché toute la matinée; la chaleur étant devenue intolérable, ils convinrent de s'accorder, pendant l'après-midi, quelques heures d'un repos bien mérité. Au bout d'un instant, accablés de fatigue, ils avaient tous succombé au sommeil.

Gaspard fut le premier à s'éveiller. Il se sentait fort mal à son aise ; malgré l'accablement auquel il était en proie, il n'avait pu perdre le sentiment de sa lassitude, tenu en éveil comme il l'était par la piqûre des moustiques ou autres insectes. Il s'assit enfin, et son regard tomba sur Ossaro, qui dormait presque à ses côtés.

Le Shikarri était à moitié défait : sa tunique était ouverte et laissait voir sa large poitrine, tandis que son pantalon, relevé au-dessus du genou pour lui faciliter la marche dans les hautes herbes, avait mis à nu ses jambes nerveuses. Quel ne fut pas l'étonnement de Gaspard en voyant que la peau de l'Hindou était toute parsemée de taches noires et rouges ! Ces dernières, humides, étaient évidemment des traces de sang. En y regardant de plus près, il s'aperçut que les taches noires s'allongeaient et se contractaient alternativement ; s'étant approché, il put en déterminer la nature. C'étaient des sangsues ! Et le malheureux Ossaro en était couvert !

Gaspard jeta un cri qui fit ouvrir les yeux à ses deux camarades. L'Hindou fit une piteuse grimace en découvrant sa peu enviable situation ; mais ni Karl ni Gaspard ne purent le consoler par de longues démonstrations de sympathie, car ils ne tardèrent pas à s'apercevoir qu'ils étaient eux-mêmes la proie de ces odieux parasites.

La scène qui suivit peut plus facilement s'imaginer que se décrire. Les trois voyageurs se dépouillèrent au plus vite de leurs vêtements et durent, pendant plus d'une demi-heure, travailler à se débarrasser de ces désagréables visiteurs. Je vous laisse à penser si, le dernier jeté loin, ils tardèrent à s'éloigner de cet endroit, qui resta dans leur souvenir comme un avertissement et une menace.

Ces sangsues terrestres sont sans contredit un des fléaux des contrées humides et chaudes. Elles abondent dans l'Himalaya, où elles sont représentées par trois espèces principales. Elles ont à un degré surprenant la faculté de se distendre et de se contracter. Lorsqu'elles s'allongent, elles sont à peine de la grosseur d'un fil; une fois repliées sur elles-mêmes, elles atteignent la grosseur d'un pois. Elles se meuvent avec une vitesse incroyable et ont la faculté de flairer la présence du voyageur. Malheur à l'infortuné dans les fosses nasales ou dans l'estomac duquel elles parviennent à pénétrer! Il mourra en quelques jours dans des souffrances atroces, et la science ne pourra rien pour le soulager.

Quant au bétail, c'est par centaines que se comptent les victimes de cette vermine.

XX.

LE PORTE-MUSC.

Quelques journées de marche amenèrent enfin nos amis à l'extrême limite de cette interminable forêt. Ils purent de nouveau contempler les pics éblouissants qu'ils avaient perdus de vue depuis qu'ils étaient dans la région boisée, au pied même de ces imposantes montagnes dont l'œil aperçoit à peine le sommet, qui se perd dans les nues à plus de 8,000 mètres au-dessus du niveau de la mer.

L'intention de nos chasseurs de plantes n'était point de gravir ces cimes gigantesques, effort inutile qui n'eût rien ajouté à leur gloire et eût menacé de leur coûter la vie. Toutefois Karl était résolu de s'élever jusqu'à la région des neiges, aussi loin que la végétation s'étendrait, car il pensait y trouver quelques plantes rares et précieuses. En effet, il y croît plusieurs espèces de rhododendrons, de genévriers et de pins qui ne se rencontrent que dans ce que nous pourrions appeler la zone arctique de l'Himalaya.

Depuis deux ou trois jours ils franchissaient des vallons rocailleux et désolés, complètement déserts. Cependant ils ne risquaient pas de manquer de nourriture, car la contrée était giboyeuse et renfermait un nombre considérable d'animaux divers; ils n'avaient qu'à exercer leurs talents de chasseurs pour n'éprouver aucune difficulté à varier leurs rôtis. Ils tirèrent le *talin*, sorte de chèvre sauvage, dont le mâle atteint fréquemment le poids énorme de trois cents livres, et une jolie espèce de daim connue dans le pays sous le nom de *sérou*. Ils abattirent un ou deux moutons sauvages appelés *burrell*, et le *gooral*, antilope indigène qui est le chamois de ces Alpes de l'Inde.

Mais de tous les animaux de l'Himalaya, aucun n'intéressait nos voyageurs autant que le curieux petit animal appelé daim musqué ou *porte-musc*. C'est l'animal qui fournit le parfum célèbre auquel il a donné son nom. Inutile de dire que pour cette raison il est fort recherché. Le porte-musc fait sa demeure sur les confins de la région des neiges éternelles, où il se voit sans cesse poursuivi et traqué par les chasseurs, qui gagnent leur vie en trafiquant de son parfum avec les marchands de la plaine.

C'est un animal de petite taille, moins grand que notre chevreuil, d'un gris brun, tacheté, beaucoup plus foncé sur la croupe et sur les cuisses. Il a la tête petite, les oreilles longues et droites, mais ne porte point de cornes.

Une particularité assez sensible le distingue de la race du daim et de l'antilope, dont il se rapproche à d'autres égards : c'est que le mâle porte à la mâchoire supérieure deux longues défenses de la grosseur d'une plume d'oie et d'une longueur de sept à huit centimètres; ce qui lui prête quelque chose de réellement bizarre. Le mâle seul donne le parfum, qui se trouve en grains de grosseur variable renfermés dans une petite bourse située près du nombril. On n'est point encore arrivé à découvrir ce qui donne naissance à cette singulière substance, ni à quel besoin elle répond dans l'économie générale de l'animal. Toutefois, le pauvre être, si inoffensif de sa nature, peut dire qu'il porte en lui-même son pire ennemi. Sans cette matière parfumée, le porte-musc mènerait une existence comparativement exempte de dangers ; on ne songerait pas à le poursuivre, d'autant plus que les régions qu'il habite seraient sa première défense contre l'homme ; tandis que la valeur vénale attachée à ce qu'il sécrète lui a créé une légion d'ennemis acharnés à sa perte.

Nos chasseurs avaient souvent aperçu des daims musqués à mesure qu'ils avançaient sur le flanc de la montagne ; mais comme ces animaux sont extrêmement timides et d'une agilité surprenante, ils n'avaient pas encore trouvé l'occasion de leur tirer un coup de feu ; aussi, aiguillonnés par la difficulté même, n'étaient-ils que plus désireux d'en abattre un.

Un jour qu'ils gravissaient une ravine très escarpées au milieu de genévriers rabougris et de massifs de rhododendrons, ils firent lever un des plus gros mâles de l'espèce qu'ils eussent encore rencontrés. Comme il suivait la même ligne qu'eux sans avoir une allure très rapide, ils résolurent de se mettre à sa poursuite. Fritz fut en conséquence lancé sur sa piste, et nos trois chasseurs le suivirent aussi vite qu'il leur fut possible sur ce terrain inégal,

Quelques minutes à peine s'étaient écoulées depuis qu'ils avaient commencé de courir, lorsque les aboiements de Fritz leur annoncèrent que le gibier avait quitté la ravine pour s'engager dans une autre.

Comme ils débouchaient du côté que leur indiquait la voix du chien, ils se trouvèrent dans une gorge renfermant un glacier. Cela ne les surprit pas. Ce n'était pas la première fois que telle chose leur arrivait, et plus ils avançaient dans leur ascension, plus ils étaient à même de faire les mêmes rencontres.

Une pente assez douce leur permettait de gravir sans trop de peine le sommet du glacier, et sur la neige récemment tombée ils retrouvèrent les traces du daim. Fritz s'était arrêté à l'extrémité du glacier comme pour attendre son maître, mais sans aucune hésitation. Celui-ci, suivi de son frère et d'Ossaro, s'élança en avant, prêt à suivre la piste de l'animal partout où elle le conduirait.

XXI.

LE GLACIER.

Pendant plus d'un mille ils gravirent la pente du glacier, qui s'étendait entre deux murailles de rochers presque verticales. Il était donc impossible que le porte-musc pût leur échapper de nouveau par aucun passage latéral.

A mesure que nos chasseurs avançaient, la gorge se resserrait de plus en plus, et les parois qui la fermaient semblaient se réunir à quelques centaines de mètres devant eux, formant un angle aigu dont le sommet était un cul-de-sac.

Ceci servait admirablement les projets de nos amis. L'animal acculé dans cette impasse ne pouvait tarder à succomber sous leurs coups.

Pour ne rien laisser au hasard et être plus certains du succès, ils se séparèrent et se déployèrent sur une ligne de front de manière à occuper toute la largeur de l'étroite vallée. Il y avait à

Glacier.

peine cent mètres d'intervalle entre eux. Ils s'efforçaient de
marcher droit devant eux, afin de conserver leurs distances ;
mais ce n'était pas toujours possible, à cause des nombreuses
fissures et des morceaux de glace qu'ils rencontraient sur leur
passage, et qui les obligeaient quelquefois à des détours considérables. Cependant, le triangle allant en se rétrécissant, ils
finirent par ne plus se trouver séparés que par une cinquantaine
de mètres. Le gibier ne pouvait plus passer hors de la portée de
leurs armes ; et stimulés par l'espoir d'un si beau coup de fusil,
nos chasseurs marchaient comme s'ils étaient inaccessibles à la
fatigue.

Tout à coup ils s'arrêtèrent brusquement et se regardèrent
avec effroi. Une crevasse profonde de près de cinq mètres de
large coupait transversalement le rocher et leur barrait la route.
Il suffisait d'un coup d'œil pour se convaincre que la fissure était
infranchissable. Ayant voulu en scruter la profondeur, nos amis
ne purent s'aventurer sur ses bords qu'en rampant, et ils furent
saisis de vertige rien qu'à contempler cet abîme insondable.
Impossible d'aller plus loin ! La chasse était terminée, et par
quelle décevante aventure !

Mais comment le porte-musc avait-il franchi cet effroyable
gouffre ? Il n'était pas admissible qu'un seul bond l'eût porté à
l'autre bord.

C'était cependant ce qui était arrivé ; car sa piste, facilement
discernable jusqu'à l'abîme, se retrouvait encore du côté opposé,
où son empreinte se voyait nettement à l'endroit où il avait dû
retomber sur un point beaucoup plus élevé que celui d'où il était
parti. Ainsi l'animal avait franchi d'un bond l'espace de cinq
mètres.

Pour un daim musqué c'était peu de chose, puisque sur un

terrain plat il peut prendre un élan de douze mètres, et que sur
une pente il a la faculté d'en franchir plus de vingt.

Ce saut effroyable, dont la seule idée épouvantait l'esprit de
nos chasseurs, n'était donc qu'un jeu pour cet animal aussi agile
et non moins intrépide que le chamois.

— N'y pensons plus ! dit Karl, après qu'ils eurent assez
contemplé l'abime. Il faut en prendre notre parti et nous en
retourner comme nous sommes venus. Qu'en dit le sage
Ossaro ?

— Vous bien parler, sahib ! Pas de bambou, pas d'arbre, pas
de pont, rien pour passer. C'est égal, dommage, grand dommage !

Et Ossaro secouait la tête d'un air extrêmement désappointé.
Il lui semblait bien dur de perdre un aussi beau gibier; car il
savait fort bien qu'un mâle de cette taille eût au moins fourni
une ou deux onces de musc, et que cette denrée trouve amateur
à Calcutta à raison de 25 fr. l'once. Il y avait là de quoi lui faire
gros cœur.

L'Hindou jeta un long et douloureux regard à l'abime qui
barrait le passage et le frustrait dans ses espérances, puis il se
retourna pour partir avec une dernière exclamation de dépit.

— Allons, partons, dit Karl.

— Attends donc, frère, il me vient une idée. Ne ferions-nous
pas mieux de nous arrêter ici quelques moments? Le daim ne
saurait être bien loin. Il poussera jusqu'à l'extrémité de la gorge,
mais il n'y séjournera pas longtemps. Quand il verra qu'il n'y a
rien que de la neige et des rocs, il trouvera le régime un peu
maigre et ne s'en contentera pas. Comme, suivant toute apparence, il n'y a pas d'autre issue, il rebroussera chemin et
repassera par ici. Voici donc ce que je propose : Restons ici

jusqu'à son retour et enlevons ce beau seigneur au passage. Que dis-tu de mon projet?

— Je ne vois pas grand inconvénient à en essayer. Mais il sera bon que nous nous séparions de nouveau et que nous nous abritions derrière quelque quartier de roche, afin de ne pas l'effaroucher par notre vue. Nous lui donnerons bien encore une heure, mais pas une minute de plus.

L'Hindou jeta un long et douloureux regard à l'abîme qui barrait le passage....

— Oh! ce sera grandement assez, répondit Gaspard en riant. Il se lassera de sa retraite encore plus vite que nous, tu verras.

Nos amis se dispersèrent, pour se choisir, chacun selon son goût, l'abri derrière lequel il pourrait le mieux dissimuler sa présence. Gaspard, lui, avait choisi l'extrême gauche et s'était avancé sur le bord du glacier où se trouvaient un certain nombre de quartiers de roche entassés à sa surface. Il ne tarda pas à disparaître aux regards de ses compagnons. Mais bientôt on l'entendit crier :

— Hourra ! mes amis ! Par ici, il y a un pont ! Par ici !

Karl et Ossaro abandonnèrent leur retraite et arrivèrent presque en même temps à l'endroit d'où venait cet appel.

Quelle ne fut pas leur joie, en s'engageant à leur tour derrière cet entassement d'énormes débris, d'apercevoir que l'un de ces blocs de granit, en se détachant de la montagne, avait glissé en travers de la crevasse et formait un pont naturel qu'on aurait pu croire disposé par la main de l'homme, s'il eût encore existé des Titans pour manier des blocs monolithes de dix mètres de long sur dix de large et d'une épaisseur analogue.

Il semblait probable que sa chute avait précédé l'ouverture de la crevasse. A peine son extrémité débordait-elle de deux pieds sur l'autre côté de la fissure, et l'on s'étonnait qu'un si frêle support pût soutenir un pareil poids ; la chute d'une plume paraissait suffisante pour en détruire l'équilibre, et cependant il y avait peut-être des siècles qu'il se maintenait immuable sur cette étendue de glace.

Si Karl se fût trouvé auprès de son frère dans son exploration, nul doute qu'il ne l'eût retenu pour l'empêcher de s'aventurer sur ce passage dangereux. Mais bien avant qu'il eût rejoint Gaspard, celui-ci était déjà passé, et, agitant son chapeau avec une joie toute juvénile, il encourageait les autres à suivre son exemple.

Ceux-ci n'hésitèrent pas davantage ; et une fois réunis, ils reprirent leur tactique pour garder toute la largeur du vallon, une tentative d'évasion de la part de l'animal devenant d'autant plus possible qu'ils se rapprochaient toujours plus de la muraille de granit qui faisait du glacier une impasse d'où le daim ne pouvait échapper.

— Quel dommage, cria soudain Gaspard, que nous ne puissions pas faire rouler cette pierre dans la crevasse et rendre ainsi l'abîme assez large pour que notre fuyard ne puisse plus le franchir ! Alors nous serions sûrs qu'il ne nous échapperait pas.

— Mais à quoi penses-tu, Gaspard?... Et nous qui sommes ici, ne serions-nous pas les premiers prisonniers?

— Tiens ! c'est vrai ! Est-il possible que j'aie pu parler si légèrement !... Ce serait épouvantable d'être emprisonné entre des murs pareils ! Vrai, ça me glace le sang rien que d'y penser !

A peine le jeune étourdi achevait-il ces mots, qu'un bruit comparable aux éclats de la foudre se fit entendre. Un craquement effroyable se produisit, suivi d'un roulement sourd qui se répercutait par vingt échos subitement éveillés, comme si les montagnes environnantes s'arrachaient de leurs fondements éternels.

Les noires murailles de granit se renvoyaient ces échos formidables. Les aigles quittaient les cimes où ils avaient leur aire, en poussant des cris de terreur. Des fauves invisibles envoyaient de leurs tanières des rugissements pleins d'effroi, et la vallée, naguère endormie dans le silence de son blanc linceul, était brusquement éveillée par toutes ces clameurs lugubres et ces craquements effroyables qui semblaient annoncer la fin du monde.

XXII.

LE GLACIER SE DÉPLACE.

— Une avalanche ! s'écria notre ami Karl, au premier craquement qui frappa son oreille. Mais non, poursuivit-il en se
tournant pour observer le phénomène, c'est pire encore ! Le
glacier se déplace !... Mon Dieu ! ajouta-t-il avec une épouvante
croissante, qu'allons-nous devenir !

Ossaro et Gaspard avaient déjà pu constater par eux-mêmes ce
qui se produisait ; car, aussi loin que leur vue pouvait s'étendre,
le glacier s'agitait comme une mer en furie. Des blocs énormes
se détachaient çà et là des parties supérieures et en parcouraient
toute l'étendue avec un bruit sourd, entrecoupé d'éclats formidables, tandis qu'ailleurs des lames bleuâtres se dressaient
minces et transparentes à la surface pour aller se pulvériser

avec un bruit de verre contre les parois de granit qui s'opposaient à leur passage.

Un nuage de fine poussière de neige s'était étendu sur toute la scène comme pour en dérober l'horreur; mais en réalité y ajoutait encore, par la demi-obscurité, un je ne sais quoi de fantastique, de surnaturel. Peu à peu toutefois ces déchirements, ces sourds grondements prirent fin; et les cris d'effroi des oiseaux et des fauves continuèrent seuls à troubler le vallon désolé.

Pâles, éperdus, à demi paralysés par la terreur, nos amis s'étaient laissés tomber à genoux, s'attendant de seconde en seconde à sentir le glacier se dérober sous eux. Quel horrible suspens ! Il semblait qu'ils ne pussent éviter d'être engloutis dans quelque abîme ouvert à l'improviste que pour être écrasés par les masses soulevées de cette mer de glace !

C'est devant un de ces cataclysmes de la nature que l'homme sent son impuissance et son néant. Depuis longtemps déjà ces bruits terrifiants avaient cessé, et nos amis, qu'on ne pouvait guère pourtant accuser de pusillanimité, restaient immobiles et muets, chacun redoutant d'être le premier à rompre le silence ou à bouger, de peur de détruire l'équilibre du monceau de glace où se retenaient ses mains crispées.

Enfin la réflexion vint à leur aide. Ils se dirent que ce mouvement, il faudrait le faire tôt ou tard, qu'ils étaient sur un terrain fort dangereux, et qu'il était prudent de se soustraire le plus tôt possible à ce danger. Tout le mal, il est vrai, s'était produit de l'autre côté de la fissure, sur le bord où ils s'étaient promis d'attendre le retour du porte-musc. Mais qui leur garantissait que l'autre partie du glacier se maintiendrait dans son état actuel ?

Il n'y avait pour eux qu'un refuge assuré, c'étaient les roches granitiques qui bordaient la vallée. Pourraient-ils seulement y découvrir un lieu de refuge?

Ils parcoururent des yeux la falaise la plus voisine. Elle ne leur offrit que peu d'espoir. Néanmoins, en l'examinant avec plus d'attention, ils y aperçurent une sorte de corniche, oh! bien étroite, à peine capable de recevoir trois hommes; mais elle était d'un accès facile, et, au lieu de ce sol mobile qui à tous moments pouvait se dérober sous leurs pieds, ils fouleraient la terre ferme, mieux que cela, le granit! Dès qu'ils y furent, mais seulement alors, nos chasseurs respirèrent librement.

Tout danger n'était pourtant pas écarté, et leurs appréhensions étaient toujours bien vives. Si la partie supérieure du glacier venait à s'entr'ouvrir, que deviendraient-ils? Bien que pas un des éclats auxquels pareille catastrophe donnerait lieu ne pût les atteindre où ils étaient, la surface glacée qu'ils venaient de quitter pouvait s'effondrer et les laisser en face d'un précipice sans fond.

Même en supposant que la partie solide qui se trouvait au-dessous d'eux conservât sa place, une autre préoccupation assez grave leur restait. Karl savait que ce qui venait de se passer sous leurs yeux, phénomène dont peu de mortels sont appelés à être les témoins, était « un déplacement de glacier ». Mais, après ce déplacement des couches superposées qui forment les mers de glace, dans quel état retrouveraient-ils la crevasse? N'était-il pas probable que cette ouverture béante, déjà infranchissable, s'était considérablement agrandie et avait englouti le pont de granit qui naguère encore leur avait livré passage? Dans ce cas, toute retraite leur était désormais coupée.

Grand Dieu! le souhait de Gaspard était-il devenu une épouvantable réalité! Si braves qu'ils fussent, les trois jeunes gens sentaient le sang se figer dans leurs veines, en examinant les données trop nombreuses de cette redoutable hypothèse.

Ce n'était encore qu'une hypothèse. De l'endroit où ils se trouvaient, ils ne pouvaient rien voir, un contrefort de la falaise leur masquant cette partie de la vallée. L'instinct de la conservation les avait précipités sur cette saillie du roc sans leur laisser assez de sang-froid pour examiner les ravages produits par le cataclysme.

Les heures s'écoulaient, et ils n'osaient s'aventurer hors de leur refuge. La nuit tomba et les trouva encore sur leur étroite assise. La faim était venue ajouter ses tortures physiques à leurs angoisses morales. Mais à quoi bon y chercher un soulagement? Ne savaient-ils pas qu'il n'y avait autour d'eux que la glace dont ils avaient tant à se méfier, et l'immense muraille granitique qui se dressait devant eux, derrière eux, partout, sans un atome de végétation?

Les infortunés passèrent ainsi toute la nuit : tantôt s'appuyant sur une jambe, tantôt sur l'autre; un moment accotés contre le roc ou, pour changer, essayant de se soutenir réciproquement, mais toujours dans l'impossibilité absolue de fermer l'œil un seul instant. Quand le matin parut, ils en avaient assez. Quel que fût le sort que leur réservât la couche de glace qui s'étendait encore à leurs pieds, tout valait mieux que la prolongation d'un pareil supplice.

Du reste, tout contribuait à leur rendre la confiance. Aucun bruit suspect n'avait troublé le calme effrayant de cette nuit sans fin; aussi dès les premières lueurs du jour ils reprenaient le chemin du glacier. D'abord ils n'osèrent s'aventurer que sur la partie appuyée sur le flanc de la montagne, et ils la cotoyèrent en tremblant. Peu à peu le courage leur revint. Ils voulurent explorer le bas de la ravine. Gaspard escalada un des rocs épars qui dominait les autres, et de là il vit.... Ciel ! ses cheveux s'en dressèrent d'horreur !... La crevasse béante de dix mètres au moins, et le pont de granit disparu !

———

XXIII.

A LA RECHERCHE D'UNE ISSUE.

La théorie du mouvement des glaciers n'a encore été qu'imparfaitement expliquée par les géologues même les plus savants. On
pense que la couche inférieure de ces grands amas de glace est
détachée de sa base par le dégel incessant qu'entretient la chaleur
intérieure du globe. L'eau est également pour eux un agent actif
de dissolution, car il est avéré que des cours d'eau, quelquefois
même de larges rivières coulent sous les glaciers. La couche de
glace ainsi détachée et reposant sur un plan incliné est, on le
conçoit facilement, entraînée par son propre poids.

Quelquefois ce travail ne s'opère que dans une partie infime du
glacier et ne laisse après lui qu'une cassure. D'autres fois les
fissures déjà existantes se trouvent comblées par le déplacement
d'une couche supérieure qui glisse jusqu'à elles. La chaleur
exceptionnelle de certains étés produit souvent cet effet, de

concert avec les avalanches, dont la chute entraine avec elle des masses considérables vers les bas-fonds.

Qu'était le poids de nos voyageurs en comparaison de celui d'un cube de granit comme celui que nous avons décrit quelques chapitres plus haut? Rien assurément; et cependant il est possible que le roc de gneiss fût en équilibre au moment où ils le traversèrent. Il se peut qu'à la longue, par l'effet du dégel qui s'était sans doute produit sur les points où il touchait les deux bords de la crevasse, le bloc n'eût plus de cohésion avec la glace sur laquelle il reposait ; et de même qu'une plume fait en certains moments pencher le plateau d'une balance, de même le passage des agiles chasseurs avait pu déterminer l'ébranlement de cette masse énorme : ébranlement qui avait à son tour réagi sur les couches profondes du glacier et donné naissance à l'épouvantable effondrement dont nos amis avaient encore les oreilles déchirées.

Toutefois, quelle qu'eût été leur participation à ce cataclysme, les trois voyageurs n'essayèrent pas de la calculer en ce moment. Ils étaient bien trop terrifiés par le résultat pour s'appesantir beaucoup sur les causes.

L'un après l'autre ils voulurent mesurer de leurs yeux l'étendue de leur malheur, contempler la fatale crevasse, constater la disparition du pont sur lequel ils avaient compté pour leur retour, se persuader, en un mot, que, toute retraite leur étant coupée, ils étaient bien réellement prisonniers dans ce désert de glace qui ne lâcherait jamais sa proie.

Mais ils firent plus, ils tentèrent davantage : ils voulurent sonder la crevasse pour voir si elle ne leur serait pas plus clémente qu'ils n'osaient l'espérer. Sa largeur était de plus de vingt mètres, mais sa profondeur.... Peut-être.... Ils s'aventu-

rèrent jusqu'au bord.... Hélas ! elle mesurait plusieurs centaines
de pieds. Il n'était pas au pouvoir de l'homme de franchir ce
précipice.

Il ne restait donc aucun espoir de sortir du glacier par le côté
où ils y étaient entrés. Alors une douloureuse consternation se
peignit dans les regards de tous, et ce fut avec plus de résolution
que d'espérance qu'ils revinrent sur leurs pas et se dirigèrent
vers l'extrême limite de cette gorge étroite.

Pauvres infortunés ! C'était d'un pas timide qu'ils avançaient
dans cette direction. Ils n'avaient plus le courage de parler, et
échangeaient à peine de loin en loin quelques mots à voix basse.
Ils inspectaient avec un soin minutieux chaque côté de ces
murailles plus redoutables pour eux que celles d'un donjon ou
d'une forteresse. Pas une saillie, pas la moindre assise, pas
d'entailles superposées que l'on pût transformer en sentier de
chèvre pour quitter cette affreuse prison. Les aigles et les
vautours qui planaient avec de grands cris au-dessus de leurs
têtes, pouvaient seuls escalader ces rocs.

Cependant ils persistaient dans leurs recherches, et, tout en
subissant les atteintes du découragement le plus profond, ils
résistaient de toutes les forces vives de leur jeunesse à celles du
désespoir.

Tout à coup une chose qui était entièrement sortie de leur
mémoire vint frapper leurs regards et raviver leur courage.
C'étaient les traces du daim musqué, les traces de la veille !...

Alors ils se remirent avec entrain à suivre cette piste demi-
effacée, non plus cependant avec le sentiment du chasseur qui
ne désire autre chose qu'atteindre son gibier, bien au contraire !
Si affamés qu'ils fussent, ils n'éprouvaient qu'une crainte, celle
de découvrir tout à coup une empreinte fraîche. Et cela se

conçoit : si le porte-musc avait disparu depuis la veille, c'est qu'il avait pu s'échapper ; la vallée avait donc une issue, tandis que.... ils n'osaient pas formuler la seconde alternative !

Le cœur palpitant, nos trois chasseurs suivaient la piste. Ils arrivèrent ainsi à l'extrémité de la gorge. Cent mètres à peine les séparaient encore de l'imposante falaise qui la terminait. Mais alors où pouvait être le porte-musc? La neige s'étendait devant eux en une nappe assez unie pour que rien n'obstruât la vue , excepté sur un point où quelques débris de rocs gisaient pêle-mêle et pouvaient à la rigueur offrir un abri au fugitif. Encore quelques pas , et ils allaient être fixés.

En dépit de l'émotion du moment, la faim leur avait suggéré l'idée de se tenir prêts à faire feu. Ils n'avançaient qu'avec une prudence extrême , bien résolus à tirer un parti quelconque de l'animal qui les avait entraînés dans ce mauvais pas.

Gaspard partit à la découverte , tandis que Karl et Ossaro se tenaient aux aguets, prêts à faire un mauvais parti au chevrotain, sitôt que le jeune chasseur l'aurait fait lever.

Le jeune homme avançait avec des précautions infinies. Il s'approcha en rampant d'un des blocs de granit, en fit le tour et n'aperçut rien, pas même d'empreintes. Il passa du premier quartier de roc à un second, puis à un troisième, sans plus de succès. Enfin il fut au dernier, il le tourna : il n'y avait pas trace de porte-musc; mais en revanche, il se trouva en présence d'un spectacle qui compensait grandement la déception du chasseur. Un cri de joie lui échappa ; puis on le vit revenir en courant à travers les débris amoncelés , et se jeter dans les bras de Karl en criant :

— Viens ! viens vite, frère, nous sommes sauvés ! Il y a une issue !!!

XXIV.

LA VALLÉE SOLITAIRE.

En face d'eux, mais un peu en dessous, se trouvait un vallon circulaire qui pouvait avoir environ une lieue de tour. Au centre, un lac, un peu en contre-bas et d'une certaine étendue, reflétait l'azur du ciel et les pics altiers qui venaient s'y mirer. Tout autour, l'œil charmé se reposait sur des pelouses verdoyantes, parsemées comme à plaisir de bouquets d'arbres, de taillis des arbrisseaux les plus variés et les plus richement teintés. Des troupeaux, broutant ces gras pâturages, égayaient cette scène pittoresque, tandis que des daims et des biches se pourchassaient en joyeux ébats dans ces massifs de verdure, et que des oiseaux aquatiques animaient les eaux bleues du lac par leurs cris et leurs jeux.

Cette vallée perdue au sein des montagnes ressemblait tellement à un parc de noble maison, que les yeux de nos voyageurs

10

cherchèrent instinctivement les traces du passage de l'homme. Il leur fallait une riche demeure, quelque palais enchanté, pour correspondre à ce cadre enchanteur. Ils cherchaient au sommet des grands arbres les spirales de fumée qui devaient les mettre sur la voie et les conduire à la maison seigneuriale dont tout faisait pressentir la proximité ; ce fut en vain. Il existait bien, sur un point, une fumée légère ; toutefois on voyait que ce n'était point un feu qui la produisait. C'était une vapeur blanche qui s'élevait en volutes assez épaisses semblables à celles d'une machine à vapeur. Cela surprit vivement nos explorateurs, qui avaient peine à s'expliquer ce phénomène.

En dehors de son charme extraordinaire, on ne pouvait s'attendre à rencontrer ailleurs la pareille de cette vallée. Ce qui la faisait unique en son genre de beauté, c'est qu'une ceinture de couleur sombre, presque aussi large que la vallée elle-même, l'entourait comme une gigantesque muraille d'enceinte. En l'examinant, on découvrait que cette enceinte n'était autre qu'une ligne de falaises de granit ; en d'autres termes, que la vallée se trouvait être le fond d'un vaste précipice. Derrière cette ligne noirâtre se dressait une autre enceinte également circulaire formée par les flancs abrupts d'une seconde ligne de montagnes beaucoup plus élevées, dominées à leur tour par des pics neigeux qui portaient jusque dans les nues leurs formes hardies et variées depuis la vive arête de l'aiguille jusqu'au dôme gracieusement arrondi.

Il semblait que ce singulier précipice ne fût accessible que de l'endroit où se trouvaient nos voyageurs. Bien que situé beaucoup plus bas que le niveau du glacier, il était facile d'y arriver par la pente de la moraine — débris de rocs semés et entassés au caprice du glacier lui-même — qui descendait jusqu'au vallon.

Pendant quelques minutes, nos trois amis restèrent immobiles, frappés d'admiration et d'une sorte de terreur superstitieuse devant ce val mystérieux, qui semblait réunir à lui seul toutes les perfections qu'on se plaît à rêver en songeant à l'Eden. Sous les teintes du soleil levant tout se revêtait d'un charme plus pénétrant. Les neiges se doraient, se rosaient, s'irradiaient. Le lac, qui, aux endroits où les jeux des oiseaux aquatiques le laissaient calme, reflétait tour à tour le gai feuillage ou la noire falaise, ou le pic argenté, ou le ciel irisé, était idéalement beau.

Karl Linden, avec sa nature rêveuse et poétique, aurait pu rester des heures entières en contemplation devant ce ravissant coin du monde. Gaspard, moins sensible pourtant aux choses extérieures, était positivement en extase. Quant au Shikarri, l'indigène des plaines classiques des bosquets de palmiers, il avouait n'avoir de sa vie rencontré un paysage plus splendide. Aucun d'eux n'ignorait que c'est une croyance populaire et respectée dans l'Inde, que les divinités de la théocratie de Brahma ont choisi leur retraite dans quelques recoins perdus de ces monts inaccessibles aux humains. Pendant un instant ils se demandèrent quelle était exactement la part de la superstition dans cette croyance qui leur semblait presque avoir sa raison d'être, eu égard à la scène qui s'offrait à leurs yeux. Evidemment Vichnou, Siva, Brahma lui-même, eussent pu se contenter de ce petit paradis; et ils se demandaient volontiers quel était celui qui avait eu le goût d'y fixer sa demeure.

Mais les rêveries poétiques et les légendes, si gracieuses qu'elles fussent, n'avaient pas le pouvoir de faire oublier à nos voyageurs les justes réclamations de la nature surmenée. Ils avaient faim, les malheureux, aussi faim qu'une bande de loups, depuis près de vingt-quatre heures qu'ils étaient à jeun, et la pensée qui ne tarda pas à dominer toutes les autres fut de découvrir le moyen de satisfaire leurs appétits.

Dans ce but, ils laissèrent derrière eux le gigantesque portail de granit, et, suivant la moraine, ils se dirigèrent aussi vite que possible vers le délicieux séjour où ils comptaient refaire leurs forces dans le repos et l'abondance.

XXV.

LES BŒUFS GROGNANTS.

Des animaux de diverses espèces égayaient le paysage. Il était assez naturel que des chasseurs affamés comme l'étaient nos amis se rabattissent sur le gibier le plus voisin. Le plus proche se trouvait en outre être le plus gros, c'est-à-dire que dans ce troupeau d'une douzaine de têtes qui se jouaient non loin d'eux, on apercevait des individus variant de taille, depuis celle d'un terre-neuve jusqu'à celle d'un énorme bœuf, évidemment suivant l'âge et le sexe.

Quant à déterminer à quelle famille ils appartenaient, nos trois chasseurs se récusèrent, même Ossaro. Il n'avait jamais vu semblable créature dans les plaines de l'Inde. Cependant tous s'accordaient à supposer que ce devait être une sorte de bœufs ou de buffles, leur trouvant une ressemblance générale avec les membres de l'espèce bovine. On remarquait d'abord parmi eux un taureau massif — le patriarche de la bande — presque de la

hauteur d'un cheval. Ses cornes recourbées, sortant d'une masse
de poils frisés, lui communiquaient cet aspect farouche qui
caractérise le buffle. Mais le trait distinctif de ce singulier animal
était une draperie de longs poils soyeux, tombant jusqu'à terre,
qui, l'enveloppant de toutes parts, lui donnaient quelque chose
de singulièrement massif. Ses jambes épaisses, du reste, ajou-
taient encore à cette impression.

Karl ne pouvait s'empêcher de trouver à ce vieux mâle une
étonnante ressemblance avec le bœuf musqué de l'Amérique,
qu'il connaissait pour en avoir vu maints spécimens empaillés
dans les muséums. Il constatait toutefois une différence sensible :
le bœuf musqué n'a presque pas de queue, ou du moins elle est
tellement petite, qu'elle se dissimule presque entièrement au
milieu des masses de poils qui ornent sa croupe, tandis que les
individus qu'il avait sous les yeux avaient une queue longue,
touffue et d'une structure identique à celle du cheval. Il semblait
que leur couleur générale fût noire ; ce qui était une illusion,
leur robe étant d'une teinte chocolat foncé, et la queue d'un
blanc de neige, contraste qui ajoutait encore à l'étrangeté de
l'animal.

Il n'y avait qu'un mâle dans le troupeau, composé de femelles
et de jeunes bêtes. Les femelles étaient beaucoup plus petites,
leurs cornes beaucoup moins développées, et les poils du
manteau et de la queue moins longs et moins fournis.

Parmi les jeunes, il s'en trouvait de différents âges, depuis le
bourillon ou la génisse jusqu'à de tout petits veaux, qui gamba-
daient auprès de leurs mères. Ils étaient reconnaissables, outre
leur petite taille, à ceci : c'est que leur robe soyeuse n'avait
point encore paru. Ils étaient recouverts d'un poil court et frisé
rappelant absolument celui de l'épagneul.

— Quoi que ce puisse être pour un savant comme toi, frère,
s'écria Gaspard, interrompant l'examen du botaniste, cela me

Rencontre d'un troupeau d'yacks.

paraît à moi quelque chose de mangeable ; et c'est l'important.
Je t'assure que cela nous fera un rôti de bœuf.

— De bœuf, de mouton ou de gibier, qu'importe ! reprit Karl ; le meilleur moyen de s'en assurer, c'est de se montrer adroit ; et pour arriver près d'eux sans les effaroucher, je ne vois rien de mieux à faire que de nous glisser à travers ce fourré.

Gaspard et l'Hindou se rangèrent aussitôt à cet avis.

Ils arrivèrent sans peine au petit bois qui longeait la plaine où paissait le troupeau, et se trouvèrent bientôt à la lisière la plus rapprochée. Même de là, les flèches d'Ossaro fussent restées impuissantes ; il ne put donc entrer en lice.

Karl conseilla tout bas à son frère de viser un des jeunes veaux, tandis que lui-même tâcherait d'atteindre une pièce plus résistante.

Le taureau était trop loin pour être pris comme point de mire. Il se tenait un peu à l'écart, probablement en sentinelle, bien que sa surveillance fût sur le point d'être mise en défaut. Il avait cependant comme un pressentiment du danger ; car, au moment de presser la détente, nos amis le virent frapper la terre de ses sabots massifs et proférer un cri d'alarme tellement semblable à celui du sanglier, que, pris à l'improviste, les trois hommes se retournèrent pour voir s'ils n'étaient pas menacés par une bande de ceux-ci.

Il ne leur fallut pas longtemps pour se rassurer. Ils n'avaient affaire qu'au gibier inconscient qui s'ébattait à quelques pas, et, sans plus attendre, les deux frères visèrent en même temps.

La petite vallée résonna longtemps du bruit de cette double détonation, après laquelle on vit le troupeau s'enfuir en bon ordre et au triple galop à travers la plaine. Mais il n'était plus au complet. Un veau et une jeune vache gisaient dans le pâturage, à la grande joie des chasseurs, qui s'élancèrent aussitôt sur leur prise.

Ils étaient penchés sur le veau, qu'ils considéraient comme moins long à cuire, et en commençaient déjà le dépouillement, quand ils entendirent derrière eux l'étrange grognement qui les avait tellement surpris une première fois.

Ils regardèrent : le taureau, rendu furieux par la perte subie, revenait sur eux, tête baissée et ses grands yeux animés du feu d'une sombre rage. Il n'avait pas été loin sans doute avant de s'apercevoir que deux des siens manquaient à l'appel, et il revenait sur ses pas pour les retrouver ou pour les venger.

Le meilleur moyen de s'en assurer, c'est de se montrer adroit.

Bien que l'animal avec lequel ils allaient se trouver aux prises leur fût complètement inconnu, il n'y avait pas à se méprendre ni sur ses intentions ni sur sa valeur. Tout leur révélait un ennemi puissant, acharné, et avec lequel il faudrait compter.

Aucun des chasseurs n'admit l'idée d'attendre un pareil assaut de pied ferme, et, se jetant les uns aux autres un appel qui était aussi un cri de ralliement, ils s'enfuirent aussi vite que leurs jambes les pouvaient porter.

Ils cherchèrent d'abord un refuge dans le bois d'où ils avaient tiré, mais le taureau les y poursuivit, et ils n'eurent que le temps d'escalader le sommet d'un arbre, se disant que c'était une retraite inexpugnable contre un animal qui avait peut-être des griffes, mais les avait certainement renfermées dans un sabot.

Le taureau continua pendant quelques minutes à charger avec ardeur, fourrageant à travers les buissons. A la longue, ne trouvant plus trace de l'ennemi, il revint à l'endroit où gisaient les corps inanimés des victimes. Il se dirigea d'abord vers la vache, puis, la trouvant insensible à ses caresses, il alla près du veau ; puis de l'un à l'autre, les flairant, les poussant du bout de son puissant naseau, et finalement poussant des grognements qui n'avaient plus le son farouche des précédents, mais quelque chose de plaintif. Puis, voyant toutes ses démonstrations inutiles, il examina la plaine, flaira l'espace dans la direction de son troupeau et s'en alla tout désolé.

Si grande que fût pour nos chasseurs la tentation d'aller reprendre au plus vite la tâche interrompue, ils restèrent quelques instants sans oser s'aventurer hors de leur perchoir ; mais la faim, qui fait sortir le loup du bois, se montra également puissante dans le cas présent. Ils descendirent, reprirent et rechargèrent leurs armes, et revinrent à leur gibier.

Seulement, afin de ne rien laisser au hasard, s'il prenait fantaisie au père et à l'époux offensé de renouveler sa tentative de vengeance, ils traînèrent les bêtes près du petit bois où ils étaient certains de trouver un abri assuré.

L'animal fut vite dépouillé et dépecé. Un feu splendide attendait déjà les côtelettes qui se détachaient, et le repas, cuit à point, fut dévoré en un instant et trouvé délicieux. Ne supposez pas cependant que ce fut ce condiment universel, la faim, qui lui communiqua une saveur toute particulière. Non. C'était en effet une des meilleures viandes qui existent.

Nos amis savaient maintenant quel était l'animal qu'ils avaient tué. Pendant que le taureau se livrait à ses recherches infructueuses dans le fourré, Ossaro, de sa position élevée, l'examinait avec attention ; soudain sa longue queue ondulante réveilla quelque chose dans le souvenir du Shikarri. Combien n'en avait-il pas manié dans son enfance ! que de mouches n'avait-il pas chassées avec ce panache soyeux ! Comment cela ne lui était-il pas revenu tout de suite ? Ossaro s'en voulait de cette infidélité de sa mémoire.

Aussitôt que les chasseurs furent de nouveau auprès de leur gibier, l'Hindou, s'approchant de la femelle, leur montra sa queue plus courte et moins fournie que celle du mâle, mais présentant néanmoins les mêmes caractères généraux, et d'un air capable il leur dit :

— Moi, savoir maintenant, sahibs, ça être « chowry ».

XXVI.

LES YACKS.

La prétention d'Ossaro de connaître l'animal était peut-être un peu téméraire ; car en réalité c'était la queue seule qu'il avait reconnue, et non le possesseur de ce blanc apanage. Pour lui cette queue était un *chowry*, ou chasse-mouches, objet indispensable dans l'Inde ; mais cela ne déterminait guère à quelle famille il fallait rattacher le fournisseur de ces chowry indiens.

Seulement ce mot eut le plus heureux effet sur l'esprit du botaniste, en le mettant sur la voie. Il se souvint d'avoir entendu dire que ces chasse-mouches sont importés de la Tartarie chinoise et du Thibet, et qu'ils sont fournis par un bœuf particulier à ces contrées : le yack ou bœuf grognant. Ainsi, malgré la bizarrerie de ce mode de déduction, il était arrivé à la vérité. C'était bien en effet un troupeau de yacks que leur bonne fortune avait placé sur leur route, car ils étaient dans la région où l'on commence à les rencontrer à l'état sauvage.

Linnée a donné à ces animaux la dénomination de *bos grunnicus*, et réellement on ne pouvait en trouver une qui leur fût mieux applicable. Mais nos savants modernes ont jugé à propos de créer pour cette seule espèce un genre spécial, compliquant ainsi l'étude de la zoologie de noms bizarres et de classifications multiples qui en écartent les amateurs des choses simples et claires.

Au nom générique donné par Linnée, le classificateur par excellence, ils ont substitué celui de *poaphagus grunnicus*, ce qui signifie mangeur de poa grognant. Nom qui serait admirable de précision, si aucune autre espèce de bœuf ne se livrait à la douceur de manger du poa, qui est l'une des graminées les plus communes et les plus répandues dans nos fourrages d'Europe.

Le yack (ou bœuf grognant) est un animal particulièrement utile. Il n'existe pas seulement à l'état sauvage au Thibet et dans les contrées avoisinantes, mais on l'a domestiqué et soumis à tous les besoins de l'homme. Il est pour les habitants des régions froides de l'Himalaya ce que le chameau est pour les Arabes et le renne pour les Lapons. Ses longs poils leur fournissent la matière première de leurs tentes et de leurs cordages. Sa peau leur donne le cuir qui leur est nécessaire. Il traîne leurs chariots, transporte les marchandises et tire la charrue. Sa chair est délicate et nourrissante ; son lait à l'état naturel, ou transformé en beurre et en fromage, est la base de l'alimentation. Enfin les queues, nous l'avons vu, constituent un article de commerce d'une véritable importance. Parmi les peuples tartares, elles sont recherchées comme signe de haute distinction, et ce ne sont que les hauts dignitaires qui ont l'honneur de les porter. En Chine, elles sont également réservées aux mandarins, après avoir subi une teinture rouge. Une seule queue de yack, pourvu qu'elle soit longue et bien fournie, constitue un petit capital à son heureux possesseur, et sur n'importe quel marché il peut, quand bon lui semble, la transformer en bonnes espèces sonnantes.

Il y a plusieurs variétés de yack. D'abord l'espèce sauvage rencontrée par nos explorateurs, et qui est de beaucoup plus grande que l'espèce domestique. Le taureau de cette race puissante est l'animal le plus fort et le plus farouche de tout ce qui appartient à la race bovine. La chasse qui leur est faite est généralement très dangereuse, et l'on ne peut y employer que des chiens très forts et des chevaux dressés à cet usage.

Chameau des Arabes.

Les yacks domestiques se subdivisent en yacks de labour, de selle, de trait. Leur couleur varie également : on en trouve de bais, d'autres pommelés de rouge et d'autres d'un blanc pur. Le petit yack constitue le veau le plus fin qui existe au monde. Une fois qu'on l'a séparé de sa mère, celle-ci refuse de donner son lait. Il faut pour l'y contraindre lui apporter le pied de son petit, ou sa peau empaillée, qu'elle lèche avec amour et de petits cris de joie ; alors elle se laisse traire comme la vache la plus docile.

Employé comme bête de somme, le yack peut fournir une traite de huit lieues par jour, chargé de deux sacs de riz ou de sel, ou bien de quatre à six planches de bois de pin, distribuées sur ses deux flancs. Leurs conducteurs ont la barbare coquetterie de leur percer les oreilles, afin de pouvoir y passer des pompons de laine écarlate, qui ajoutent, paraît-il, à leur beauté.

Renne des Lapons.

La véritable patrie du yack se trouve sur les plateaux les plus élevés du Thibet et de la Tartarie. Transporté dans les pays chauds, il ne tarde pas à dépérir et à succomber à une sorte de maladie de foie. Cependant il serait peut-être possible de l'acclimater dans quelque pays de l'Europe, mais il faudrait que les gouvernements eux-mêmes prêtassent la main à ces essais, qui ne seraient pas sans quelque utilité pour l'agriculture.

XXVII.

BOUCANAGE DE LA VIANDE.

Nos amis avaient trouvé leur petit veau si tendre, si excellent, qu'ils en avaient dévoré un quartier avant de s'en apercevoir. Quand ils eurent terminé ce repas à leur entière satisfaction, ils tinrent conseil sur leurs opérations subséquentes.

Leur intention était naturellement de passer quelques jours dans cette vallée charmante, où Karl se sentait assuré de faire quelque précieuse acquisition et de recueillir des spécimens complètement inconnus au monde de l'horticulture. Cette seule pensée le remplissait de joie. Quelle chance d'avoir découvert ce coin de terre si bien caché, si parfaitement isolé, que le pied de l'homme ne l'avait jamais foulé ! Des visions brillantes passaient devant les yeux du jeune botaniste ébloui. Rapporter des trésors et fournir de nouveaux triomphes à sa science favorite, quel bonheur !

La situation particulière de la vallée le portait à en attendre une végétation toute spéciale. Environnée comme elle l'était par des montagnes couvertes de neige, isolée de tout autre centre de fertilité, abritée de tous les vents par son enceinte de rochers, il devait y rencontrer des plantes qu'on ne rencontre pas partout. Entre autres singularités il y avait déjà remarqué des plantes des tropiques à cette hauteur qui n'était cependant pas moindre de cinq cent mètres. Cette végétation anormale le surprenait beaucoup dans un endroit situé au centre des plus hauts pics de l'Himalaya, et il avait résolu d'essayer d'en surprendre le secret.

Quant à Gaspard, il était enchanté de voir son frère disposé à faire halte quelques jours; cela servait bien son intérêt de chasseur, car ce vallon giboyeux lui faisait l'effet d'une réserve où l'on pouvait se livrer à maints exploits cynégétiques, sans craindre de voir apparaître la casquette galonnée d'un garde-chasse, armé d'un procès-verbal.

Peut-être Ossaro soupirait-il tout bas après les chaudes plaines et les bosquets de palmiers du Bengale, mais il n'en laissait rien voir et ne se promettait pas moins de plaisir à la chasse que le jeune sahib. De plus, l'atmosphère de la vallée était beaucoup plus élevée que celle des régions qu'ils avaient traversées depuis quelques jours. La différence était même si grande, qu'ils l'avaient constatée ensemble et ne pouvaient l'attribuer qu'à la situation exceptionnelle de ce site privilégié.

Une fois le séjour bien convenu, il devenait urgent de songer à se pourvoir de quelques provisions pour se prémunir contre les atteintes de la faim. Quoique le gibier fût abondant, on pouvait ne pas être tous les jours aussi heureux qu'au début; et comme la vache et le veau étaient excellents, on jugea qu'il ne serait ni sage ni prudent de les laisser perdre.

11

Sans plus tarder, on se mit donc à l'œuvre pour travailler à la conservation de la viande, ce qui, étant donné que nos voyageurs n'avaient point de sel, paraissait devoir être chose difficile. Mais Ossaro, habitant des tropiques, où le sel est rare et cher, connaissait le moyen de s'en passer. Il proposa donc de *boucaner* la viande, opération très simple qui consiste à la couper en tranches très minces et à l'exposer au soleil.

Toutefois, comme il arrive fréquemment, le soleil, dont on avait besoin, ne se montra point pressé de répondre à l'attente d'Ossaro. Mais s'il crut jouer un mauvais tour à l'Hindou, il fut à son tour déçu, car notre ami, sans se laisser embarrasser par l'absence de ce capricieux agent, y suppléa par le feu. Ayant donc recueilli une quantité suffisante de petit bois, il alluma un grand feu et suspendit les tranches de yack à l'entour, un peu à la façon d'une lessive qu'il eût voulu sécher. Après un jour ou deux de ce régime de chaleur et de fumée, Ossaro assura qu'on pourrait sans inconvénient conserver la viande plusieurs mois, si c'était nécessaire.

Le dépècement de la vache, sa mise en tranches, l'érection des supports autour du brasier, etc..., tout cela occupa notre petite société plusieurs heures. Quand tout fut achevé, il était temps de songer au dîner, après lequel, bien qu'il ne fît pas encore nuit, nos voyageurs, fatigués de leur longue station sur la corniche au-dessus du glacier, s'estimèrent fort heureux de s'étendre près de leur feu et d'y chercher le repos.

Mais à mesure que la soirée avançait, la fraîcheur augmentait, au point de leur causer un véritable malaise. Ils se réveillèrent tout grelottants. Pour la première fois, ils songèrent à leurs couvertures de voyage et aux autres objets laissés à leur campement de l'avant-veille. Ils ne pouvaient, hélas! que soupirer en y songeant, car il ne leur était plus possible de revenir sur leurs pas pour chercher les objets restés en arrière, et sans doute il leur faudrait faire un détour énorme pour rejoindre ce dernier bivouac.

Avec son esprit d'à-propos, Ossaro n'avait pas manqué d'étendre la peau de yack devant le feu, de sorte qu'elle était assez sèche pour être déjà utilisée par l'un des trois ; et lorsque Gaspard, soigneusement enveloppé dans cette étrange couverture dont il avait tourné le poil en dedans, se réveilla le lendemain, il put dire en vérité que de sa vie il n'avait passé une meilleure nuit.

Les deux autres s'apprêtèrent comme ils purent à jouir d'un excellent repos. S'ils s'étaient doutés de la découverte qui les attendait au matin, leur sommeil n'eût certes pas été aussi profond, ni leurs rêves aussi doux.

XXVIII.

LA SOURCE D'EAU CHAUDE.

A l'aube, nos amis se levèrent et déjeunèrent d'un peu de yack bouilli. Ils étaient loin de ces jours privilégiés où ils n'avaient qu'à parler pour avoir à discrétion quelques litres du vin le plus fin, dans la région du palmier vinifère. Maintenant il fallait se contenter d'arroser son repas d'un verre d'eau. Que dis-je d'un verre? Ils n'avaient pas même l'humble gobelet, compagnon ordinaire de leurs modestes repas. Ils durent, pour boire, se pencher sur le lac. L'eau en était assez claire, mais beaucoup moins fraîche qu'on n'eût pu s'y attendre à une pareille hauteur. Ils en avaient déjà fait l'observation la veille et recommencèrent à en exprimer leur surprise. Quoiqu'ils n'eussent pas de thermomètre sur eux, il était facile de constater que cette eau était beaucoup plus chaude que la température de la vallée.

D'où provenait-elle ? Certainement pas de la chute des neiges ; il fallait donc qu'il y eût aux environs quelque source d'eau chaude.

Ce fait, du reste, n'avait rien d'improbable ; car, si bizarre que cela paraisse, les sources chaudes sont très fréquentes dans l'Himalaya. Souvent elles se font jour à travers les neiges et les glaces et s'élèvent à une grande hauteur comme les geysers de l'Islande.

Geysers d'Islande.

Karl avait entendu parler de cette particularité singulière, et, en y songeant, il se remémora tout à coup la vapeur blanche qu'il avait vue planer au-dessus des arbres sur un des côtés de la vallée. Bien qu'elle ne fût plus visible maintenant qu'ils étaient dans un bas-fond, il s'orienta avec assez de facilité pour la retrouver ; et peu de temps après, suivi de son frère et de l'Hindou, il arrivait sur les bords d'un cours d'eau qui justifiait toutes ses conjectures. Gaspard, ayant imprudemment plongé la main dans le petit ruisseau, qui se dirigeait vers le lac, la retira avec une précipitation qui marquait autant de douleur que de surprise. L'eau en était presque bouillante.

— Ah! que ce serait donc commode, si nous avions seulement du thé ou du café! Nous n'aurions pas besoin de faire bouillir de l'eau, nous en aurions toujours de toute prête ici.

A son tour, Karl toucha l'eau du bout de son doigt.

— Voici qui m'explique la température exceptionnelle de cette vallée, sa végétation luxuriante et sa flore toute méridionale. Je me doutais bien qu'il devait y avoir quelque chose d'analogue. Voyez donc ces splendides magnolias là-bas, comme c'est curieux! Je ne serais vraiment pas étonné de rencontrer des palmiers ou des bambous.

En cet instant, l'attention du botaniste et de ses compagnons fut attirée par un bel animal qui accourait en bondissant vers le ruisseau, et qui, s'arrêtant soudain à une vingtaine de mètres, se prit à les examiner avec une attention et une surprise extrêmes.

Il n'y avait pas à se méprendre sur son compte. Le superbe andouiller qui couronnait son front disait assez ce qu'il était. Sa taille presque identique à celle du cerf d'Europe, sa robe d'un gris rougeâtre, marquée d'un cercle blanc sur la croupe, le désignaient comme le *cervus Wallichii* des savants, ou cerf d'Asie pour le commun des mortels.

A la vue du groupe réuni autour de la source, l'animal exprima plus d'étonnement que de frayeur. C'était la première fois que ses grands yeux si beaux se reposaient sur l'homme, et il se demandait évidemment ce qu'il devait en attendre.

Simple et confiante créature! Elle ne resta pas longtemps dans

le doute. Un bruit étrange se produisit, et quelques secondes
après elle se débattait sur le sol.

C'était Karl qui avait fait feu; Gaspard et Ossaro se trouvaient
un peu en arrière. Tous les trois cependant s'élancèrent, suivis
de près par Fritz, pour s'emparer de l'animal; mais, à leur vif
regret, ils le virent se redresser et disparaître en boitant dans les
buissons. La balle l'avait atteint à la cuisse et la lui avait
brisée.

Les chasseurs se mirent à sa poursuite, espérant bien atteindre
cette pièce de gibier si désirable; mais quand ils eurent franchi
le hallier dans lequel le cerf s'était engagé, ils le virent détaler
avec une rapidité considérable, côtoyant la ligne d'enceinte
formée par les rocs dont nous avons parlé plus haut et d'où
sortait la source qui les avait un moment occupés.

Malgré l'avance que l'animal avait sur lui, Fritz s'acharnait à
sa poursuite avec une ardeur infatigable, et les chasseurs en
firent autant. Karl et Ossaro longèrent la montagne, tandis que
Gaspard regagnait la vallée pour couper au cerf sa ligne de
retraite, s'il lui prenait fantaisie de se rabattre sur le lac.

Ils firent ainsi près d'un kilomètre un peu à l'aventure,
puisqu'ils n'apercevaient plus le gibier. A la fin, Fritz donna de
la voix, et ils conclurent que le brave limier avait réduit l'animal
aux abois.

Ils ne se trompaient pas. Quand, guidés par la voix du chien,
ils arrivèrent sur les lieux, ils pensèrent qu'ils n'auraient guère
de peine à avoir raison du blessé, acculé sur le bord d'un
fourré. Quelle ne fut donc pas leur déception de voir, à leur
approche, le fuyard retrouver une soudaine énergie, se plonger
tête baissée dans le hallier et disparaître une seconde fois!

La chasse recommença de plus belle. Ils firent de nouveau

plusieurs centaines de mètres sans avoir l'occasion d'apercevoir le gibier, puis de nouveau Fritz donna le signal qu'il l'avait forcé. Ils arrivèrent en hâte et une troisième fois eurent la déconvenue de voir détaler le cerf avant d'être à portée de l'atteindre.

Tout à coup ses aboiements redoublèrent.

Il était vexant de perdre une si belle pièce, surtout après s'être crus certains d'en triompher aisément. Aussi l'avis fut-il unanime : on continuerait la chasse, dût-elle durer toute la journée.

Karl avait un motif particulier pour ne pas vouloir abandonner la piste de la pauvre bête. Le jeune botaniste était d'une nature tendre et compatissante, comme nous l'avons déjà signalé, et, ayant reconnu que le cerf ne pouvait survivre longtemps à sa blessure, il désirait surtout abréger ses souffrances en y mettant un terme le plus promptement possible. Mais la bête courait toujours. Une troisième fois on se crut près de l'atteindre. Vain espoir ! Elle disparut encore. Il y avait de quoi désespérer d'en venir à bout.

La piste maintenait toujours les chasseurs à la base de la muraille de granit qui ceignait la vallée, et, malgré la préoccupation de la chasse, ils ne pouvaient s'empêcher d'en remarquer l'extrême élévation, qui, en bien des endroits, dépassait plusieurs centaines de pieds sans offrir aucune issue. Bientôt ils se retrouvèrent devant l'ouverture marquée par la moraine ; mais ils la dépassèrent, entraînés à la poursuite du fugitif. Sept ou huit fois encore Fritz le força, et, toujours plus maltraité par la bête furieuse, dut lui laisser reprendre sa course.

Tout à coup ses aboiements redoublèrent ; les chasseurs pressèrent le pas et virent la bête à l'eau dans un étang. Un pli de terrain permit à Gaspard d'approcher sans être aperçu, et bientôt une balle eut mis fin aux souffrances du noble animal.

XXIX.

DÉCOUVERTE ALARMANTE.

Vous supposez naturellement que cet heureux final donna toute satisfaction à nos chasseurs et les laissa sous le coup des plus agréables émotions. Eh bien ! détrompez-vous. En d'autres circonstances il en eût sans doute été ainsi; mais des préoccupations d'une nature fort différente envahirent en ce moment leur esprit.

Comme ils accouraient vers l'étang pour dégager le cerf, leurs yeux rencontrèrent un objet qui les fit se regarder avec stupeur. Ce n'était pourtant rien d'effroyable que cette source d'eau chaude près de laquelle la chasse avait débuté et près de laquelle elle venait de prendre fin. Elle ne légitimait vraiment pas la consternation qui se peignit sur les traits de nos amis.

Pour eux cependant cela prouvait une chose : c'est qu'ils avaient fait le tour de la vallée, puisqu'ils se retrouvaient au point d'où ils étaient partis, et cela sans être une fois revenus sur leurs pas, sans avoir traversé leur domaine dont le lac formait le centre. Cette seule chose une fois démontrée suffisait à contracter leur visage sous une véritable angoisse, à leur faire tout oublier, même les aboiements de Fritz, qui les appelait impatiemment autour de l'étang.

Karl rompit enfin le silence, et l'on ne savait trop si c'était à lui ou aux autres qu'il s'adressait, tant sa voix était basse et concentrée.

— Oui, disait-il, nous sommes au fond d'un précipice. Je n'ai pas vu de brèche à la muraille, pas l'ombre d'une issue. Quelques ravins semblent prendre naissance çà et là, mais pour aboutir aussitôt à ce mur de granit.... As-tu remarqué une issue, Ossaro ?

— Non, sahib; moi avoir peur la vallée bien fermée. Nous pas sortir d'ici facilement.

Gaspard ne disait mot. Il s'était tenu dans la vallée et n'avait pu faire ses observations; néanmoins il ne comprenait que trop ce qui tourmentait son frère.

— Ainsi tu crois que nous sommes acculés au fond d'un préci-pice? demanda-t-il enfin.

— Je le crains, Gaspard. Ni Ossaro ni moi n'avons observé la moindre issue; et bien que ce ne fût pas mon unique souci du moment, je n'ai pas cessé de chercher une brèche qui pût nous livrer passage. Je n'ai pas oublié notre horrible situation d'avant-hier, et, tout en suivant la chasse, je me demandais par où nous sortirions d'ici. Peut-être n'ai-je pas examiné avec assez d'attention. Nous allons reprendre notre inspection avec plus de soin, car, si je ne me suis pas trompé, nous ne sommes pas au bout de nos peines. Mais il vaut mieux être fixé sur le sort qui nous attend.

— Ne sortons-nous pas le cerf de l'eau? demanda Gaspard.

— Non; il peut attendre notre retour; et si mes craintes se
réalisent, nous aurons plus de temps qu'il ne nous en faudra
pour nous occuper de lui. Partons.

Et Karl ouvrit la marche.

Pied à pied, mètre par mètre, ils examinèrent cette imposante
barrière de granit qui les emprisonnait. Ils en observèrent la base
et promenèrent leurs regards jusqu'au faîte. Il ne se présenta pas
un seul retrait dans lequel ils ne pénétrassent; mais, hélas! ces
petites gorges, formées comme les baies de l'Océan, semblaient
empiéter dans le roc, qui reprenait bientôt ses droits et les enclo-
sait finalement comme le reste.

En certains endroits, la falaise surplombait le vallon; en
d'autres les explorateurs rencontraient d'énormes amoncellements
de rocs; ici, ils se trouvaient en présence d'un bloc solitaire cubant
plusieurs milliers de mètres; ailleurs existaient des cairns, des
dolmens qui avaient dû être portés là par un agent naturel, sans
doute quelque invasion du glacier.

Mais aucun de nos amis n'était d'humeur à s'occuper de
géologie. Ils passaient absorbés par leur minutieuse inspection.
Ils constataient que la falaise n'était pas partout d'égale hauteur,
mais que partout dans les parties les plus basses elle restait
également infranchissable.

Ils mirent trois heures à explorer cet espace, que naguère ils
avaient franchi d'un pas si agile et d'un cœur si léger. Au bout
de ces trois heures, ils se retrouvèrent au pied de la moraine qui
leur avait donné accès dans ce lieu enchanteur, ayant acquis la
terrible certitude que c'était la seule brèche que présentât cette
enceinte titanique. La vallée semblait n'être que le cratère de
quelque volcan éteint, dont la lave s'était ouvert cette issue dans
un suprême effort qui avait à jamais paralysé sa puissance. Ils ne

tentèrent pas de remonter dans cette direction. Ils savaient trop ce qui les attendait.

Ils n'essayèrent pas non plus de continuer ce douloureux pèlerinage désormais sans utilité, et, se laissant tomber sur un roc, ils y restèrent pendant quelques minutes immobiles et muets, dans une consternation voisine du désespoir.

———

XXX.

PRÉCAUTIONS ET PLANS D'AVENIR.

Les hommes courageux ne se laissent jamais aller au désespoir. Karl et Gaspard, malgré leur jeunesse, étaient vraiment braves, et Ossaro, chose rare chez un Hindou, avait une somme de courage bien au-dessus de la moyenne. Nous l'avons vu, ses luttes quotidiennes contre les fauves le laissaient aussi tranquille qu'un jeu d'enfant; mais il n'était pas au-dessus de toutes les superstitions de sa race. Il était maintenant convaincu que cette vallée sans issue était une des retraites sacrées des dieux de l'Inde et qu'ils allaient tous les trois subir quelque affreux châtiment pour avoir osé porter un pied profane dans cet asile réputé inviolable.

Malgré ses craintes cependant, il n'était pas fataliste, et il ne songea pas un moment à abandonner la partie; au contraire, il se sentait disposé à seconder de tout son pouvoir n'importe quelle tentative les sahibs pourraient imaginer pour se soustraire à l'hospitalité de Brachma, Vichnou ou Siva.

C'était donc à chercher quelque moyen d'évasion que nos pauvres amis étaient déjà occupés; mais rien de bien pratique ne se présentait à leur esprit. Une échelle? Allons donc, pour grimper à plus de cinq cents pieds de terre!... Des cordes? Même en admettant que leur ingéniosité les en pourvût, elles seraient utiles pour descendre au fond d'un précipice, mais non pour en sortir. Qui donc irait les attacher au faîte pour qu'on pût les utiliser?

Mais ne pourrait-on entailler cette muraille de granit?... A cette idée, une lueur d'espoir illumina quelques instants leurs fronts, mais pour se dissiper bientôt. Comment, avec le seul secours de leurs mains, pourraient-ils à la fois escalader le granit, s'y maintenir et tailler des degrés?...

Les heures s'écoulaient sans qu'ils songeassent à s'en inquiéter. Que n'eussent-ils pas donné pour avoir des ailes, oh! des ailes puissantes pour les élever au-dessus de ce rempart infranchissable? Ce fut en vain qu'ils se creusèrent la tête; de tous les plans que l'un après l'autre ils caressaient un moment, pas un ne valait la peine d'être pris en considération.

Brisés par cette lutte mentale contre l'impossible, les malheureux finirent par abandonner la place et retourner à leur campement.

Hélas! comme pour rendre la situation plus affreuse, des animaux carnassiers, des loups sans doute, avaient emporté jusqu'au dernier vestige de la viande de yack boucanée avec tant de soin, mais auprès de laquelle on avait laissé éteindre le feu. Cela ajouta encore à leur tristesse, car plus que jamais ils sentaient le besoin d'avoir des provisions d'avance.

Pourvu que le cerf fût encore intact! Et avec la crainte du contraire, ils s'élancèrent vers l'étang où ils l'avaient immergé :

Il y était. L'eau peut-être l'avait préservé de la rapacité des carnivores.

Comme leur premier bivouac avait été pris au hasard et ne répondait qu'imparfaitement à leurs besoins, ils l'abandonnèrent et vinrent établir leur domicile près de la source d'eau chaude où se trouvait un emplacement à souhait.

Là, le cerf fut dépouillé et un grand feu allumé. Après un bon repas qui les restaura un peu, Ossaro s'occupa du boucanage du reste de la viande; seulement il eut soin de l'étendre beaucoup plus haut, tout à fait hors de la portée des voleurs à quatre pattes qui ne demandaient qu'à faire part commune avec eux.

Ils étaient devenus si économes depuis leur découverte, qu'ils eurent même le soin de réserver les os. Et le pauvre Fritz, qui avait pourtant droit à une belle curée, dut se contenter pour sa part des intestins de l'animal.

Le soir, autour du feu, ils s'entretinrent de leurs projets d'avenir, des différentes sortes d'animaux qu'ils avaient vus dans la vallée, des moyens à prendre pour en ménager les espèces, afin qu'elles pussent se reproduire. Ils causèrent des oiseaux qu'ils avaient vus sur le lac, ou entrevus dans les airs; des fruits, des racines que la vallée produisait. En un mot, ils étudièrent toutes les ressources que pouvait leur fournir ce lieu qu'ils avaient d'abord trouvé si agréable et qui n'était plus pour eux, malgré ses charmes, qu'une horrible prison.

Ils passèrent ensuite à l'examen de leurs munitions de chasse; par bonheur elles se trouvèrent plus importantes qu'ils ne l'avaient espéré. Les poires à poudre étaient à peu près pleines; les balles et le plomb, moins indispensables à la vérité, puisqu'on peut y suppléer par d'autres projectiles, étaient également en grand nombre.

Mais, en supposant que la poudre, principe vital du fusil, vînt à manquer, il resterait encore l'arc infaillible du Shikarri, qui, lui, au moins, n'avait pas besoin de munitions. Une branche souple et mince lui suffisait pour confectionner une flèche dont la blessure était mortelle.

Ils étaient donc sans inquiétude à cet égard. Dans le cas impossible où les flèches elles-mêmes eussent fait défaut, il était aisé de traquer les animaux dont ils auraient besoin dans ce vallon sans issue et d'une dimension relativement si restreinte. Pas plus qu'eux, les quadrupèdes n'avaient d'autre sortie que la moraine conduisant désormais à un précipice infranchissable. Du reste, pourquoi eussent-ils cherché à s'enfuir? Ils auraient été loin avant de rencontrer un gîte plus commode et plus charmant, et leur nombre était bien la preuve qu'ils étaient de cette opinion.

Inutile de faire remarquer que nos voyageurs n'avaient pas le moins du monde abandonné l'espoir de quitter leur singulière prison. Non; leur repas confortable, le bien-être du feu, l'élasticité de la jeunesse, les avaient ramenés à des pensées moins sombres. Ils auraient été fort embarrassés de dire au juste sur quoi ils comptaient, mais ils ne pouvaient admettre que quelque circonstance imprévue ne leur donnât pas la solution de ce problème. Autrement eussent-ils pu causer avec la liberté d'esprit dont ils faisaient preuve? Ils s'endormirent en se promettant de renouveler leur inspection dès le lendemain.

———

XXXI.

LE MESURAGE DE LA CREVASSE.

Ils tinrent parole. Dès l'aube ils étaient sur pied ; ils refirent aussi minutieusement que la veille le tour de l'enceinte granitique. Ils montèrent sur les arbres les plus élevés, pour mieux étudier la paroi de rocher qui s'élevait au-dessus d'eux. Mais ce nouvel examen aboutit à une certitude plus absolue encore de l'impossibilité d'échapper à ce donjon naturel.

Avant d'en être arrivés à ce résultat, l'idée de retourner à la crevasse ne leur était même pas venue. Dès que la vallée cessa de leur offrir la moindre chance de salut, ils se dirigèrent naturellement vers elle.

Frappés de terreur par le déplacement du glacier, ils en avaient fui le théâtre en toute hâte. Un regard leur avait suffi pour voir qu'un abîme effroyable s'était ouvert derrière eux ; mais à ce moment ils ne se doutaient guère des précieuses ressources qui étaient là à cinq cents mètres à peine, sous la forme des plus grands arbres; et il fallait qu'en désespoir de cause, ils eussent abandonné toute idée de salut par la vallée, pour qu'ils entrassent dans un nouvel ordre de raisonnement.

Ce fut Karl qui y arriva le premier. Comme tous les trois, consternés, atteignaient l'énorme portail de granit taillé dans la roche vive, il se retourna, et la cime verdoyante de la petite forêt attira ses regards; aussitôt il s'écria, en la désignant aux autres :

— Ne pourrions-nous pas établir un pont?

— Ces pins seraient en effet de grandeur suffisante, releva immédiatement Gaspard.

— Non, non, sahib, interrompit le Shikarri.

Personne n'avait songé à demander au botaniste sur quoi il faudrait jeter un pont. Tous avaient compris qu'il s'agissait de la crevasse, puisqu'elle seule occupait les esprits.

La perspective ouverte par l'exclamation de Karl avait ranimé le courage de ses deux compagnons, et ils descendirent la ravine d'un pas plus élastique. Ils examinèrent de nouveau les falaises des alentours du glacier. Il n'y avait rien à en attendre, leur inspection de la veille le leur avait déjà appris. Avec des précautions infinies ils approchaient de l'ouverture de l'abîme. Elle avait plus de trente mètres de large. Ils se penchèrent sur ses bords pour en mesurer la profondeur, mais on n'en apercevait pas le fond. Les parois de cristal dans lesquelles s'ouvrait ce gouffre vertigineux étaient bleues au sommet, et verdissaient à mesure que le regard descendait, pour arriver à n'être plus qu'une masse noire, là où il s'arrêtait épouvanté. Des rocs énormes et des amas de neige congelée étaient çà et là arrêtés aux saillies de l'immense précipice, et l'on entendait dans le lointain le bruit sourd d'un torrent formé sans doute par le trop-plein du lac, qui se frayait un passage au-dessous du glacier.

Spectacle sublime d'horreur! Si habitués qu'ils fussent à la montagne et à ses aspects divers, nos amis ne purent le contempler sans éprouver un commencement de vertige, et ils reculèrent en entendant les échos surnaturels que leurs voix éveillaient dans ces sinistres profondeurs. Et cependant ils ne renonçaient pas à leur projet, qui à chaque instant prenait plus de consistance dans leur esprit. Des hommes d'une trempe plus faible s'en fussent détournés avec désespoir, mais eux, devant l'idée d'une prison perpétuelle, de l'abandon de toutes leurs affections, ne reculèrent pas un instant devant ce moyen héroïque.

Ce fut Karl qui affirma de nouveau la possibilité de jeter un pont sur l'abîme. Gaspard, toujours ardent, soutint avec chaleur l'opinion de son frère. Ossaro fut le plus réfractaire. Il fallait beaucoup discuter pour l'amener à une conviction; il finit par convenir que cela valait toujours bien la peine d'être tenté.

L'esprit scientifique du botaniste avait déjà conçu un plan dont l'exécution, pour être difficile, n'était pas impossible, à la condition toutefois qu'on parvînt à déterminer d'une manière mathématique la largeur du gouffre. Mais là était la difficulté.

L'estimation à vue d'œil n'avait rien de positif, puisque chacun de nos chasseurs assignait une ouverture plus ou moins vaste à l'orifice de l'abîme et variait dans son appréciation de trente à quarante pieds avec celle de son voisin. Karl se croyait dans le vrai en relevant d'un bord à l'autre un écart de cent pieds. Ossaro n'hésitait pas davantage à affirmer qu'il y en avait cent cinquante, et Gaspard trouvait que cela devait flotter entre ces deux chiffres, sans oser se prononcer d'une manière absolue.

Comment arriver à se procurer une mesure exacte? Telle était donc la première question à résoudre.

Muni des instruments nécessaires, Karl eût été parfaitement capable de déterminer la distance de ces deux points extrêmes par la triangulation; mais il n'avait ni graphomètre, ni théodolite; comment faire?

Qui croirait que ce fut Ossaro, avec son simple bon sens, aiguisé par les difficultés de la situation, qui trouva le moyen de résoudre cette question presque insoluble?

Les deux frères s'étaient retirés un peu à l'écart pour suivre plus à l'aise leur discussion, ne se doutant guère que le brave Hindou pût, en y assistant, leur apporter son concours dans un problème aussi scientifique. Tout à coup ils s'aperçurent qu'il tirait de sa poche une pelotte de ficelle qu'il déroulait.

— Oh! s'écria Gaspard avec son franc rire de vingt ans, aurais-tu la prétention de mesurer un précipice avec un bout de ficelle?

— Oui, sahib.

— Et qui chargeras-tu d'en porter l'extrémité sur la rive opposée? continua-t-il, toujours riant.

— Elle, sahib, dit l'Hindou en présentant au jeune homme une des flèches de son carquois.

— Bravo! bravo! parfait! s'écrièrent les deux frères, saisissant à la fois l'intention d'Ossaro.

Il ne fallut pas longtemps au digne homme pour exécuter son dessein. La ficelle mesurait environ cent mètres. Elle fut soigneusement tirée, pour courir moins de risque de s'emmêler, puis on en assujettit solidement une partie à un quartier de roc, tandis que l'autre bout, attaché à une flèche, traversait l'abîme et venait retomber sur la neige de l'autre rive. Tous poussèrent un cri de joie en voyant la ficelle tendue, comme le fil tenu d'une araignée, sur l'orifice de la crevasse.

Ossaro attira doucement la corde jusqu'à ce qu'elle fût avec la flèche sur la limite extrême de la fissure. Une fois là, il marqua la distance de son côté par un nœud qu'il fit à l'endroit où ils se trouvaient, puis on ramena vivement la flèche, qui fut réintégrée dans le carquois.

Il ne restait plus qu'à mesurer la longueur de la ficelle, et c'est alors que les cœurs battirent avec violence.

Enfin, un murmure de satisfaction échappa aux trois jeunes gens quand ils se furent assurés que l'estimation du botaniste, la plus basse, était la vraie. L'écart à traverser n'était pas de plus de trente mètres environ.

XXXII.

LA HUTTE.

Cette première difficulté si heureusement et si simplement aplanie décuplait la confiance de Karl, mais sans qu'il lui fût permis de se faire illusion sur les difficultés qui restaient encore à vaincre.

En effet, nos amis n'avaient que leurs couteaux de poche et une petite hache qu'Ossaro avait par hasard à sa ceinture, quand débuta la fameuse chasse au daim musqué.

Le couteau de l'Hindou, nous l'avons déjà dit, n'était pas une arme ordinaire. Il tenait à la fois du coutelas et du sabre, et avait maintes fois servi à son propriétaire pour se frayer un chemin dans la jungle. La hachette était de la grosseur d'un tomahawk indien. Et c'était avec cela que notre ami Karl se proposait de construire un pont de trente mètres. Il fit plus que d'entretenir cet espoir presque insensé. Il sut le faire partager à res compagnons. Quand il leur eut soumis les détails de son plan, ils l'approuvèrent sans réserve, et il n'en fallut pas davantage pour leur rendre toute leur énergie.

Ce fut d'un cœur léger qu'ils recommencèrent les expériences nécessaires pour s'assurer de la partie la plus étroite de la crevasse, qu'ils étudièrent les dispositions du terrain, et enfin qu'ils regagnèrent leur bivouac dans la vallée.

Le pont qu'il s'agissait d'entreprendre n'était pas l'œuvre d'un jour. Un mois leur suffirait-il pour le mener à bonne fin? C'était douteux. Mais qu'était un retard d'un mois, s'ils étaient rendus à leurs chères occupations, à la société humaine, à la vie normale, en un mot?

La première chose à faire était de se construire un abri. Les soirées étaient froides; et comme l'hiver des régions himalayennes approchait, les nuits à la belle étoile perdaient leurs charmes et laissaient après elles un malaise auquel il était bon de remédier. Ils entreprirent donc de se faire une hutte grossière, bien grossière même, étant donnés les outils qu'ils avaient à leur disposition. Ils firent les murs de leur habitation avec des débris de roc et quelques troncs d'arbres mal équarris. Les interstices furent bouchés avec de la terre glaise, et le toit formé par des herbes qui poussaient au bord de l'étang. Quant au plancher, on se contenta de recouvrir le sol d'une couche des feuilles embaumées du rhododendron. Plusieurs pierres plates furent disposées pour servir de siège, et chacun de nos voyageurs se pourvut lui-même d'un lit à sa convenance, composé d'une couche plus ou moins épaisse d'herbe sèche.

Telle fut l'installation hâtive dont se contentèrent nos voyageurs. Ils ne songeaient guère à rêver de luxe ou de bien-être. Ils ne savaient qu'une chose, c'est que cela leur avait pris un jour entier, et que s'ils avaient eu du bambou à leur disposition, Ossaro leur eût à lui tout seul préparé une maison beaucoup plus convenable en dix fois moins de temps, et c'était le temps qui les occupait et dont ils étaient devenus plus avares qu'un vieil usurier ne l'est de son trésor.

Ils firent les murs de leur habitation avec des débris de roc
et quelques troncs d'arbres mal équarris.

Dès le lendemain ils purent enfin s'occuper du pont. Ils étaient convenus de se partager le travail. Karl et Ossaro devaient d'abord s'escrimer comme bûcherons, puis comme charpentiers. Gaspard, lui, était chargé de tous les soins de la vie quotidienne, depuis l'entretien du ménage, besogne assez facile en somme, jusqu'aux graves fonctions de pourvoyeur et de cuisinier. En outre, il devait se tenir prêt, dans ses moments de loisir, à aider celui des ouvriers qui aurait besoin de son concours.

Toutefois. Gaspard n'eût point accepté une tâche qui ne lui aurait pas permis de s'occuper pour sa part de la grande affaire du moment, du pont — peu monumental, et à coup sûr très suspendu — dont son frère se préparait à les doter. Oh! non, il ne s'en serait pas contenté. Mais un adroit chasseur comme lui devait toujours trouver à placer son coup de fusil utilement, et c'est ce qui arrivait : il faisait coup double. Si d'une part il procurait la viande indispensable à l'entretien de leurs forces, qui donc, si ce n'est lui, fournissait les solides lanières nécessaires au grand œuvre? Karl en demandait déjà deux de deux cents pieds de longueur, sans compter les autres.

Gaspard avait donc un rôle de nature à le satisfaire. Il ne fallait pas moins d'une douzaine de peaux de yack pour suffire à une telle commande, et un chasseur moins habile eût couru grand risque de faire attendre longtemps ses commettants; avec lui rien de semblable n'était à craindre.

Quant au bois, les arbres avaient déjà été choisis et marqués par le jeune botaniste. C'étaient des pins connus sous le nom de *pins du Thibet*, que l'on rencontre à une très grande élévation au-dessus du niveau de la mer, et dont le tronc lisse et droit s'élève à quinze ou vingt mètres avant de porter des branches.

On s'était bien gardé de choisir les plus gros arbres; on avait pris, au contraire, ceux qui se rapprochaient le mieux de la dimension voulue, afin d'éviter la main-d'œuvre, qu'un outillage aussi défectueux rendait presque impossible. On n'aurait donc qu'à les débarrasser de leur écorce et des inégalités qui se présenteraient et à en égaliser la partie inférieure pour leur donner une grosseur égale sur toute leur étendue.

La partie la plus délicate de l'opération était évidemment la jonction à opérer entre les deux troncs pour obtenir une longueur de trente mètres.

Une fois tous les détails de leur plan discutés et bien convenus, chacun se rendit au champ de travail qui lui était assigné : Karl et Ossaro dans la forêt, Gaspard dans la plaine, en quête du gibier.

XXXIII.

LE CERF ABOYEUR.

— Pour avoir de la chance, se disait Gaspard en se mettant en route, le fusil sur l'épaule, il me faudrait retrouver ce troupeau de bœufs grognants que le hasard nous a une première fois envoyé. Ils doivent certainement être les plus grands animaux de ces parages, et leur viande n'est pas à dédaigner. Si celle du mâle est aussi savoureuse, je ne demanderais qu'à m'en payer une tranche, surtout à cause de sa peau.... Voyons! combien de mètres de courroies pourrait-on faire avec cette peau?

Ici Gaspard se perdit dans les profondeurs d'un calcul mental fort absorbant. Karl avait dit que des lanières de cinq centimètres lui suffiraient, pourvu que le cuir fût assez résistant. Combien donc une peau de yack, grande dimension, pourrait-elle en fournir? Et ces lanières réunies, quelle longueur pourraient-elles donner?

Après maints calculs abstraits qui ne le satisfaisaient point, notre jeune chasseur s'avisa d'un expédient. Il dépouilla en imagination un bœuf de grande taille, en étendit le cuir par terre, prit ses mesures et arriva à la conclusion qu'il tirerait environ de ladite dépouille vingt mètres de solides lanières ayant sept centimètres de large.

Satisfait de ce procédé, il soumit la peau des vaches au même calcul. La vache étant beaucoup plus petite et son cuir moins résistant, il ne trouva que dix mètres. Il y avait cinq vaches dans le troupeau; mais une étant morte, il n'en restait plus que quatre, donnant au bas mot quarante mètres de cordages. Il y avait aussi deux génisses et deux bouvillons; mais il faudrait compter sur beaucoup de perte, et ce serait tout au plus si ces quatre peaux fourniraient ensemble trente mètres de liens solides : total quatre-vingt-dix mètres. Quel malheur que ce ne fût pas cent! Cent mètres étaient le minimum exigé par Karl pour la solidité de sa construction. Il y avait bien, il est vrai, de jeunes veaux dans le troupeau; mais, outre que leur robe n'aurait pas la consistance requise, il était peut-être prudent de ne pas éteindre la race de ces créatures innocentes.

— Peut-être, se dit Gaspard en continuant son monologue, rencontrerai-je un second troupeau. Cela ferait bien mon affaire. Un autre taureau, et le compte y serait.

Et, tout émoustillé par cette idée, il abaissa son fusil, en examina les amorces, en fit jouer la détente, le remit sur son épaule, et repartit d'un pas sûr et rapide. Les yacks ne pouvaient s'enfuir; il était bien certain de tuer tous les membres du troupeau, chasseur et gibier se trouvant pris au même piège.

Seulement la vallée avait une surface dont il fallait tenir compte, ayant un kilomètre et demi de largeur sur presque deux de longueur. De plus, elle était fort accidentée, offrant coteaux et ravines, lac, étang, taillis et halliers, sans compter les amas de rocs, et une sorte de petite jungle impénétrable et sombre. Oh ! ce n'étàient pas les retraites pour le gibier qui manquaient, et les animaux les moins bien doués sous le rapport de la finesse pouvaient eux-mêmes s'y dérober longtemps au chasseur le plus habile. Mais l'important, c'est qu'ils ne pouvaient à aucun prix disparaître ; et si les yacks avaient beau jeu une fois, deux fois, trois fois, Gaspard était au demeurant bien certain de les exterminer un jour ou l'autre.

Jamais de sa vie notre jeune chasseur n'avait eu de plus belles occasions d'exercer son adresse. Les oies et les canards semblaient prendre à tâche de le tenter ; mais il était sorti avec l'intention de poursuivre les grosses pièces, et son fusil étant chargé à balles, il ne pouvait songer à viser des oiseaux. S'il venait à les manquer, une charge de poudre et une balle étaient choses trop précieuses pour être compromises imprudemment.

Rien ne paraissait sur le bord du lac ; Gaspard s'en éloigna pour aller dans la direction de la falaise. Son frère lui avait dit que les yacks fréquentaient de préférence les parties rocailleuses de la région qu'ils habitaient. Il se trouva bientôt dans un couvert d'arbres de haute futaie, au centre desquels on apercevait une clairière tapissée d'une riche verdure et coupée d'arbrisseaux. Naturellement il avançait avec prudence, l'œil au guet, cherchant toujours à deviner d'où se lèverait le gibier.

Quand il fut au milieu de la clairière, son attention fut attirée par une sorte d'aboiement rappelant celui du renard ; seulement il semblait plus distinct et plus fort.

— Peut-être, se dit notre chasseur, les renards de ce pays sont-ils de plus grande taille que ceux de nos montagnes, ce qui explique leur voix plus sonore. Je serais vraiment curieux de voir un peu la robe et la tournure du renard de l'Himalaya.

Ce disant, il se glissa avec un redoublement de précautions vers l'endroit d'où partait le bruit.

A peine avait-il fait une vingtaine de pas, qu'il se trouva en présence d'un animal fort différent de celui qu'il s'attendait à voir. C'était pourtant bien lui qui produisait les sons qui avaient induit notre chasseur en erreur; car il était positif que Gaspard le voyait aboyer.

Canards.

Notre ami eut à réprimer une violente envie de rire en constatant quel était l'animal qui empruntait ainsi les accents de la race canine. C'était un cerf, un daim, un chevreuil, tout ce qu'on voudra, excepté ce qui est reconnu comme seul en droit d'aboyer ou de japper, le chien, le loup ou le renard.

C'était une bête gracieuse, fine, ayant soixante centimètres de hauteur et des cornes de vingt à vingt-quatre centimètres. On l'eût au premier coup d'œil prise pour une antilope, si chacune de ses cornes n'avait porté un petit andouiller de deux à trois centimètres; ce qui suffisait à classer l'animal dans la famille des

cerfs. Sa robe était rougeâtre et à poil court et lustré. Mais, à
un second examen, Gaspard remarqua qu'il avait une sorte de
défense de chaque côté de la bouche, rappelant celle d'un
porte-musc, dont il est du reste cousin germain. Celui-ci était un
kakour ou cerf aboyeur.

Il existe plusieurs variétés de cette espèce aboyeuse. Elles sont
peu connues du naturaliste. Dans le nombre il faut ranger le
muntjak (*cervus vaginalis*), reconnaissable à ses défenses et à
l'andouiller solitaire de ses bois.

Le cerf aboyeur est commun dans la chaîne de l'Himalaya à
partir de deux mille cinq cents mètres; mais il erre volontiers sur
le bord des rivières ou dans les gorges étroites, et on le rencontre fréquemment à une bien plus grande altitude.

Celui que Gaspard observait en ce moment était venu sans
doute, dans sa migration d'été, en suivant le ravin qui l'avait
conduit au glacier, et de là dans le délicieux vallon que son
instinct lui avait révélé, et où le pauvre innocent devait trouver la
mort.

Gaspard avait d'abord laissé partir la bête, pour laquelle il
regrettait sa balle. Mais tandis qu'elle s'enfuyait, il fut frappé
d'un bruit singulier qu'elle faisait en courant. On eût dit qu'elle
agitait un jeu de castagnettes. Il l'entendait encore à cinquante
mètres de distance et s'en étonnait, quand le cerf se retourna
soudain et se remit à aboyer. Le bruit de castagnettes avait cessé.
Gaspard ne pouvait s'expliquer cet étrange phénomène qui tient
en suspens la sagacité des naturalistes. L'animal frappe-t-il en
courant ses pieds cornés les uns contre les autres, ou, ce qui
serait encore admissible, les deux parties du sabot font-elles ce
bruit sec en se touchant, lorsque l'animal lève son pied de
terre? On ne sait. Ce qui est avéré, c'est que les sabots allongés

de l'élan font un bruit analogue à celui du kakour, mais d'autant

Famille des cerfs.

plus distinct, que l'animal est d'une taille beaucoup plus haute.

Gaspard ne perdit pas son temps à réfléchir sur la cause de ce

13

qui l'étonnait. L'animal était à si bonne portée, que la tentation fut trop forte et qu'une bruyante détonation mit fin aux aboiements du cerf.

— Tu n'es certainement pas ce dont j'avais besoin, dit-il, en ramassant la pauvre créature; mais, vois-tu, je suis las de la chair coriace de notre grand cerf. Il avait au moins cent ans! Toi, tu me parais plus tendre, et j'aurai du plaisir à braiser un de tes cuissots. Ainsi donc, tout est pour le mieux. Attends-moi ici, je saurai bien t'y retrouver.

En disant ces mots, Gaspard, ayant attaché les jambes de derrière du kakour, l'avait suspendu à une branche.

Puis, rechargeant son fusil, il continua son chemin, toujours à la recherche des yacks.

XXXIV.

L'ARGUS.

Gaspard avançait avec un redoublement de précautions. Son dessein était de prendre les yacks au gîte, et il avait laissé Fritz à la hutte, la présence du chien étant plutôt de nature à nuire dans ce genre de chasse.

Il avait les meilleures raisons du monde pour agir avec prudence. La première était l'envie extrême qu'il avait de tuer au moins un de ces animaux. La seconde, c'est qu'il connaissait maintenant la nature farouche du gibier auquel il avait affaire et devait se tenir en garde contre lui. Il n'avait pas encore oublié la fureur du mâle à leur dernière rencontre; et avant son départ, Karl lui avait très particulièrement recommandé de se tenir à distance respectueuse des cornes du taureau, et surtout de ne jamais tirer sur aucun des membres de la petite communauté, sans s'être au préalable assuré qu'il y avait un arbre à portée pour lui servir de lieu de refuge.

La nécessité de s'assurer d'avance une retraite contre une attaque offensive du yack compliquait la difficulté, puisqu'il fallait non seulement trouver l'animal au gîte, mais dans un endroit qui réunît les conditions voulues pour engager la lutte.

Il marchait donc avec une grande circonspection. Ce qu'il voulait éviter, c'était de se trouver à l'improviste au milieu du troupeau, et face à face avec le mâle; la rencontre à cinquante ou soixante mètres, c'était bien, son arme étant d'un calibre assez fort pour qu'il n'eût pas besoin d'approcher davantage.

Il faisait lever différentes espèces de gros oiseaux sur son passage, entre autres l'argus, ce faisan magnifique qui rivalise presque avec le paon pour la beauté de sa parure. En entendant son pas, ce singulier oiseau s'envolait à grand bruit et se perchait sur un arbre; mais, chose étrange, dès qu'il était posé, Gaspard le perdait entièrement de vue et ne pouvait deviner où il était passé.

Tout le secret de sa disparition consiste à rester parfaitement immobile dès qu'il est en présence du chasseur; alors son plumage splendide devient précisément sa sauvegarde. Sa parure ocellée sur tout le corps, de la tête jusqu'à la queue, forme un ensemble qui se perd absolument dans le feuillage où papillotte la lumière, et qui présente lui-même, jusqu'à un certain point, les mêmes ocellations. C'est là une de ces dispositions que la prévoyante nature prend souvent pour protéger ses enfants les plus faibles; car, avec tout son beau plumage, le faisan argus n'est qu'un lourd personnage pour le vol, et il serait une proie facile, s'il n'avait le talent de dépister ainsi le chasseur.

Il en est de même pour les jaguars, les léopards, les panthères, dont les robes voyantes et tachetées sembleraient faites pour exciter l'attention de l'homme. En réalité, leur beauté même sert à les rendre invisibles. Leurs innombrables taches, en rompant l'uniformité de la couleur, fatiguent l'œil et lui font perdre jusqu'à l'appréciation de leur présence, ainsi que cela a été constaté maintes fois par les chasseurs.

Quand il parade, il fait valoir tous ses avantages.

Mais revenons à notre argus. S'il sait se rendre invisible aux autres, lui du moins y voit très bien. Quoiqu'il n'ait qu'une paire d'yeux, elle vaut bien à elle seule les cent paires de son homonyme de la Fable. Il ne perd pas son chasseur du regard; et si celui-ci finissait par le découvrir, l'argus s'en apercevrait, et, avant qu'on eût eu le temps d'épauler et de presser la détente, il serait déjà loin et tapi dans une autre retraite.

Si son vol est court et pesant, ce qui tient à la disposition de ses plumes, il possède, comme la dinde sauvage dont il est proche parent, la faculté de courir vite et en s'aidant de ses ailes.

Au repos, l'argus n'a rien de bien remarquable; mais, quand il parade en présence de ses femelles, il fait valoir tous ses avantages. Alors il déploie ses ailes merveilleusement peintes et les traîne jusqu'à terre à la façon du paon. Il fait la roue, sa queue se dresse et s'étend en éventail, tandis qu'ordinairement il la porte sur la même ligne que le corps, les deux plumes principales repliées l'une sur l'autre. Il est originaire de l'Inde, mais on le retrouve jusqu'au nord de la Chine.

L'argus n'est pas le seul faisan remarquable de cette région, qui n'est pas encore très bien connue sous le rapport de ses richesses ornithologiques. Le sud de l'Asie est, du reste, la véritable patrie du genre faisan. On en compte déjà une douzaine d'espèces, toutes plus richement habillées que l'oiseau de paradis lui-même. Parmi les plus splendides on cite, dans l'Himalaya, le faisan impey, dont rien ne peut égaler la parure ; dans le Thibet, le faisan paon; et dans les Moluques, le *polyplectron* à crête, qui est le dernier mot de la nature en fait d'éclat, de variété et de richesse de teintes chez un oiseau.

XXXV.

TOUJOURS EN QUÊTE DES YACKS.

Gaspard, n'ayant ni poudre ni temps à dépenser, laissa les faisans s'éloigner en paix. C'étaient les yacks qu'il voulait chasser, mais où pouvaient-ils bien être ?

Il avait déjà traversé la moitié de la vallée sans les apercevoir. Cela ne l'étonnait qu'à moitié. Il savait que les plus gros animaux, tels que l'éléphant ou le buffle, ont la faculté de se cacher dans les endroits qui semblent le moins susceptibles à cet usage, de même que la perdrix d'Europe ou notre écureuil se dissimulent derrière le moindre chaume ou contre la branche la plus frêle.

La première attaque faite sur le troupeau, l'ayant privé de deux de ses membres, l'avait en outre rendu plus défiant, et le bruit fait pour l'érection de la hutte avait dû l'effaroucher encore. Gaspard en était là de ses réflexions, regrettant presque de

n'avoir pas emmené Fritz, quand fort à l'improviste il se trouva
en vue de la petite troupe qui broutait tranquillement, mais sans
la protection de son chef.

— Où peut-il être ? se demanda le chasseur. Serait-ce par
hasard un autre troupeau ? Voyons : une, deux, trois vaches,
quatre jeunes, et le même nombre de petits veaux. Non, c'est
bien notre ancienne connaissance ; mais où le scélérat de mâle
auquel j'ai spécialement affaire aujourd'hui a-t-il pu se cacher ?

Et Gaspard interrogeait la clairière et la lisière du petit bois.

— Oh ! c'est trop fort ! continuait le chasseur dépité. S'est-il
fait ermite ou bien a-t-il pris le commandement d'une autre
bande ? Non, c'est inadmissible, puisque Karl prétend que les
bœufs et les animaux de la même famille vivent en société. S'il y
avait une autre bande, elle serait déjà réunie à celle-ci. Le vieux
coquin a sans doute quelque tour de sa façon dans la tête. Je
suis presque sûr qu'il est caché derrière ces buissons, et je
parierais qu'il prétend maintenant monter la garde sans se faire
voir, ce qui n'est pas déjà si bête. N'importe quel fauve voulant
s'élancer sur un de ses petits les attaquerait par derrière la
broussaille et irait s'enferrer sur les cornes de M. Malcommode.
Ce que j'aurais fort bien pu faire moi-même, si je ne me défiais
de sa présence. Mais pas si sot ! d'autant plus qu'il n'y a pas un
arbre assez touffu pour m'offrir un refuge ; non, rien..., ajouta-t-il
en inspectant les environs. Ah ! pardon, voici un bloc de granit
qui fera mon affaire.

Gaspard ne mit pas à faire toutes ces réflexions la moitié du
temps que nous mettons à les lire, et, tenant à éviter le couvert
qui lui paraissait suspect, il se dirigea vers la roche carrée qu'il
venait de découvrir. Tout en paissant, le troupeau se rapprochait
dans cette direction, et notre chasseur calculait qu'une fois bien

abrité, il n'aurait plus qu'à choisir ses victimes ; et il se promettait que ce ne seraient pas les bêtes les moins grosses.

Jusqu'à ce moment, il n'était pas sorti du fourré de dessous lequel il avait aperçu les yacks. Toujours sans se montrer, il fit un détour pour mettre la roche entre lui et le troupeau ; mais il y avait un espace découvert, et il fallait qu'il eût grand soin de ne pas se laisser entrevoir pour ne pas effaroucher toute la bande. Il avait donc une centaine de mètres à parcourir à plat ventre. Mais cela ne l'effrayait guère ! Que de fois ne l'avait-il pas fait pour surprendre un chamois dans les montagnes de son pays natal !

Il se coucha donc sans hésiter dans les herbes, qui étaient heureusement d'une hauteur de trente à quarante centimètres et le dérobaient aux regards des yacks. Il rampait comme une salamandre, avançant avec une extrême prudence, poussant son arme devant lui, et de temps à autre levant la tête avec précaution pour s'assurer de la direction du troupeau. Après dix minutes environ de ce fastidieux mode de voyager, le chasseur n'était plus qu'à une trentaine de pas de son but, et, jugeant qu'il ne courait aucun risque d'être aperçu, il reprit la position verticale et courut en toute hâte vers le roc voisin.

En l'atteignant, il s'aperçut pour la première fois que ce n'était pas un bloc unique, mais qu'il s'en trouvait un second plus petit à la distance d'un pied à peine. Il semblait que ces fragments eussent à quelque époque antérieure fait partie d'un même tout et qu'une force brutale les eût violemment séparés.

Gaspard notait machinalement ces détails, tout en cherchant de l'œil l'endroit le plus propre à l'abriter d'une part et de l'autre à lui permettre de viser. Ce rocher était après tout un poste beaucoup moins avantageux que ne l'avait cru notre chasseur.

Il était taillé à angles droits comme une maison, et ne présentait pas la moindre saillie, pas la plus petite anfractuosité derrière laquelle on pût s'abriter. La base même en était plus étroite que le sommet, et pas un arbre, pas un buisson ne se trouvait à portée. Le sol était nu et extrêmement foulé aux alentours, comme si c'eût été un lieu de rendez-vous favori pour les yacks. Oui, voilà bien leurs traces, et là, toutes récentes, celles beaucoup plus larges et plus profondes du taureau.... Du taureau ?

— Oh ! mon Dieu ! s'il était là !... se dit Gaspard.

Et à cette seule pensée, le cœur du jeune homme battait à se rompre et l'empêchait presque de réfléchir.

C'est que l'idée ne lui était pas venue que le taureau pût se trouver derrière le roc. Sans savoir pourquoi, il s'était mis en tête que le taillis était la retraite et l'observatoire du mâle, ce qui assurément était faire à son instinct plus d'honneur qu'il n'en méritait. Et tout à coup Gaspard s'aperçoit qu'il a raisonné à faux et que très probablement l'animal était à se chauffer au soleil de l'autre côté du rocher.

— S'il est là, se dit notre pauvre ami fort en peine, je ferai aussi bien pour ma santé de ne pas lui révéler ma présence et de m'en retourner comme je suis venu ; car, s'il m'aperçoit, il m'aura rejoint en moins d'une minute : son galop est si rapide. Et rien, rien, pour abriter ma retraite.... Ah ! me voilà sauvé !

Cette dernière exclamation provenait d'une remarque que Gaspard faisait à l'instant. La moins grosse des deux roches présentait sur un de ses côtés une pente adoucie que l'on pouvait gravir aisément, et ce n'était plus qu'une affaire d'adresse et d'agilité pour gagner de là le sommet du second rocher.

— Oui, me voilà sauvé, répétait Gaspard ; je n'aurai pas

grand'peine à grimper jusque-là en cas de poursuite, et la plate-forme de ce quartier de roc vaut bien le sommet d'un arbre. Ainsi, que le mâle soit là ou qu'il n'y soit pas, je ne m'en reviendrai pas bredouille. Je vais viser à loisir et tirer sans plus attendre.

Une fois décidé, il examina l'état de son fusil, et, s'agenouillant tout près du rocher, il s'avança en retenant son souffle, pour arriver en vue des animaux disséminés dans la clairière. Mais de temps en temps il détournait la tête pour voir s'il n'apercevrait pas le taureau, et prêtait l'oreille pour surprendre le bruit de sa respiration. A une ou deux reprises même il s'arrêta soudain, ayant cru entendre un grognement qui ne provenait pas du reste du troupeau; cependant il persévérait dans son dessein et poursuivait sa course, se disant qu'après tout il était aussi leste que pas un, et que sa retraite étant inexpugnable, il ne s'agissait que d'y arriver à temps; ce qu'il se chargeait bien de faire en dépit du taureau, de sa fureur et de ses cornes.

Il y avait à peine cinq minutes qu'il avait gagné le rocher, quand nous le retrouvons à l'angle où il devait se placer pour tirer efficacement dans la clairière.

Jusqu'à présent le mâle restait invisible. S'il était là, ce devait être de l'autre côté de la grande roche; mais Gaspard n'y pensait plus. Tenant trois vaches au bout de son fusil, il n'avait qu'une préoccupation, celle que ses coups portassent. Plus rapide que la pensée, il épaula son arme et pressa la détente. Une bruyante détonation vint éveiller tous les échos de la montagne, et une vache tomba expirante dans le pâturage. Presque aussitôt un nouveau coup de feu retentissait, et un bouvillon, la cuisse brisée, s'enfuyait sans pouvoir tenir tête au reste de la bande, qui détalait et disparaissait dans les bois avoisinants.

Seul un petit veau restait auprès de la vache tombée. Il courait autour d'elle en poussant de pressants appels, et tout troublé, cherchant à se rendre compte de la catastrophe qui rendait sa mère insensible à ses cris.

En toutes autres circonstances Gaspard aurait eu compassion du pauvre innocent, car il avait bon cœur ; mais en ce moment il avait autre chose à faire qu'à s'abandonner aux suggestions de la pitié.

Il avait à peine visé le bouvillon ; son doigt pressait encore la détente, quand un bruit non moins effroyable pour lui que celui de son fusil pour le gibier retentit à ses oreilles et glaça son sang dans ses veines. C'était du reste ce qui avait fait dévier son second coup et avait permis au pauvre animal de s'échapper clopin-clopant ; autrement la sûreté de coup d'œil du jeune chasseur eût étendu la seconde victime dans la même immobilité que la première.

Ce bruit ne pouvait être que la voix irritée du taureau ; mais il se faisait entendre si près de Gaspard, que celui-ci, lâchant son arme, se retourna, croyant avoir le monstre derrière lui. Il n'aperçut pas l'animal, mais il comprit qu'il ne pouvait être loin, et dans cette prévision, agile comme un jeune chat, il s'élança pour gravir la pente douce du roc et se mettre à l'abri du danger en escaladant la plate-forme.

XXXVI.

FACE A FACE AVEC UN TAUREAU FURIEUX.

Tout en gravissant la roche, Gaspard ne pouvait s'empêcher de jeter derrière lui des regards anxieux ; il se croyait toujours poursuivi par le yack ; mais, à sa grande surprise, il ne le voyait pas paraître, bien qu'il entendît retentir ces grognements qui le glaçaient d'effroi.

Il était maintenant au sommet du premier quartier de roc ; mais, par excès de prudence, il voulait atteindre celui de la seconde roche. Là du moins il serait en lieu sûr. Il dominerait la clairière et aurait toutes chances de ne pas laisser fuir l'ennemi. Il s'accrocha donc à l'extrémité du roc et d'un effort surhumain parvint à se hisser dessus. C'était vraiment tout ce qu'il pouvait faire, et il lui avait fallu l'énergie qu'il mettait à fuir un aussi redoutable ennemi pour qu'il y arrivât.

Toute sa volonté étant concentrée sur ce point unique, on ne trouvera pas étonnant qu'il ne songeât à regarder autour de lui que lorsqu'il se crut bel et bien hors d'affaire. Avec un long soupir de soulagement, il promena son regard sur la plateforme. Horreur !... Il n'y était pas seul ! et celui qui partageait ainsi son belvédère n'était autre que le taureau.

Oui, c'était là que le mâle se prélassait au soleil, en surveillant les ébats de ses compagnes et de leurs petits. Comme il était couché à l'extrémité de la plate-forme, Gaspard n'avait pu l'apercevoir en approchant du rocher ; et à dire vrai, il aurait aussi volontiers pensé chercher le taureau sur la cime d'un arbre que sur la crête de cette grande roche. Il avait tout à fait oublié ce que son frère lui avait dit de la préférence des yacks pour les endroits rocailleux ou le sommet des rocs, et le pauvre garçon le déplorait d'autant plus amèrement, qu'il ne se dissimulait pas la gravité de sa situation.

Dès qu'il eut aperçu le premier occupant de son lieu de retraite, le jeune chasseur resta comme paralysé, froid, livide, et n'ayant plus la faculté de penser ou d'agir.

Heureusement pour lui que le taureau, tourné vers la plaine, était absorbé par l'étrange déroute où il voyait les siens. Ses grognements semblaient plutôt des appels destinés à les faire revenir ; et bien qu'il eût déjà expérimenté les tristes effets de ces explosions bruyantes, il n'avait pas l'air d'avoir rien compris à ce qui se passait. Penché vers la clairière, il paraissait presque disposé à prendre le plus court chemin en sautant en bas plutôt que de prendre le plus long.

Mais le bruit qu'avait fait le jeune homme en grattant la pierre avec les accessoires de son accoutrement de chasseur, avait attiré l'attention du taureau, qui s'était retourné, de sorte que quand Gaspard se retrouva sur ses pieds, il était face à face avec l'animal.

Il y eut une pause d'un instant : Gaspard immobilisé par la terreur, le taureau par la surprise, tous deux restèrent en arrêt quelques secondes; mais le yack, revenu à sa fureur, s'élança avec un cri terrible et chargea la tête en avant.

Avant qu'il pût se relever, il se sentit piétiner par l'énorme bête.

Il était impossible d'éviter le choc en se jetant de côté ou d'autre; l'espace était beaucoup trop circonscrit pour permettre une semblable manœuvre, et le plus brave toréador même eût vainement essayé de le tenter. La seule chance de salut qui restât au chasseur était de se rejeter en arrière et de fuir par le chemin qu'il avait pris pour arriver là; c'est ce que fit presque instinctivement Gaspard, qui n'avait pas eu le temps de recouvrer son sang-froid.

L'impétuosité du bond qu'il avait fait et la pente sur laquelle il retomba l'emportèrent jusqu'au bas du rocher, d'où, ne trouvant rien pour se retenir, il alla rouler la face contre terre. Là, Gaspard entendit le frottement des sabots du yack sur le granit, et, avant qu'il pût se relever, il se sentit piétiner par l'énorme bête.

Heureusement, la même impulsion qui l'avait jeté à bas du rocher avait également emporté son adversaire bien au delà du but, et avant que ce dernier eût eu le temps de revenir à la charge, Gaspard, qui n'avait pas été blessé, était debout, cherchant du regard où trouver le salut.

Mais où fuir? Les arbres étaient trop loin, c'était folie que de se risquer dans la plaine découverte. Le taureau l'aurait transpercé de ses cornes avant qu'il eût fait la moitié du chemin. Que faire? Grand Dieu, que faire?

Troublé, irrésolu, obéissant à l'instinct de la conservation, qui nous ordonne de prolonger la lutte, il s'élança de nouveau sur le roc. S'il s'était cru leste à la première tentative, il dut se trouver singulièrement plus agile cette fois, car il sentit à peine l'effort nécessaire pour s'enlever à la force du poignet sur la plate-forme.

Mais si rapidement que tout cela se fût fait, rien n'avait échappé à l'observation du taureau, qui en quelques bonds s'élança sur la pente inclinée, et de là sur la terrasse, avec autant de légèreté qu'un chamois ou une chèvre. Cette fois il n'y eut pas l'ombre d'une pause, et l'œil enflammé, la langue écumante, il se précipita vers l'ennemi.

Gaspard crut sa dernière heure venue. Il avait reculé jusqu'à l'extrémité de la roche. Il n'avait d'autre alternative que de s'élancer dans le vide ou de se laisser enlever par les cornes de l'animal furieux. La hauteur à franchir était vertigineuse : plus de sept mètres ! Mais il n'y avait pas à hésiter, et notre pauvre ami tenta ce saut réellement périlleux.

Il retomba sur ses jambes; mais la secousse avait été trop forte : il chancela et se laissa glisser par terre sur le côté. Au même instant le ciel disparut à ses yeux, l'énorme masse du corps de l'animal s'étendait entre lui et la clarté du jour ; quelques secondes après, il entendit ses sabots résonner contre le sol. Il avait repris pied.

Le chasseur fit un violent effort pour combattre le malaise qui l'avait envahi et pour se relever à son tour. Il se souleva, puis retomba. Il se palpa pour voir s'il ne s'était rien brisé dans sa chute. Un de ses membres lui refusait l'obéissance, c'était sa jambe. Ah ! s'il avait la jambe cassée !...

Cette affreuse pensée, jointe à la souffrance, ne put abattre son courage ; le taureau s'apprêtait à renouveler son attaque; le brave jeune homme reprit le chemin des rochers en traînant après lui le membre mutilé qui ne pouvait plus le porter.

Vous supposez sans doute que c'en était fait de notre ami Gaspard ; que quelques minutes après son corps inerte, lacéré par les cornes de l'animal furieux, et foulé sous ses pieds, marquait seul la place où il s'était si courageusement défendu. Peut-être en eût-il été ainsi pour tout autre doué d'un cœur moins énergique et d'une âme moins bien trempée; mais notre ami n'avait pas encore abandonné la partie, et il tenta un nouvel effort.

Comme il approchait des quartiers de roche, il remarqua une circonstance qui raviva tout son espoir. C'était la fente qui se trouvait entre les deux blocs de granit et qui avait environ trente-trois centimètres de largeur.

14

La vive intelligence de Gaspard lui révéla de suite l'avantage qu'il en pouvait tirer. S'il atteignait cette fissure, en effet, il était sauvé ; car, assez large pour lui livrer passage à lui-même, elle était trop étroite pour le corps massif de son adversaire.

Il se traîna donc sur les genoux et sur les mains avec une hâte fébrile. Il atteignit ainsi l'ouverture de la fissure et s'y enfonça du mieux qu'il put.

Il était temps !

A peine entré, il entendit le bruit sec des cornes de l'animal arrivant tête baissée contre l'ouverture où il croyait encore enlever sa victime. Le monstre exaspéré jeta un cri de rage, quand il vit que celle-ci lui échappait définitivement.

Mais à ce cri de rage répondit un cri de joie, sorti du cœur de l'adolescent qui enfin se sentait sauvé.

XXXVII.

SUITE DE L'AVENTURE DE GASPARD.

Gaspard respira longuement, et il en avait besoin. Les dangers de toute nature qu'il avait courus dans les différentes péripéties de la lutte qu'il venait de soutenir l'avaient littéralement mis hors d'haleine ; du reste, il faut en convenir, on pouvait être essoufflé à moins.

La rage du taureau, déçu dans son espoir de vengeance, ne connut plus de bornes. Il allait et venait, s'escrimant des cornes et du sabot contre le granit, et poussait des grognements frénétiques. Il semblait caresser l'espérance de parvenir quand même jusqu'à sa victime. Une fois sa tête pénétra dans la fissure et son mufle écumant toucha presque Gaspard. Mais ses larges épaules, que sa toison frisée élargissait encore, l'empêchèrent de pénétrer plus avant, et, en retirant sa tête, il inséra ses cornes quelque part, et ce ne fut pas sans dommage pour elles qu'il les dégagea de l'endroit où elles s'étaient introduites.

Gaspard, profitant de l'embarras dans lequel s'était mis son antagoniste, saisit une pierre et lui en meurtrit si rudement le museau, qu'une fois hors d'affaire, l'animal, en dépit de sa rage, ne s'aventura plus à renouveler un assaut qui lui avait si mal réussi.

Se voyant à l'abri d'un danger immédiat, notre pauvre chasseur commença à se préoccuper de sa jambe, qui le faisait vivement souffrir. Il ne pouvait prévoir combien de temps il serait retenu dans son étroite prison ; le yack était évidemment implacable et ne songeait point à l'abandonner, tant qu'il pourrait l'apercevoir. Il est dans la nature de ces animaux de ne point renoncer à leur vengeance tant que l'objet de leur ressentiment est en vue. Qu'il disparaisse, et ils l'oublient aussitôt, mais ne lui pardonnent jamais.

Le taureau ne témoignait aucune lassitude. Il allait et venait avec la même rage, cherchant toujours à renverser l'obstacle qui le séparait de sa victime. Gaspard ne s'inquiétait plus de ces démonstrations impuissantes ; il essaya de se rendre compte de la gravité de sa blessure.

Il palpa l'os à partir du genou et s'aperçut que c'était du côté de la cheville qu'était le mal. Mais était-elle cassée ou seulement démise ? Elle était déjà si enflée et si douloureuse, qu'il avait de la peine à s'assurer s'il y avait oui ou non fracture. Comme il était généralement porté à voir les choses du bon côté, il se dit que très probablement elle n'était que foulée et qu'il en serait quitte pour une entorse ; ce qui suffit, malgré ses souffrances, à lui rendre toute sa bonne humeur.

Brave Gaspard !

Une fois cette question à peu près élucidée dans son esprit, il commença à réfléchir à sa situation présente. Comment s'y prendrait-il pour faire lever le siège à son farouche assaillant? S'il appelait au secours Karl et Ossaro, l'entendraient-ils? C'était peu probable. Il était au moins à deux kilomètres de distance et dans un contre-bas boisé, accidenté, où le son ne se propagerait pas sans difficulté. Toutefois, à supposer qu'ils ne fussent pas occupés à fendre du bois, son coup de sifflet particulier finirait bien à la longue par frapper leurs oreilles. Ce serait une affaire de temps, voilà tout. La vallée était pleine d'échos sonores, les rochers qui en formaient l'enceinte agissant comme conducteurs de la voix. Gaspard avait déjà porté son doigt à ses lèvres pour produire le coup de sifflet vibrant, aigu, dont si souvent il avait fait retentir ses montagnes natales, quand une pensée l'arrêta.

— Mon Dieu ! qu'allais-je faire ! se dit-il; quel malheur mon étourderie aurait pu amener ! Mon pauvre Karl serait arrivé tout courant, et, avant que j'eusse pu le prévenir, il se serait trouvé aux prises avec cet animal irrité. Non, non, Karl ne paiera pas pour mon imprudence. Je n'appellerai pas ; mieux vaudrait mourir ici tout seul.

Il s'arrêta et se mit à réfléchir. La situation se compliquait.

— Si seulement j'avais mon fusil, reprit-il quelques instants après, tu aurais bientôt ton compte, horrible brute, et tu ne me tiendrais pas longtemps en échec. Tu peux remercier la bonne étoile de la gent grognante que je sois désarmé.

Le fusil était tombé des mains de Gaspard au moment où il avait fait sa première chute sur la pente glissante du roc inférieur. Il était probablement encore là presque à portée, mais Gaspard ne pouvait préciser la place où il gisait.

— Sans cette maudite cheville qui me rend maladroit comme on ne l'est pas, j'aurais bientôt fait d'aller le chercher. Oh ! si je pouvais l'atteindre, comme je ferais tenir tranquille ce grogneur endiablé ; avant qu'il eût fouetté l'air deux fois avec la belle queue dont il est si fier, je le coucherais à mes pieds! Voyons, reprit-il au bout de quelques minutes, je suis sûr que mon pied doit aller mieux. Il est encore enflé, mais certainement il pourrait me faire plus de mal. Hourra ! la cheville n'est pas cassée, il n'y a rien de grave. Une foulure, après tout, ce n'est pas cela qui m'empêchera d'aller chercher mon fusil.

Avec cette nouvelle idée en tête, Gaspard se leva en s'appuyant des deux côtés du granit. La fissure étant partout de même largeur, permettait au jeune homme de sortir d'un côté aussi bien que de l'autre.

Mais, chose étrange, dès que le taureau s'aperçut que le chasseur se dirigeait vers l'extrémité opposée, il fit le tour de la roche, afin de se trouver là pour le recevoir.

Gaspard ne s'attendait pas à cette preuve d'intelligence du ruminant. Elle le déconcerta complètement ; car il s'était bercé de l'espoir de faire par là une diversion heureuse, tandis que l'animal monterait la garde à l'autre extrémité du passage où il avait vu disparaître l'ennemi.

Néanmoins sa témérité le poussa à tenter quand même une sortie ; il eut le temps d'apercevoir son fusil et de calculer la distance à franchir pour s'en emparer. Qu'il pût disposer de trente secondes de liberté, et son arme lui était rendue. Ce fut du reste tout le résultat qu'il obtint ; car le yack, se méfiant de

quelque chose de la part d'un ennemi si remuant, avait redoublé
de vigilance et ne le perdait pas de vue un instant.

Gaspard restait donc perdu dans ses réfléxions et ses projets.
Tout à coup une idée lui traversa l'esprit. Le yack se tenait
maintenant tout près de la fissure, et le jeune homme voyait
incessamment sa bouche écumante, ses yeux qu'il roulait avec
fureur, et sa tête qu'il tenait baissée de manière à présenter ses
cornes formidables à son antagoniste. Si le chasseur eût eu
seulement à sa disposition un solide gourdin ou une lance, il
aurait pu frapper à coup sûr. Mais il n'avait rien.

— Ne pourrai-je pas trouver un moyen de l'aveugler ? s'était
demandé notre ami.

Et tout à coup il se dépouilla de ses accessoires de chasse,
mit bas sa veste, et, étendant les mains autant que l'espace très
limité dans lequel il était renfermé le lui permettait, il s'avança
pour jeter le vêtement sur la tête de l'animal.

Malheureusement, il n'avait pas la possibilité de prendre
d'élan, et la jaquette tomba sur une des cornes du yack, qui la
secoua dédaigneusement et reprit son poste de surveillant sans
s'être déconcerté un instant.

Quant à Gaspard, le cœur lui défaillit. Cet insuccès le jeta
dans un désespoir momentané, et il se retira vers le milieu de la
fissure.

— Faudra-t-il malgré tout que j'en vienne à appeler à mon
aide, se demandait-il avec douleur. Non, cela ne sera pas !...
du moins pas encore. Il faut que je m'en tire tout seul. Ah ! une
autre idée, et une meilleure cette fois-ci !...

Quel pouvait être le nouveau plan de Gaspard ? Nous ne tarde-
rons pas à le savoir ; car, s'il y avait au monde un homme prompt
à l'action, c'était assurément notre jeune chasseur.

Il ramassa vivement sa poire à poudre et l'ouvrit ; ensuite il se
traîna de nouveau à l'ouverture aussi près du mufle de l'animal
que la prudence le lui permettait, puis il lança une masse de
poudre au dehors aussi loin qu'il put atteindre, et, reculant
peu à peu, il fit dans la crevasse même une traînée de quelques
pieds.

Le yack se doutait peu de la surprise qui lui était ainsi
ménagée.

Gaspard prit alors son briquet et un morceau d'amadou et mit
le feu à la traînée de poudre. Comme il l'avait pensé, l'explosion
prit l'ennemi par surprise. Le bruit, la lueur, la fumée sulfu-
reuse et épaisse dans laquelle il se trouva enveloppé, tout
contribua à lui faire perdre la tête pendant quelques secondes.
On l'entendit tourner et piétiner avec fureur, ne sachant de quel
côté s'enfuir.

Ce court intervalle avait suffi à Gaspard pour s'élancer au
dehors, saisir son fusil et regagner sa retraite avec une agilité
qu'on n'eût pas attendue d'un homme ayant une entorse qui
n'avait encore reçu aucun soin. Mais si rapide qu'eût été son
mouvement, il ne l'avait pas été trop ; car le taureau, revenu de
sa première émotion, l'aperçut et s'élança sur lui avec une
telle violence, que ses cornes semblèrent se briser contre le
roc.

— Maintenant à nous deux, lui dit Gaspard, à qui la possession
de son fusil rendait toute son audace. Pour cette fois tu as eu
plus de peur que de mal ; mais la prochaine fois que tu sentiras
l'odeur de la poudre, il en sera autrement, tu peux y compter.
Encore une minute, mon vieux, et nous verrons bien si je
n'aurai pas fait cesser ce siège ridicule et abrutissant. Prends
garde à toi.

Pendant ce monologue, Gaspard n'avait pas perdu son temps. Il avait chargé son fusil et soigneusement ajusté l'animal. Sa première balle suffit pour le débarrasser de la sentinelle gênante et grognante qui s'opposait à son passage.

Gaspard mit le feu à la traînée de poudre.

Aussitôt Gaspard sortit de son étroite prison et fit retentir la vallée du plus bruyant signal qu'il eût dans son répertoire. Un signal semblable lui répondit presque aussitôt, et un quart d'heure après Karl et Ossaro arrivaient au pas de course. Après avoir écouté le récit du jeune héros, je laisse à penser s'ils le félicitèrent sur ses succès et sur son admirable sang-froid.

Les yacks furent dépouillés, coupés par quartiers et transportés à la cabane. Dans une des courses nécessitées par cette chasse, le jeune bouvillon blessé fut aperçu par Ossaro, qui l'acheva d'un coup de lance ; ce qui occasionna un nouveau dépouillement. Mais tout ce surcroît de travail échut à Karl et à Ossaro seulement, car l'état de la cheville de Gaspard avait tellement empiré, qu'il dut, lui aussi, se laisser rapporter à la maison sur les épaules d'Ossaro.

XXXVIII.

LE SÉROU.

Bien qu'elle n'eût pas été aussi périlleuse que celle de notre ami Gaspard, Karl et Ossaro avaient aussi leur aventure à raconter. Il est vrai de dire qu'ils n'y avaient figuré qu'en simples spectateurs, et que si Fritz, le héros de l'affaire, s'en était tiré avec honneur, ce n'avait point été sans peine, comme le prouvaient de larges blessures qu'il portait aux flancs.

Ils travaillaient tous deux à abattre un des pins qu'ils avaient choisis, quand un bruit confus, mélange de glapissements et d'aboiements, retentit à leurs oreilles et leur fit abandonner leurs outils. Ils se trouvaient dans un endroit sans broussailles, où les arbres étaient fort espacés, de sorte qu'ils pouvaient voir à plusieurs centaines de pas de distance.

Tandis qu'ils étaient ainsi sur le qui-vive, un gros animal, évidemment pourchassé par un ennemi encore invisible, passa à quelques mètres d'eux. Quoique, dans son effroi, il excédât sa marche ordinaire, ce n'était pas un fameux coureur ; aussi les deux bûcherons de hasard eurent-ils le temps de bien l'examiner. Il était presque de la grosseur d'un âne, et eût présenté avec maître Aliboron une certaine analogie, sans deux cornes très pointues, d'une trentaine de centimètres de longueur, qui témoignaient que leur possesseur était une bête à pieds fourchus et n'appartenait pas à la gent chevaline. Son poil était rude et grossier, d'un brun sombre sur le dos, rougeâtre sur les flancs et blanchâtre sous le ventre. Ses cornes, recourbées en arrière, s'étendaient parallèlement à son cou trapu et orné d'une crinière courte comme celle de l'âne. Sa tête était trop grosse et mal proportionnée ; ses jambes massives, son port lourd et sa démarche disgracieuse ; en un mot, il n'était remarquable que par son apparence de profonde stupidité.

Ni Karl ni Ossaro n'avaient aperçu semblable quadrupède ; néanmoins ils conjecturèrent avec raison que c'était le *capricornis bubalina* ou sérou : animal qui fait partie de la famille des antilopes et tient le milieu entre cette dernière et la chèvre. On en rencontre de nombreuses espèces aux Indes.

Mais le sérou n'était pas seul ; bien qu'il courût de toute la vitesse de ses grosses jambes, il était suivi de près par une meute de loups rouges, d'après l'opinion de Karl, mais en réalité de chiens sauvages, comme le Shikarri le constata aussitôt. La bande se composait d'une douzaine d'individus de la grosseur d'un loup, ayant le corps, l'encolure et le museau très allongés, et de grandes oreilles droites, mais arrondies vers la pointe. Leur couleur générale était rouge, tournant au blanc sous l'abdomen. L'extrémité de leur longue queue touffue était noire, et ils portaient entre leurs deux yeux une tache brune qui ajoutait encore à l'aspect général de férocité qui les caractérisait. C'étaient eux qui aboyaient et glapissaient ainsi avec fureur à la poursuite du sérou.

Fritz, aux premiers accents de cet affreux vacarme, s'était élancé à la poursuite de la meute infernale. Mais le brave animal avait dû contenir ses transports, car, pour être sûr qu'il ne lui arrivât rien, Karl l'avait attaché après le départ de Gaspard.

Loups.

La chasse passa; l'antilope et les chiens furent bientôt hors de vue, quoiqu'on entendît encore retentir la voix glapissante des derniers.

Au bout de quelque temps les aboiements se rapprochèrent; les travailleurs, devinant que la meute se rabattait de leur côté, s'arrêtèrent pour observer. Une seconde fois le sérou apparut dans les champs de vision, toujours serré de près par la troupe, puis le tout disparut de nouveau.

Une troisième fois encore le même fait se produisit, et, à leur grande surprise, nos amis eurent lieu de faire l'observation suivante : c'est que rien n'eût été plus facile pour les chiens que de s'élancer sur la bête dont ils touchaient les talons; ils semblaient plutôt prolonger à plaisir une chasse que le plus maladroit d'entre eux pouvait terminer d'un seul bond. Le pourquoi de cette manœuvre leur échappait.

Cette observation était vraie en partie. En effet, les chiens sauvages auraient pu dès longtemps forcer la malheureuse bête, mauvaise coureuse au possible; mais ils avaient un but en ne le faisant pas. Ce n'était pas uniquement non plus pour faire durer leur plaisir qu'ils faisaient traîner sa capture. Ils voulaient, à force de tours et de détours, contraindre l'animal à se rabattre dans la direction de leur tanière, où se trouvait une nombreuse nichée, et cela pour s'éviter de transporter le cadavre trop loin. Telle était l'explication de cette singulière conduite. L'Hindou, qui connaissait les mœurs de ces chiens sauvages, apprit à Karl que cette manœuvre n'avait lieu qu'à l'époque où ils ont des petits. Ils s'en prennent alors à de grands animaux qu'ils pourchassent et fatiguent à mort jusqu'à ce qu'ils soient à proximité de leur terrier. Une fois là, ils les tuent et abandonnent ces corps à leur progéniture, à qui ils permettent de faire curée comme elle l'entend.

Le chasseur de plantes avait déjà ouï relater le même fait au sujet des chiens sauvages de la province du Cap; aussi fut-il moins surpris qu'il ne l'eût été autrement.

Ce ne fut que plus tard que Karl et Ossaro trouvèrent le loisir d'approfondir ce sujet. Sur le moment même ils étaient trop absorbés par l'intérêt de la chasse pour être autre chose qu'observateurs de ce qui se passait à quelque vingt mètres d'eux.

Le sérou semblait plus d'à moitié rendu; il était clair que les chiens en auraient eu raison en rien de temps, s'ils n'avaient tenu

Ville du Cap.

à le rapprocher encore du lieu déterminé de la curée. Toutefois
la pauvre bête n'était pas disposée à les suivre plus loin. Tout à
coup elle avisa un vieil arbre dont l'énorme tronc projetait des
contreforts assez vastes pour former autant de stalles d'écurie.
C'était précisément ce qu'il fallait à la malheureuse créature
surmenée, et elle ne se fit pas faute d'en tirer parti. D'un bond
rapide elle tourna sur elle-même, et s'encastra dans une de ces
divisions naturelles d'où, protégée de toutes parts, elle présenta
ses cornes aux assaillants.

Cette manœuvre inattendue déconcerta ses féroces ennemis.
A la vue de l'animal ainsi retranché, la plupart des vieux chiens
reculèrent prudemment. Ils avaient l'air d'avoir appris à leurs
dépens ce que valaient ces terribles défenses pointues, et d'être
peu disposés à s'en approcher de trop près. Les chances de la
poursuite si longtemps en leur faveur avaient évidemment tourné
contre eux, et ils le reconnaissaient tacitement en se tenant sur la
défensive.

Mais il y avait dans le nombre quelques jeunes chiens qui,
pleins d'ardeur et de confiance en leur valeur personnelle,
jugeaient indigne d'eux de se montrer la queue basse à un
ennemi presque vaincu. Ceux-ci qualifièrent de couardise
l'abstention des vieux et se promirent de faire beaucoup mieux à
eux tous seuls.

Alors commença une scène qui faisait pâmer de rire Ossaro.
Tous ces jeunes freluquets s'élancèrent à l'assaut de la bête inexpugnable, et une confusion inouïe régna bientôt dans la troupe.
Un ou deux chiens furent éventrés et lancés à quelque distance
de l'arbre, tandis que les autres plus ou moins maltraités,
meurtris, boiteux et confus, s'enfuyaient en poussant de longs
hurlements de douleur. Décrire la joie d'Ossaro, à mesure

15

qu'un nouvel estropié touchait terre, serait difficile; car le Shikarri avait une haine mortelle contre ces animaux qui souvent paralysent l'action du chasseur et lui font perdre beaucoup de gibier.

Nul n'aurait pu prévoir comment finirait cette chasse bizarre où le chassé était devenu le chasseur à son tour, quand un nouvel incident, tout aussi imprévu, se produisit et changea de nouveau les conditions de la lutte. Fritz, qui avait littéralement rongé son frein tout ce temps, parvenu à se libérer, fit d'un bond son entrée sur la scène, où sa présence sema la terreur dans les cœurs des belligérants. A sa vue, les chiens sauvages ne demandèrent pas leur reste et détalèrent comme s'ils eussent eu tous les diables à leurs trousses.

Fritz n'avait jamais vu de sérou; mais, s'imaginant qu'il y avait guerre courtoise et que l'adversaire y allait, comme lui, de franc jeu, il courut sus à la bête sans la moindre hésitation. Mieux eût valu pour lui un sanglier des forêts natales. Il était déjà couvert de blessures, et la lutte se prolongeant menaçait de tourner mal pour lui, si la carabine de son maître n'eût fait en sa faveur une diversion heureuse en abrégeant la durée du combat.

N'eût été sa peau, le sérou aurait à peine valu le mal qu'il donna pour le transporter à la maison, sa chair n'étant qu'un pauvre aliment; ce qui n'empêche pas que les indigènes de l'Himalaya lui font une guerre acharnée, pour la double raison qu'il est facile à joindre et qu'eux ne sont pas difficiles sur le chapitre des comestibles.

XXXIX.

OSSARO ET LES CHIENS SAUVAGES.

Si le brave Hindou avait une aversion prononcée contre un être quelconque, c'était bien contre le chien sauvage. En effet, cet animal, qui ne vaut pas la peine qu'on lui décoche une flèche, puisque sa dépouille est sans valeur et sa chair sans usage, avait maintes fois, par son intervention inopportune, déjoué les chances du chasseur à l'affût. Cela suffisait pour légitimer la haine profonde du Shikarri contre cette vilaine engeance, qu'il traitait de vermine et qu'il eût voulu pouvoir exterminer. De là aussi sa joie, quand il vit le sérou se livrer sur eux à des exploits meurtriers.

Mais il était écrit au livre du destin qu'Ossaro ferait pénitence pour ses mauvais sentiments, et une autre aventure peu faite pour le réconcilier avec ses ennemis naturels l'attendait.

Il y avait loin de l'endroit où les yacks avaient été tués à la
hutte ; et comme on le pense, il fallut qu'Ossaro et Karl, privés
de l'assistance de Gaspard, fissent bien des voyages pour rentrer
le tout avant la nuit. Au moment où le crépuscule commençait à
tomber, il ne restait plus qu'un quartier de bœuf à rapporter, et
Ossaro courut le chercher, tandis que les deux frères étaient à la
maison et préparaient le souper.

En dépeçant la viande, ils avaient eu la précaution de la
suspendre très haut, afin de la dérober à l'avidité des carnassiers
qui n'en eussent fait qu'une bouchée, ainsi que le leur avait
appris l'expérience de leur première vache.

Quand le Shikarri arriva dans la clairière, il ne fut que médiocrement surpris de trouver réunis sous l'arbre une véritable
meute de chiens sauvages qui se livraient à tous les exercices
que peut inspirer une ardente convoitise décuplée par une
faim.... de loup. Des intestins et autres débris des animaux il ne
restait nulle trace. Les affamés avaient fait place nette, et ce
premier àcompte n'avait fait qu'aiguiser leur appétit et rendre
plus tentant le quartier de venaison dont les émanations les
excitaient jusqu'au délire.

Ce qu'Ossaro regretta le plus à cette vue, ce fut d'être parti
sans armes d'aucune sorte. Il n'y avait pas jusqu'à son long
couteau qu'il n'eût laissé à la hutte. Et cependant il ne put
résister à la tentation de donner à ces bêtes exécrées la mesure
de sa tendresse pour elles. Il ramassa donc un certain nombre
de grosses pierres avec lesquelles il se mit à les lapider sans
miséricorde.

Les chiens, déroutés par cette attaque imprévue, se dispersèrent de tous côtés. Mais Ossaro ne put s'empêcher de remarquer

qu'ils n'avaient pas l'air aussi effrayés qu'il eût pu le souhaiter pour sa sécurité personnelle. La déroute sur laquelle il comptait n'avait été qu'un mouvement de retraite qui s'était subitement arrêté; les plus récalcitrants montraient les dents et semblaient prêts à revenir à l'assaut.

Pour la première fois de sa vie, l'Hindou éprouva un sentiment de crainte dans ce tête-à-tête avec les chiens sauvages. Dans toutes les circonstances où il s'était rencontré avec eux, des cris et quelques démonstrations hostiles avaient suffi à l'en débarrasser; tandis que ceux avec lesquels il se trouvait maintenant seul à seul et sans armes étaient beaucoup plus grands, et enhardis par l'approche de la nuit, qui est pour eux comme pour les fauves le temps des combats et des rapines. Enfin il était probable qu'ils ne s'étaient jamais trouvés aux prises avec l'homme, et, ne le connaissant pas, ils ne pouvaient redouter son pouvoir.

Ce ne fut donc pas sans quelque inquiétude qu'Ossaro constata leur attitude provocatrice. Il se demanda s'il ne devait pas retourner chercher d'autres pierres pour continuer à les tenir en respect; mais, en y réfléchissant, il se dit qu'il serait plus prudent de les laisser tranquilles que de les exciter davantage. Le plus sage était de regagner le plus tôt possible le toit protecteur de la petite hutte.

Il se hâta donc de charger son fardeau sur ses épaules et partit d'un bon pas. Il n'avait pas marché longtemps quand il crut s'apercevoir que les chiens sauvages l'avaient suivi. Il lui semblait saisir le bruit des piétinements dans les feuilles sèches; mais, courbé comme il l'était sous le poids de l'énorme quartier de viande qu'il avait sur le dos, il lui était impossible de s'en assurer en tournant la tête. Enfin des grognements significatifs et très rapprochés l'obligèrent à se retourner complètement pour juger de la situation.

La vue qui l'attendait était bien faite pour jeter la terreur dans le cœur du plus brave. Au lieu d'une demi-douzaine de chiens qu'il comptait bien trouver sur ses talons, il y en avait plus d'une vingtaine, de tout âge et de toutes dimensions. Evidemment le ban et l'arrière-ban de la gent canine de la vallée avaient été convoqués et n'attendaient plus qu'un signal pour se ruer sur lui.

Le brave Shikarri ne se troubla pas outre mesure. Il avait toute sa vie tenu cette vile engeance en si grand mépris, qu'il ne consentait pas à admettre tout à coup qu'elle pût lui fournir des adversaires sérieux avec lesquels il fallait compter, et il résolut de tenter à nouveau de les mettre en fuite. Il déposa son fardeau contre un arbre, et, choisissant des pierres de la grosseur d'un pavé, il les lança de toute sa force à la tête des assaillants, visant si juste, qu'un certain nombre fut bientôt hors de combat. Mais les plus vieux de la bande ne cédaient pas un pouce de terrain, et, avec des aboiements furieux, montraient des dents blanches et acérées qui, sous la lumière de la lune, avaient un sinistre éclat et ne présageaient rien de bon.

Enfin, Ossaro comprit qu'il n'avait rien gagné à cette nouvelle démonstration, et, reprenant son quartier de bœuf, il reprit sa marche, toujours accompagné de sa farouche escorte.

Il n'eût peut-être pas repris son lourd fardeau, malgré l'importance qu'il mettait à le porter sain et sauf à la hutte, si une idée bizarre n'eût traversé son esprit.

Il était près du lac dont les eaux formaient une sorte de canal guéable, qu'il avait traversé le jour même pour abréger le chemin. Il n'en était plus qu'à une centaine de mètres et pensait

avoir le temps de l'atteindre avant que les animaux se résolussent
au parti extrême de l'attaquer.

— Une fois dans l'eau, se dit-il, plus d'attaque possible ; force
leur sera de rester sur le bord.

Sous cette impression, il pressa le pas autant que le lui
permettait le poids de son fardeau. S'il avait espéré n'être plus
suivi, il eut une vive déception ; car, dès qu'il fut de nouveau
en route, le bruit des piétinements sur les feuilles redoubla,
comme si les assaillants, mis hors de combat naguère, eussent
repris courage tout à coup. De minute en minute la meute devenait plus bruyante, plus agressive ; et lorsqu'il fut sur le bord de
l'eau, il sentait positivement l'haleine brûlante de ses ennemis
souffler sur ses talons.

Il s'élança aussitôt dans l'eau. Le bruit de son plongeon et le
barbotement que produisait chacun de ses pas l'empêchèrent
quelque temps de rien entendre ; mais dès qu'il eut abordé sur la
berge, il se retourna et vit avec une véritable terreur que la
bande hurlante était à l'eau et déjà à moitié chemin. C'étaient
comme des limiers à la poursuite d'un cerf. Heureusement il
devait y avoir eu quelques instants de surprise et d'hésitation,
c'était ce qui avait donné à l'Hindou le peu d'avance qui constituait toute sa chance de salut.

Ossaro songea une minute à se débarrasser de la viande qui
retardait sa course et à se mettre à jouer des jambes ; mais
l'idée de fuir devant une troupe de chiens sauvages révoltait son
orgueil de chasseur, et il reprit courageusement le chemin de la
cabane, qui n'était plus très éloignée. Cependant il avait beau
croire de sa dignité de ne pas céder, notre pauvre Shikarri ne
marchait plus, il courait presque comme s'il n'eût pas été chargé.
La meute avait regagné la terre ferme, et avec elle l'avantage un

moment compromis ; le bruit des pattes courant plus fort que
jamais et les grognements plus menaçants surexcitaient l'ardeur
du chasseur, peu accoutumé à voir ainsi les rôles renversés. Il ne
courait plus, il volait.

Les chiens, en fin de compte, avaient saisi la viande.

Tout à coup son fardeau sembla augmenter de volume et de
pesanteur ; il devenait d'instant en instant plus lourd et moins
maniable, jusqu'au moment où, écrasé sous le poids, Ossaro
finit par être renversé et jeté à terre. C'étaient les chiens qui, en
fin de compte, avaient saisi la viande et terrassé le porteur.

Ossaro ne fit qu'un bond sur ses pieds, et, saisissant une
énorme gaule qui se trouva providentiellement sur son passage,
il commença à frapper fort et ferme sur tout ce qui passait à sa
portée, mêlant ses cris d'appel aux hurlements furieux ou désespérés des ravisseurs.

Une terrible mêlée s'ensuivit. Les chiens acceptèrent la lutte ; saisissant le bâton entre leurs dents, ils cherchaient à le broyer, sans négliger de sauter à la gorge de leur adversaire toutes les fois que l'occasion s'en présentait ; mais celui-ci maniait son arme avec tant d'adresse, que pendant un moment il parvint à tenir en respect ses nombreux ennemis. Néanmoins ses forces commençaient à l'abanbonner. Accablé par le nombre, il n'eût pas tardé à succomber, si au moment opportun il n'eût vu la grande ombre de Fritz accourir dans la mêlée, suivi de près par le botaniste armé de son fusil. En un clin d'œil, et au bruit de la première détonation, toute la troupe s'évanouit dans l'ombre comme un cauchemar, mais non sans laisser, comme preuve de sa trop réelle présence, plusieurs agonisants autour de l'Hindou. Mais si jamais sectateur de Brahma jura de tirer vengeance d'un être vivant, ce fut bien Ossaro à l'égard des chiens sauvages.

XL.

REVANCHE D'OSSARO.

L'indignation de notre ami était si grande, que, malgré une si rude journée, il fit le vœu de ne point se coucher avant d'avoir fait expier à l'ennemi en gros et en détail les affronts qu'il en avait reçus. Karl et Gaspard étaient fort curieux de voir comment il s'y prendrait pour mener à bonne fin une si grosse entreprise. Ils pensaient bien que les chiens ne tarderaient pas à assaillir la hutte, car on les entendait déjà gronder sourdement dans le lointain. Mais cela n'expliquait pas comment le Shikarri s'y prendrait pour les exterminer en bloc; ce qui seul, disait-il, pouvait procurer un peu de calme à ses nerfs surexcités.

Malgré sa fureur, risible à certains égards, Ossaro était trop sage pour gaspiller la poudre en la brûlant pour de si infimes ennemis, et il n'était guère plus probable qu'il eût l'intention de passer la nuit à décocher ses flèches au hasard. Ce n'était sûrement pas le moyen de faire une hécatombe. Les deux frères étaient donc grandement intrigués, d'autant plus qu'ils ne pouvaient songer à lui faire aucune question, le Shikarri ne répondant jamais à ce qu'il jugeait être une interrogation oiseuse.

La première chose que fit Ossaro fut de réunir les tendons et les nerfs de l'antilope et des autres animaux tués dans la journée, ce qui lui procura un bon paquet de ces ligaments résistants dont il fabriqua une vingtaine de cordes d'une solidité à toute épreuve, qui, bien tordues et bien séchées au feu, ressemblaient à des cordes de violon. Il ne restait plus qu'à former un nœud coulant avec chacune d'elles, et ce fut l'affaire d'un instant.

Karl et Gaspard commençaient à deviner le dessein du Shikarri. C'étaient des pièges qu'il avait l'intention de poser; mais ils ne comprenaient pas comment des animaux de cette taille pourraient être capturés au moyen d'une corde à violon.

— Il ne leur faudra pas une demi-minute, se disaient-ils, pour ronger cette corde et reprendre leur liberté.

Et certainement il en eût été ainsi avec tout autre qu'Ossaro; mais le chasseur avait un système à lui pour placer les collets, et c'était sur l'application de ce système qu'il comptait pour être bientôt relevé de son vœu et pouvoir aller se reposer.

Ses cordes une fois prêtes, le Shikarri se munit d'autant de liens solides que lui fournit la peau d'yack déjà découpée en lanières, puis il prépara une vingtaine de brochettes prises sur les arbres environnants. Enfin, il coupa une vingtaine de grillades dans les parties les moins estimées de la viande du sérou, et, ainsi pourvu, il s'en alla poser ses pièges.

Karl et Gaspard l'accompagnaient; ce dernier, sautant à cloche-pied, brandissait une torche, tandis que son frère était chargé de tout ce qui était nécessaire à Ossaro.

Les alentours de la cabane étaient parsemés d'arbres peu élevés dont les branches horizontales s'étendaient assez loin, appartenant au genre *pyrus*, connus vulgairement sous le nom de frênes de la montagne ou de noisetiers de la sorcière. Les branches, quoique longues, en sont minces, résistantes et élastiques. C'était juste ce qu'il fallait à Ossaro, et c'est vers eux qu'il se dirigea.

Arrivé là, il saisit une branche, qu'il courba jusqu'à terre, puis la lâcha pour juger de son élasticité. Il parut satisfait de son expérience, et voici comment il procéda ensuite. Il la dépouilla de ses feuilles et de ses ramilles, puis y attacha une des courroies. A l'autre bout de cette courroie était fixée la brochette susmentionnée, suffisamment enfoncée en terre pour maintenir la branche courbée vers le sol. Le chasseur attacha ensuite son appât à la courroie de manière qu'il fût impossible de l'emporter, ou même d'y toucher légèrement sans dégager la cheville qui retenait la branche d'arbre, et par conséquent sans dégager celle-ci, qui ne manquerait pas de se relever dès qu'elle serait libre. En dernier lieu, il disposa son collet de telle façon, qu'il était impossible à un animal quelconque de saisir la viande sans avoir passé une partie de son corps dans la boucle du nœud coulant.

Cette première opération fut le prélude de vingt autres qui se prolongèrent assez avant dans la soirée. Le dernier collet mis, les trois hommes retournèrent à la hutte et prêtèrent l'oreille pendant près d'une demi-heure, espérant toujours entendre le commencement du fonctionnement de leur œuvre. Mais, soit que la lumière de la torche eût effrayé l'ennemi, soit pour toute autre cause, ils n'eurent pas la satisfaction qu'ils espéraient et renoncèrent à l'attendre. Ils fermèrent de leur mieux leur porte grossière et se retirèrent, brisés de fatigue, sur leur couche de rhododendron.

La journée avait été rude pour chacun d'eux, et il fallait qu'ils dormissent d'un sommeil bien profond pour ne rien entendre de l'abominable vacarme qui commença peu après. Le craquement des branches et les hurlements des chiens eussent tenu tout un régiment en éveil. Mais nos chasseurs ne bougèrent pas avant les premières lueurs de l'aube. On juge alors avec quel empressement ils s'élancèrent au dehors pour voir l'effet du système d'Ossaro.

La lumière était encore douteuse; à peine distinguaient-ils à quelques pas devant eux; mais lorsqu'ils se furent bien frotté les yeux pour en bannir tout reste de sommeil, la vue qui s'offrit à eux les réjouit sans doute infiniment; car les deux frères se tordaient de rire, tandis que le grave Hindou lui-même se livrait à un pas de danse tout à fait inédit, qu'il accompagnait de cris de triomphe. Presque chaque collet avait sa victime. Les unes, suspendues par le cou, étaient mortes depuis longtemps; les autres, prises par le milieu du corps, se débattaient en nageant dans le vide, tandis que leurs compagnons tenus par la patte avaient la tête en bas, la langue pendante et la gueule débordant d'écume.

C'était la scène la plus étrange qu'on pût contempler, et Ossaro était aussi complètement vengé qu'il pouvait le désirer. Néanmoins il dut mettre fin à coups de lance aux contorsions des horribles créatures, et ce fut sans aucun remords qu'il acheva l'œuvre commencée par ses pièges.

XLI.

LE PONT SUR L'ABÎME.

Nous ne raconterons pas en détail toutes les aventures surve-
nues à nos trois héros, tandis qu'ils travaillaient à qui mieux
mieux à la confection de leur pont suspendu. Qu'il nous suffise
de dire que tous les trois travaillèrent avec une égale ardeur
presque jour et nuit. Bien que rien de ce qui est indispensable à
l'existence ne leur fît défaut, l'idée d'être séparés du reste des
humains leur pesait trop pour leur permettre de perdre une
heure dans une distraction qui n'en était pas une pour eux.
Tout leur temps, toute leur intelligence, toutes leurs forces
furent donc consacrés à l'achèvement de ce travail de Romain
d'où dépendait leur liberté et partant leur bonheur.

Il leur fallut un mois entier pour terminer leur pont, formé
tout bonnement d'une énorme perche ayant à peu près douze
centimètres de diamètre et plus de trente mètres de longueur.
Cette perche était formée de deux pins élancés, réunis bout à

bout au moyen de fortes courroies de cuir. Mais avant d'en venir là, que de travail ne leur avait-il pas fallu pour égaliser les deux troncs et (avec une hachette et des couteaux de poche) les réduire à une grosseur parfaitement uniforme ; pour les passer au feu, afin de les sécher et de les durcir ; et surtout pour en opérer la jonction, opération d'autant plus délicate que cette jonction, se trouvant juste au milieu, devait offrir assez de résistance pour ne pas céder sous le poids d'un homme ! En outre, il avait fallu une énorme quantité de cordages, un très grand nombre d'animaux pour en fournir les éléments aux apprentis cordiers, et beaucoup de temps pour les confectionner, sans compter la fabrication des autres accessoires de cette immense entreprise ; aussi, loin de nous étonner qu'ils y eussent employé tout un mois, devrions-nous être surpris qu'ils l'aient accomplie dans un temps relativement aussi court.

Enfin l'œuvre était achevée. La passerelle avait été traînée jusque sur la neige fraîche qui s'amoncelait au bord de la crevasse. Il ne s'agissait plus que de la mettre en place et d'en expérimenter la valeur.

Mais comment allait-on procéder pour la mettre en place ? Là gisait évidemment la difficulté capitale. Heureusement, Karl avait trop de bon sens pour commencer quelque chose avant d'en avoir prévu et bien pesé toutes les conséquences, et nous le trouvons entouré de tout ce qui lui est nécessaire pour arriver à bonne fin.

Voici d'abord une échelle de quinze pieds, qui à elle seule a demandé bien des jours de travail ; puis une forte poulie et des bigues de toutes dimensions ; enfin d'énormes rouleaux de câbles ; et l'on se demande encore comment tout cela a pu être produit dans un si bref délai.

Attention ! Les préparatifs commencent. Ah ! que leurs braves cœurs ne défaillent pas au bord de cet affreux précipice !

L'échelle est appliquée contre la paroi de granit. Environ à cinq mètres dans le roc se trouve une cavité que Linden avait remarquée et que le Shikarri est chargé d'agrandir. Une heure entière est employée à ce travail, bien que la roche ne soit pas très dure en cet endroit ; mais Ossaro doit la forer avec sa lance et sa hachette. Enfin le trou est de grandeur convenable. Il y introduit une pièce de bois de grosseur identique, dont il laisse dépasser de plus d'un pied l'extrémité ; puis, pour la solidifier, on l'entoure de coins de bois violemment enfoncés ; ensuite, on l'entaille à grands coups de hachette, pour éviter que les courroies ne glissent à sa surface, et cette précaution prise, on y attache enfin la poulie.

Cette poulie est composée de deux rouelles dont les axes sont assez forts pour supporter un poids considérable : on en a fait l'expérience à maintes reprises avant le moment décisif. Une autre solive est fixée dans le roc à peu de distance de la surface du glacier. Elle est destinée à servir de cheville pour amarrer la corde, s'il devient nécessaire d'interrompre les opérations.

Maintenant il s'agit de fixer les cordages sur les poulies ; c'est l'affaire d'un instant, car les deux câbles ont été faits avec grand soin, et leur dimension a été calculée d'après les rainures où elles devaient glisser.

Les deux câbles vont à présent se relier à l'énorme perche qui forme le tablier du pont. L'un est fixé à l'une de ses extrémités et l'autre au milieu, exactement à l'endroit de la jonction. Que de peine prennent nos amis pour attacher ces câbles et solidifier ces nœuds, surtout celui du milieu, dont le rôle est le plus important ; car c'est lui qui supporte la passerelle et qui doit non seulement la maintenir en place, mais surtout l'empêcher de rompre. Jamais, sans cette ingénieuse idée de Karl, une pièce de bois aussi mince n'eût supporté le poids d'un homme ; et d'autre part, une passerelle plus massive n'aurait pas pu être jetée en travers de l'abîme. Ce câble central avait donc été l'objet de toute la sollicitude des travailleurs.

Maintenant les cordes sont à leur place, et chacun à son poste. Ossaro, qui est le plus fort, est chargé de pousser le tablier du pont pendant que les deux frères tireront sur les câbles. Des rouleaux placés sous la pièce de bois en facilitent le maniement; car elle est difficile à mouvoir, à cause de sa longueur même sur ce terrain que la neige et la glace rendent très glissant.

Au signal donné par Karl, la lourde perche s'ébranle. Bientôt son extrémité a dépassé l'ouverture de l'abîme. Lentement et prudemment les travailleurs s'absorbent dans leur besogne, au point de ne pas échanger une parole. La pièce de bois avance toujours. Elle rampe avec lenteur, mais sans que rien l'entrave. Mais tous les rouleaux ont été dépassés; il faut arrêter la manœuvre pour prendre le temps de les rajuster. La chose est facile; quelques tours de câble autour de la cheville située au-dessous de la poulie, et le mouvement s'arrête sans difficulté, sans secousse. Les poulies marchent à merveille et les cordes glissent aisément sur les rainures qui les supportent.

Les rouleaux remis à leur place, la manœuvre reprend avec la même prudence. La pièce de bois glisse à travers l'abîme et bientôt repose sur l'autre bord. Les câbles sont alors solidement amarrés à la solive. L'extrémité de la passerelle est fixée de manière à ne pouvoir bouger, et l'abîme béant est maintenant traversé par un pont !

16

Les travailleurs n'ont pas encore pris le temps de regarder leur ouvrage. Mais maintenant que tout est fini, que le succès a couronné leurs efforts, qu'ils ont sous les yeux l'étrange appareil qui va les rendre à la liberté et à leurs familles, les trois jeunes gens sentent leurs cœurs se gonfler d'orgueil et de joie, et une acclamation enthousiaste s'échappe de leurs lèvres et monte vers le ciel.

XLII.

PASSAGE DE LA CREVASSE.

Je suis sûr que vous souriez involontairement à l'idée de ce pont si peu rassurant, et que vous vous demandez ce que ceux qui l'avaient construit et s'en montraient tellement satisfaits comptaient en faire. Monter au mât de cocagne vous semble un jeu d'enfant en comparaison, et vous n'avez pas tort. Il peut ne pas paraître difficile de se suspendre à un point d'appui d'une quinzaine de centimètres de diamètre, mais si l'on nous proposait de nous y accrocher pour un trajet de trente mètres, et cela au-dessus d'un gouffre dont la seule description fait venir le vertige, il faut avouer que nous y regarderions à deux fois.

Ainsi avaient fait nos amis. Mais, ne pouvant éviter d'avoir à confier leur vie à ce frêle point d'appui et à affronter le vide, ils avaient du moins cherché à prendre le plus de précautions possibles. Précautions qu'Ossaro, grand escaladeur de palmiers et de bambous, considérait comme absolument superflues, mais que Karl et Gaspard reconnaissaient comme hautement indispensables au moins pour chacun d'eux.

Voici à quel expédient Karl s'était arrêté.

Il avait pris trois jeunes arbustes qui unissaient la souplesse à la solidité, et, les ayant passés au feu, il les avait courbés de manière à former de chacun un triangle. Les deux bouts de la tige ou sommet du triangle furent solidement liés au moyen d'une courroie, qui s'attachait à son tour à une corde assez longue passée autour du tablier du pont, et présentant une anse qui devait glisser aisément à sa surface. Le triangle faisait donc l'office d'étrier ; et c'est sur lui qu'allait s'engager le voyageur, qui, saisissant d'une main la passerelle, devait de l'autre faire glisser la corde qui le tenait suspendu.

C'était de cette manière qu'ils comptaient tous opérer la traversée. Pour cela, ils emportaient sur leurs épaules leurs fusils et le peu de bagage qu'ils avaient avec eux. Quant à Fritz, pour lequel on chercha longtemps la possibilité d'atteindre l'autre bord, Ossaro trancha la difficulté en proposant d'emmailloter le chien dans une peau d'animal et de le transporter sur son dos. Tout avait donc été prévu et combiné d'avance. Aussi, moins d'une demi-heure après l'érection du pont, retrouvons-nous nos trois amis prêts à se lancer dans cette étrange aventure. La tête de Fritz émergeant par-dessus l'épaule de l'Hindou avait une indescriptible expression d'interrogation, de surprise et d'alarme.

Ossaro s'offrit à traverser le premier ; mais Gaspard, brave comme un lion, réclama ce droit pour lui, comme étant le *plus*

léger. Karl ne voulut entendre parler de rien de semblable ; il
rappela simplement qu'il est d'usage que l'ingénieur d'un pont
soit le premier à l'essayer, et l'on dut céder aux représentations
du chef de la petite troupe.

Karl avait atteint la moitié de la distance.

Il s'approcha donc de l'abîme, attacha autour de l'arbre la
courroie qu'il tenait à la main et laissa retomber l'étrier. Alors,
saisissant la passerelle à deux bras, il posa solidement ses pieds
sur l'étrier, puis se lança tranquillement dans le vide. Sa main
droite, qu'il avait dégagée, poussait peu à peu la courroie qui
glissait sur le tablier du pont. C'était un spectacle effrayant. Et
ceux qui le contemplaient de la rive devaient avoir l'âme rudement trempée pour conserver leur sang-froid. Karl avait atteint
la moitié de la distance. Il semblait maintenant suspendu par un

fil sur le gouffre béant. Pourrait-il franchir sans encombre l'endroit de la jonction ? En dépit du câble qui soutenait cette partie faible, Karl la sentit fléchir sous son poids ; c'est alors qu'il s'applaudit de la prévoyance qui lui avait fait adopter son système du câble central. Mais cette prévoyance même faisait surgir une nouvelle difficulté. Le câble interceptait le passage, il n'y avait plus moyen d'avancer. Il fallait nécessairement détacher l'étrier de la passerelle et arriver à le réajuster de l'autre côté du câble.

Mais Karl n'était pas homme à se laisser arrêter pour si peu. Il avait prévu le cas et n'hésita pas une seconde. S'aidant du câble central, il grimpa à cheval sur la passerelle, défit son étrier, le replaça au delà du câble, et, reprenant sa position première, il continua d'avancer. A mesure qu'il approchait du but, la difficulté augmentait, le point qu'il fallait gagner étant beaucoup plus élevé que celui d'où notre voyageur était parti. Mais un peu de patience et pas mal de peine lui permirent néanmoins d'avancer et de toucher enfin le mur de glace.

Un dernier effort, et il prenait place sur le glacier. Il s'éloigna de l'abîme et agita son chapeau avec un cri de joie ; des acclamations lui répondirent de l'autre rive. Mais combien ne furent-elles pas plus vibrantes et plus joyeuses, quand, une demi-heure après, tous les trois réunis de l'autre côté de la crevasse, ils regardèrent le gouffre béant qu'ils allaient laisser derrière eux !

Seul, l'homme échappé à quelque terrible danger, dont la vie, l'honneur ou la liberté ont été menacés, et ensuite conservés intacts, pourra comprendre l'indicible émotion qui faisait battre les cœurs de nos trois amis, ainsi délivrés d'un emprisonnement perpétuel.

Hélas ! que ce moment de bonheur devait être de courte durée !

et de quelle amère déception cette ivresse passagère devait être suivie !...

Dix minutes s'étaient à peine écoulées depuis leur délivrance, que déjà nos joyeux voyageurs s'élançaient vers le sommet de cet étroit défilé dont il leur tardait de s'éloigner pour toujours, et en franchissaient allègrement cinq mètres environ. Mais pourquoi donc s'arrêtent-ils soudain, les lèvres blêmissantes, l'œil effaré, la bouche muette ?... Pourquoi? C'est qu'un nouvel abîme autrement vaste que celui qu'ils venaient de traverser leur barrait le chemin. Comme l'autre, il fendait le glacier dans toute sa largeur, ne s'arrêtant qu'à la muraille de granit. Il avait plus de soixante-cinq mètres d'ouverture, et nos pauvres amis s'en détournèrent en frissonnant, n'osant sonder du regard ses noires profondeurs. Cette fois il n'y avait rien à espérer. Le gouffre était infranchissable. Le chien lui-même parut l'avoir compris, car il se tenait là craintif, la queue basse, poussant à intervalles un long et mélancolique hurlement.

Oui, il fallait qu'il fût infranchissable, car les infortunés restèrent longtemps à l'examiner. Et ce ne fut qu'après avoir en vain cherché à le tourner ou à établir une communication avec l'autre rive, qu'ils s'en éloignèrent à pas lents et le cœur navré. Ils étaient certains, trop certains, hélas ! qu'il n'y avait absolument rien à faire.

Je ne redirai pas la triste conversation qui s'engagea entre eux au retour. Je ne décrirai pas dans quelle disposition d'esprit ils traversèrent de nouveau la première crevasse pour regagner leur paisible vallée, à laquelle ils ne reprochaient qu'une chose, de leur ravir la liberté. Chacun peut comprendre leurs sentiments douloureux.

La nuit approchait quand, épuisés de corps et d'esprit, ils

arrivèrent à leur cabane et se jetèrent, le désespoir au cœur, sur leur couche de feuillage.

— Mon Dieu ! mon Dieu ! s'écria Karl d'une voix brisée, pour combien de temps sommes-nous condamnés à vivre dans ce misérable lieu !

XLIII.

NOUVELLES ESPÉRANCES.

Personne ne goûta de repos dans cette nuit cruelle. Les amères pensées qui accompagnent toujours les grandes déceptions les tenaient éveillés en dépit de leur mortelle lassitude ; et si parfois ils succombaient au sommeil, d'affreux cauchemars le leur rendaient plus pénible encore que l'insomnie. Il n'y eut pas jusqu'à Fritz qui ne vit son repos troublé par des rêves terrifiants, ainsi qu'en témoignaient ses brusques sursauts et ses gémissements plaintifs.

Par bonheur, le lendemain, un brillant soleil exerça dès le matin la plus heureuse influence sur leurs esprits. Il contribua merveilleusement à la réaction qui devait suivre une nuit pareille, chez des êtres jeunes, pleins de sève et d'énergie. Nos chasseurs, en déjeunant, se sentirent revenir à leur entrain naturel; et après une revanche éclatante du jeûne presque absolu qu'ils

s'étaient imposé la veille pour ne pas perdre un instant, Gaspard
s'écria tout à coup en riant :

— Mais je ne vois pas du tout, à supposer que nous ne
devions jamais sortir de cette vallée, la raison de nous y laisser
mourir de faim. Les vivres abondent ici, et certes on ne peut pas
se plaindre qu'ils ne soient pas variés. Nous pourrions certainement nous procurer du poisson, car je crois avoir vu des truites
et des saumons dans le lac. Pour changer, nous devrions aujour-
d'hui essayer de pêcher. Frère, qu'en dis-tu ?

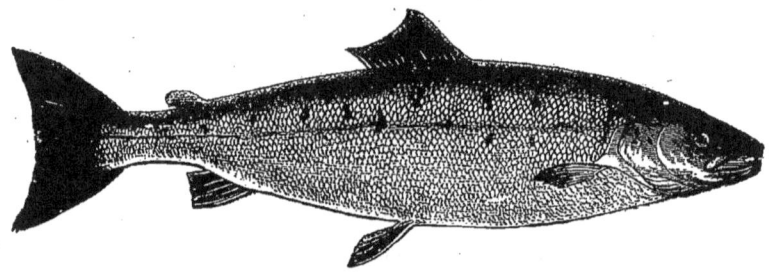

Saumon.

Gaspard parlait d'un air enjoué, dans l'espoir de dérider Karl,
qui était le plus abattu des trois.

— Je n'y vois aucun inconvénient, mon ami, reprit tranquillement le botaniste. J'ai entendu dire qu'il y avait dans les eaux
de cette région un poisson très fin connu sous le nom de truite
de l'Himalaya, mais à tort, car c'est plutôt une carpe. Il se peut
qu'il existe ici, bien que je m'explique difficilement comment il
serait venu dans ce lac isolé.

— Peu m'importe comment il est venu *dedans;* ce qui m'inté-
resse, c'est de trouver le moyen de le tirer *dehors.* Nous n'avons
ni filets, ni lignes, ni hameçons. Que faire ? Voyons, Ossy, tu

dois bien connaître quelque moyen de pêcher sans tous ces accessoires ?

— Ah ! sahib, donnez à moi bambou, et moi attraper du poisson tout de suite. Mais pas bambou, pas filets alors, rien.... Mais.... si, moi empoisonner le lac et vous avoir tout le poisson.

— Tu empoisonnerais le lac ! Et comment t'y prendrais-tu ?

— Moi trouver le bikh.

— Le bikh ! qu'est-ce que c'est que ça ?

— Vous pas connaître le bikh ? Venez, moi montrer à vous.

Karl et Gaspard se levèrent aussitôt et suivirent le Shikarri. Ils avaient à peine fait trente pas, quand Ossaro leur désigna une plante herbacée qui croissait fort abondante. Sa tige avait deux mètres de haut ; elle portait des feuilles palmées, et se terminait par une sorte de bouquet de grandes fleurs jaunes.

Gaspard cueillit vivement un de ces bouquets pour en aspirer l'odeur. Mais il le jeta loin de lui aussi vite qu'il l'avait pris, et, poussant un cri d'effroi, il se tourna vers son frère, entre les bras duquel il tomba à demi pâmé. Il n'avait par bonheur respiré que fort légèrement ce dangereux parfum ; car autrement il serait mort, tandis qu'il en fut quitte pour un vertige qui lui dura plusieurs heures.

Il suffit d'un regard au botaniste pour reconnaître cette plante vénéneuse. C'était une sorte d'aconit se rapprochant beaucoup de l'*aconitum napellus* d'Europe, dont la racine fournit un poison violent. La plante entière est vénéneuse, depuis les feuilles jusqu'à la tige ; mais ce sont les racines, façonnées comme de petits navets, qui renferment l'essence même du poison.

C'est une plante assez commune, que l'on rencontre un peu partout. Dans les monts Himalaya seuls on en compte douze

variétés. Mais celle désignée par Ossaro était l'*aconitum ferox*
des naturalistes, dont les Hindous extraient leur fameux poison
le bikh.

Le Shikarri renouvela alors sa proposition d'empoisonner le
lac, en jetant dans ses eaux une quantité suffisante de ces plantes
avec leurs racines. Mais Karl la repoussa. Il fit valoir très sage-
ment qu'on se procurerait ainsi beaucoup plus de poisson qu'on
n'en aurait besoin et que peut-être on irait même jusqu'à dépeu-
pler le lac. Et ensuite?... Il pensait à l'avenir dans cette vallée
solitaire, à cet avenir que tous entrevoyaient clairement, bien
que pas un ne voulût convenir que c'était le seul qui les attendait
désormais.

Toutefois, voyant que son frère avait retrouvé sa gaieté, Karl
s'efforça de ne pas l'assombrir par sa propre tristesse.

— Allons, dit-il, pour aujourd'hui ne songeons plus à la
pêche. Je conviens que sur une table bien servie, c'est toujours
le poisson qui paraît le premier ; mais en revanche, passons un
peu en revue le chapitre des légumes. Si nous voulions nous en
donner la peine, nous trouverions ici bien des ressources dont
nous ne tirons aucun parti. Pour ma part, je l'avoue, je commence à me lasser de notre éternelle viande sans pain et sans
légumes. Je crois que nous pourrions trouver ici l'un et l'autre :
le tout est de le vouloir. Soit que la température de notre vallée
s'y prête, ou que les oiseaux se soient chargés de l'ensemencer
— et probablement pour ces deux raisons — la flore qui nous
entoure semble appartenir à un jardin botanique. Il y a de
tout ici; allons donc voir comment nous pourrons varier nos
menus.

Ce disant, Karl ouvrit la marche, suivi de ses trois fidèles
associés, car l'honnête Fritz comptait bien pour un.

--- Regardez, s'écria le chasseur de plantes en désignant un grand pin ; voyez ces cônes énormes ; sous chacune de leurs écailles nous trouverons une amande de la taille d'une pistache, et excellente à manger. En en faisant griller une certaine quantité, voilà le pain remplacé.

— Ah! vraiment, j'en suis fort aise! s'écria Gaspard. Et quels grands cônes ! plus gros qu'un artichaut! A quelle espèce de conifères appartient l'arbre qui les porte?

— A celle des pins comestibles, répondit Karl, parce que leurs graines sont bonnes à manger. Celui-ci est le *pinus gerardiana*. On trouve des pins comestibles dans toutes les parties du monde. En Europe, il y a le *pinus cembra*, le *ghik* du Japon, le *Lambert* de la Californie. Au Mexique, on en rencontre plusieurs espèces, toutes comprises par le peuple sous la dénomination d'arbre à *pinon*. Ainsi, outre leur bois très apprécié — sans parler de la poix, de la térébenthine et de la résine — le pin nous fournit des graines propres à l'alimentation de l'homme.

Karl poursuivit sa promenade, qui le mena du côté du lac.

— Tenez, dit-il en désignant une plante herbacée d'un développement splendide, voilà de la rhubarbe.

En effet, la rhubarbe croît spontanément dans la chaîne de l'Himalaya, où elle forme en partie la nourriture des indigènes, qui la mange cuite ou bouillie. Sa large tige acide est remplie d'une eau pure, et ses feuilles sèches remplacent plus ou moins avantageusement le tabac. Mais il y avait à proximité une variété beaucoup plus petite de la même plante, qu'Ossaro produisit comme donnant un tabac bien supérieur. Et l'Hindou était bon juge en cette matière, puisqu'il avait déjà séché quelques-unes des feuilles et n'avait fumé que cela depuis son arrivée dans la vallée ; car le pauvre diable, horriblement privé de n'avoir plus

sa chique de bétel, s'était rabattu sur le *chula*, comme il nommait
son tabac de rhubarbe.

Quant à sa pipe, elle était originale et facile à remplacer en
cas d'accident. Il prenait une petite baguette, qu'il poussait
horizontalement dans la terre de manière à produire une galerie

Il ajustait à l'une des extrémités un roseau qui formait le tuyau
de la pipe.

souterraine de quelques centimètres de longueur, puis il la
retirait du côté opposé à celui par lequel il l'avait introduite ; de
cette manière le canal était percé aux deux bouts. Il ajustait à
l'une des extrémités un roseau qui formait le tuyau, remplissait
l'autre bout de feuilles de rhubarbe et allumait tranquillement
cet étrange fourneau de pipe.

Cette méthode était loin de lui être particulière. Elle est

fréquemment employée par les indigènes de l'Afrique et des Indes.

Karl avançait toujours, montrant à ses compagnons de nouvelles espèces de racines comestibles, de fruits et de légumes qui se rencontraient sur ses pas. Dans le nombre se trouvaient des poireaux sauvages qui pouvaient leur servir à faire de la soupe. On voyait aussi du fruit en quantité, plusieurs espèces de groseilles, de cerises, de fraises, de framboises, depuis longtemps acclimatées dans nos jardins et que les deux frères saluaient comme de vieilles connaissances.

Mais la bienfaisante nature leur réservait encore d'autres ressources. L'eau du lac elle-même devait leur fournir sa part de nourriture non seulement en leur procurant du poisson, mais encore par deux plantes aquatiques remarquables.

— Regardez, dit le botaniste, ces belles fleurs roses et blanches; c'est le fameux lotus des poètes et le *nelumbium speciosum* des savants. Sa tige est un excellent comestible; ou si vous le préférez, comme elle est creuse, nous la transformerons en ce qui nous manque des verres à boire. Plus loin, voici le *trapa bicornis*, sorte de châtaigne d'eau nourrissante et saine à la fois. Certes nous devrions nous montrer plus reconnaissants d'être ainsi pourvus de tout ce que nous pouvons souhaiter pour notre alimentation.

En parlant ainsi, Karl s'efforçait de montrer de l'animation, bien qu'il se sentît au fond du cœur une amère tristesse.

XLIV.

NOUVELLE INSPECTION DE LA FALAISE.

Oui, en dépit de leurs prétentions à la gaieté, les cœurs de nos trois amis étaient loin d'être satisfaits, alors qu'ils s'en revenaient chez eux les bras chargés de fruits et de légumes, dont ils espéraient faire un repas bien meilleur que ceux qu'ils prenaient depuis longtemps.

Le reste de la journée se passa en aménagements de la hutte et en opérations culinaires. Ce n'est pas que les pauvres jeunes gens tinssent particulièrement à un bon dîner, mais ils sentaient qu'il valait mieux être ainsi occupés que de s'absorber dans leurs méditations douloureuses. Et puis, par quoi remplacer cette activité dévorante qui depuis un mois leur avait fait accomplir tant de travaux et d'efforts? N'était-ce pas ce travail incessant qui les avait maintenus dispos et joyeux?

Le repas leur parut excellent, surtout les légumes, dont ils avaient presque oublié le goût.

— Voilà, disait Gaspard au dessert, les meilleures fraises que j'aie mangées depuis longtemps. Je ne pense pas que le sucre et la crème les eussent gâtées ; mais enfin, telles qu'elles sont, elles se laissent manger. Qu'en dis-tu, frère?

Celui-ci fit un signe affirmatif.

— Nous avons eu tort de tuer toutes nos vaches, continua Gaspard, qui voulait arriver à faire causer son frère. Je crains que nous ne le regrettions.

— Je le crains aussi; et par parenthèse, c'était à quoi je songeais en cet instant. Si nous devons passer toute notre vie ici....

Karl ne put achever et retomba dans un mutisme complet.

Quelques jours plus tard il quitta la hutte sans rien dire et se dirigea vers la falaise, poussé par le besoin impérieux d'examiner une fois de plus les murs de leur prison, et le vague espoir de découvrir l'issue qu'ils n'avaient jamais su y apercevoir. Gaspard était occupé à confectionner une baguette pour son fusil et Ossaro absorbé dans une entreprise compliquée pour remplacer le filet absent et prendre le magnifique poisson qui abondait dans le lac.

Karl marcha d'un pas rapide jusqu'à ce qu'il fut arrivé au pied de la falaise ; une fois là, il l'examina avec le soin le plus minutieux. Non qu'il admit la probabilité que la moindre fissure eût échappé à leurs reconnaissances précédentes, mais parce qu'une idée nouvelle avait germé dans son esprit; et c'était avec l'intention de chercher le moyen de la réaliser qu'il venait explorer de nouveau l'enceinte de leur prison.

Il est certain qu'il était le premier à reconnaître que c'était

17

sans doute un fol espoir, mais il préférait encore nourrir une chimère de liberté que d'en abandonner à jamais la séduisante illusion.

Le plan de Karl était tout bonnement d'escalader la falaise. Il était évident qu'on ne pouvait la gravir, cela s'imposait à première vue ; mais il y avait d'autres manières de sortir d'affaire, et une entre autres avait arrêté l'esprit du botaniste. Etait-ce la pensée d'en atteindre le sommet au moyen d'une corde avec ou sans nœuds ?

Assurément non, puisque l'expédient, excellent pour descendre au fond du précipice, ne valait absolument rien dans leur situation pour en remonter, puisqu'on ne pouvait fixer le cordage au flanc de la montagne. Mais s'il ne songeait point à une échelle de corde, le jeune homme n'en pensait pas moins à des échelles ordinaires. Car, s'il était impossible de faire une échelle de soixante-dix à cent mètres de haut, rien ne s'opposait à en superposer plusieurs les unes au-dessus des autres, en s'appuyant sur les saillies du rocher qui en certains endroits pouvaient s'élever comme des étages naturels.

Il y avait dans cette idée quelque chose de pratique, et c'était pour s'assurer jusqu'à quel point elle était réalisable que notre chasseur de plantes s'était mis en campagne.

Que ces saillies ou corniches formant étages naturels fussent à des distances franchissables les unes des autres, et l'espérance rentrait aux cœurs des pauvres prisonniers. Avec le temps, toutes les échelles nécessaires seraient construites en dépit des difficultés de détails.

Karl continua son exploration jusqu'à ce qu'il eut atteint l'extrémité de la vallée la plus éloignée de la hutte. Jusque-là ses recherches avaient été vaines. Non pas qu'il n'eût rencontré de

larges corniches, assez grandes pour qu'on pût y appuyer une
échelle en lui assurant un degré d'inclinaison suffisant; mais il
n'avait pas eu la chance de les trouver étagées les unes au-dessus
des autres; ce qui était l'une des conditions essentielles de
réussite; ou bien elles se rencontraient trop largement espacées
et sans communication possible; ainsi les désappointements se
succédaient dans le cœur de notre pauvre ami.

Cependant, à l'extrémité de la vallée existait une des plus
vastes baies qui découpât le pourtour de la falaise. Elle était
étroite d'entrée, mais avait bien une centaine de mètres de
profondeur. Karl, ayant pénétré dans cette baie, regardait
autour de lui avec une intense émotion; et pour quiconque
eût suivi le jeu de sa physionomie il était aisé de voir que
la joie rentrait dans son cœur avec l'espérance. Or, nous le
connaissons assez pour savoir qu'il était d'un caractère naturellement grave, que les derniers événements avaient porté jusqu'à la
tristesse, et pour que son front s'éclaircît ainsi, et que ses yeux
rayonnassent d'un éclat pareil, il fallait assurément qu'une
certitude sérieuse se produisît dans son esprit.

D'où venait cette transformation?

Un coup d'œil sur le mur de granit qu'il examine en ce
moment nous en apprendra la cause.

Au premier abord nous constatons que le mur est beaucoup
moins élevé qu'ailleurs. C'est à peine s'il atteint quatre-vingts
mètres. Ce n'est pourtant pas à cette particularité qu'il faut
attribuer la joie du naturaliste Il ne pouvait pas plus être question
d'une échelle de cent mètres que d'une de mille.

Ce qui le déride à ce point, c'est qu'il vient de remarquer sur
la face perpendiculaire de la falaise une série de corniches
parfaitement superposées. Le roc est disposé en puissantes

assises, dont chaque étage est placé quelque peu en retrait sur celui qui le supporte. Ces divers étages sont loin d'être réguliers, et les saillies qu'ils présentent se trouvent à d'inégales distances; quelques-uns de ces retraits sont larges, mais il y en a qui paraissent bien étroits ; cependant la plupart sont d'une étendue suffisante pour servir de base à une échelle. Pour les premières assises il serait facile de les atteindre au moyen d'échelles de sept à dix mètres, ce qui ne serait pas exorbitant ; quant à celles qui se rapprochent du sommet, Karl éprouve certainement quelques doutes. L'écart placé entre elles n'est peut-être pas plus vaste, mais la tablette paraît beaucoup plus étroite. Cela peut, à la vérité, n'être qu'une illusion d'optique ; mais le jeune homme sent que dans ce cas il n'en serait pas plus avancé ; car alors cette illusion se produirait sur la hauteur tout aussi bien que sur la largeur, et il se pourrait qu'avec des corniches assez larges pour y établir son échelle, il se trouvât en présence d'assises trop hautes pour pouvoir être gravies.

Si vous vous êtes jamais trouvé au pied d'une montagne à pic, vous avez pu observer combien il est difficile de juger des dimensions d'un objet situé à une certaine hauteur. Une saillie d'un mètre de large vous fera peut-être l'effet d'une simple rainure dans le roc, et un oiseau perché dessus sera réduit aux proportions d'un point dans l'espace. Karl n'ignorait pas cette loi de la nature. Il avait étudié les éléments de la perspective et par conséquent ne se hâtait pas de se prononcer.

Pour estimer d'une manière plus certaine la distance des assises et la largeur des saillies, il se recula autant que la conformation de l'endroit le lui permettait ; malheureusement il ne put aller loin ; la ravine étant fort étroite, il fut arrêté par la muraille opposée.

Il escalada alors la plus haute roche qu'il trouva à sa portée ; mais ce n'était point encore assez. C'était pourtant l'observatoire le plus élevé d'où il pût procéder à son examen, et il resta long-temps perché sur ce roc, tantôt le regard fixé sur un seul point de la falaise, tantôt l'enveloppant d'un coup d'œil d'ensemble qui embrassait la montagne, de la base au sommet et du sommet à la base.

Durant cette opération, l'expression du pauvre naturaliste avait une fois encore bien changé. Elle était revenue à cette tristesse morne qui depuis quelque temps lui était habituelle. Il avait découvert à ses desseins un obstacle en apparence insur-montable. Une des assises à franchir était décidément beaucoup trop élevée pour qu'on pût songer à y appliquer une échelle d'égale hauteur.

Il remarqua en outre que la première assise était moitié moins élevée que celle qui venait ensuite, et que cette singulière pro-portion semblait maintenue jusqu'au sommet.

Il s'était contenté jusqu'alors de données approximatives sur la distance des corniches entre elles ; mais il résolut de mesurer d'une manière positive, au moins les deux premières assises. Il pensait en venir facilement à bout et se mit aussitôt en devoir d'exécuter son projet.

La première couche de granit était accessible ; elle présentait une pente sur laquelle des cavités et des saillies permettaient à un homme courageux et persévérant, comme notre ami, d'avan-cer lentement, mais sûrement. Une fois sur le rebord de la corniche, il n'aurait plus besoin que d'une ficelle attachée à une pierre — un simple fil à plomb — pour mesurer l'écart de la corniche au sol. Il avait précisément sur lui la corde nécessaire, rien ne l'empêchait de tenter l'expérience, et il la tenta.

Par exemple, il trouva la chose plus difficile qu'il ne l'avait cru d'abord, et c'est tout ce qu'il put faire d'atteindre l'endroit où il avait intérêt à arriver. Pour Gaspard, ce n'eût été qu'une baga-telle, habitué comme il l'était à suivre l'isard et le chamois au flanc des précipices alpestres. Mais Karl, en fait de gymnastique, n'était pas de première force, et ce fut suant sang et eau, hors d'haleine et passablement effrayé de sa témérité, qu'il se trouva sain et sauf sur le rebord de la saillie.

Il dut néanmoins la parcourir sur une certaine étendue pour arriver à se placer dans un endroit où la falaise se trouvait verticale. Enfin, il laissa tomber la pierre. Hélas ! l'élévation de cette première assise était bien plus grande qu'il ne l'avait apprécié d'en bas, et le cœur lui manqua en constatant cette nouvelle déception. Il était certain que les couches supérieures défieraient les plus longues échelles qu'il lui serait possible de jamais établir.

Pauvre garçon ! ce fut l'âme bien triste qu'il rejoignit l'endroit où il avait opéré sa montée. Il était pressé de se retrouver sur le sol ; mais il est quelquefois plus facile de monter que de descendre, et, à sa grande consternation, il se vit littéralement dans l'impossibilité de s'en retourner par le même chemin.

Qu'avait-il fait, grand Dieu ! Il était maintenant cloué sur ce rocher.

XLV.

PRISONNIER SUR UNE SAILLIE DE LA FALAISE.

La position de notre pauvre Karl était facile à comprendre. Quiconque a escaladé une muraille, le haut d'un mât, ou simplement une échelle un peu longue, sait par expérience qu'il est beaucoup moins difficile de monter que de descendre. Dans le premier cas, vous voyez où vous pouvez mettre votre pied, ce à quoi vous pouvez vous retenir avec les mains, tandis que dans le second c'est tout le contraire. Vous ne savez plus où trouver un point d'appui, vous allez à tâtons, sans cesse exposé au danger de mal poser votre pied et d'être précipité dans le vide.

Telle était la situation du jeune botaniste. C'était tout ce qu'il avait pu faire d'atteindre la corniche, et c'était beaucoup plus qu'il ne se sentait la force d'accomplir que de tenter d'en redescendre.

Il est certain que le rocher allait en pente, il l'avait bien vu d'en bas ; mais d'en haut, la descente lui paraissait absolument

à pic, et il se trouvait à treize mètres du sol, une hauteur suffisamment vertigineuse quand on la considère d'en haut. Il se
demandait comment il avait pu arriver jusque-là, et déplorait
amèrement l'inconcevable folie qui lui avait fait commettre une
semblable imprudence.

Il ne pouvait pourtant passer la nuit là; il lui fallait à tout prix
sortir de cette situation désagréable, et, réunissant tout son
courage, il fit un nouvel effort pour descendre.

Il s'agenouilla sur la corniche en regardant du côté de la
falaise, pour éviter le vertige; puis, s'accrochant des deux
mains au rocher, il se laissa glisser en tâtonnant. Il parvint sans
trop de peine à trouver une sorte de première marche; mais là se
présenta le dilemme. Pour descendre un peu plus bas, il fallait
qu'il abandonnât la roche qu'il serrait à deux mains, et il ne
trouvait rien pour remplacer ce point d'appui. Il tâtait bien s'il
ne rencontrerait pas à droite ou à gauche une saillie plus
prononcée où il pût prendre pied, mais il n'en trouva pas, et,
las de cet infructueux effort, il se hissa de nouveau sur la
corniche.

Il se prit alors à penser que peut-être il y trouverait un endroit
plus commode pour opérer sa descente. Il commença donc à
explorer la saillie sur laquelle il était; il la trouva large et
offrant un promenoir sans danger aucun d'une cinquantaine de
mètres environ. Il entreprit d'aller et venir sur la terrasse en en
examinant jusqu'aux moindres détails. Mais ce fut en vain. Seul
un chat ou tout autre animal à griffes aurait pu se hasarder sur
une pareille pente. Karl, qui ne se sentait pas l'agilité des grim-
peurs, revint tristement à l'extrémité de la terrasse et se demanda
avec terreur ce qu'il adviendrait de lui si aucun moyen de salut
ne se présentait à son esprit.

Tout occupé de la partie inférieure de la falaise, le jeune homme n'avait pas songé à en examiner la partie supérieure. Dans son découragement néanmoins, il laissa errer ses yeux sur la seconde assise et y remarqua une ouverture de la taille d'une porte ordinaire, qui n'était autre que l'entrée d'une profonde caverne. Il n'y ajouta guère plus d'attention, se disant toutefois à part lui qu'il serait peut-être bien obligé d'y passer la nuit. C'était même assez probable, à moins que le hasard ne guidât les pas d'Ossaro ou de Gaspard dans cette direction, et que l'un ou l'autre ne vînt l'arracher à sa subite mais dangereuse élévation.

Cependant, comme plus d'une fois il était arrivé à l'un de nos trois chasseurs de s'absenter toute la journée sans causer la moindre inquiétude aux deux autres, il y avait cent à parier contre un que la nuit tomberait sans que Gaspard ou le Shikarri songeassent à le chercher; et quand ils se mettraient en route pour cela, il serait bien difficile de le découvrir dans son renfoncement au milieu des ténèbres. Il était, comme nous l'avons dit, à l'extrémité de la vallée, séparé d'eux par des rocs et de grands bois, et ses cris pouvaient fort bien ne pas leur parvenir. Ce qu'il y avait de plus clair, c'est qu'il n'avait rien à tenter pour se libérer plus tôt. Il fallait qu'il s'armât de patience et attendît avec résignation l'heure de la délivrance. Il s'assit donc philosophiquement sur la terrasse, en attendant que le hasard amenât l'Hindou ou son frère dans le voisinage.

Bien entendu, il n'attendait pas en silence, mais faisait de son mieux pour aider le hasard. De temps en temps il se levait et poussait des cris aigus qui faisaient tressaillir l'écho des montagnes. Mais sa voix seule répondait à ses accents désespérés, et il ne parvenait pas à se faire entendre de ses compagnons.

XLVI.

L'OURS DU THIBET.

Pendant deux grandes heures le pauvre garçon resta assis, rongeant son frein avec une impatience d'autant plus grande, qu'il n'avait à s'en prendre qu'à lui-même de sa ridicule position. Néanmoins il n'éprouvait qu'une vive contrariété exempte de tout sentiment de crainte, puisqu'il était sûr que tôt ou tard Gaspard et Ossaro viendraient le délivrer. Si ce n'était pas le jour même, il en serait quitte pour aller se coucher sans souper, heureux encore d'avoir cette grotte pour l'abriter de la fraîcheur des nuits. A la première heure, le lendemain, Gaspard se mettrait à sa recherche, et ses cris le guideraient bientôt. Il n'y avait donc aucun sujet d'inquiétude à avoir.

Tels étaient les raisonnements par lesquels le botaniste cherchait à tromper la longueur de l'attente.

Tandis qu'il se consolait ainsi de son mieux, son œil se posa sur l'objet le moins fait pour augmenter sa sécurité. D'abord, disons-le, il avait cru surprendre un son ressemblant à celui que produit l'âne, lorsqu'il se prépare à braire. Ce son provenait d'un bouquet de buisson qui croissait à mi-côte de la falaise, et l'on conçoit que notre ami eût les yeux rivés dessus pour s'assurer s'il ne s'était pas trompé. D'abord il ne vit rien, mais l'étrange sifflement se renouvela. Qu'est-ce que cela pouvait être? Bientôt il vit les branches s'agiter; un bruit de feuilles foulées et de ramilles brisées parvint à son oreille; évidemment un être vivant passait dans le hallier, et le fracas avec lequel il s'annonçait donnait à penser que c'était un animal de belle taille.

Ours de Bornéo.

Karl ne tarda pas à en avoir la preuve; bientôt une assez grosse bête se dégagea du fourré et se montra complètement à découvert.

Il n'était pas nécessaire d'être un grand savant pour reconnaître l'animal en question. C'était un ours, mais un ours comme

il n'en avait encore jamais vu. Il était de taille moyenne, plus petit
que l'ours polaire, mais plus grand que celui de Bornéo, désigné
par les Malais sous le nom d'ours du soleil. Il était à peu près de
la grosseur du fameux ours à grandes lèvres dont Karl n'avait pas
encore oublié la rencontre; mais son poil était moins long et
moins ébouriffé. Comme ce dernier, il avait la lèvre inférieure
blanchâtre et sur la gorge un Y, dont la base descendait sur la
poitrine, tandis que les deux branches remontaient vers les
épaules, ce qui est la marque distinctive des espèces de l'Asie
méridionale. Son cou était remarquablement épais, sa tête aplatie,
ne formant presque qu'une seule ligne avec le museau. Ses
oreilles étaient énormes; son corps trapu était supporté par des
jambes massives et disgracieuses, et ses pattes étaient armées de
griffes médiocres émoussées à la pointe.

Karl reconnait dans cet intrus l'ours du Thibet (*ursus thibetanus*)
ou *helarctos thibetanus*, que l'on rencontre dans le Thibet et dans
toute la région haute de l'Himalaya, jusque dans le Nepaul.

Le jeune botaniste, à cette vue, sentit un frisson parcourir
tout son corps. Dans son trouble au moment de l'ascension, il
s'était débarrassé de son fusil et se trouvait par conséquent
complètement désarmé devant cette apparition peu rassurante.
Son émotion toutefois ne fut pas de longue durée. Il se souvint
d'avoir lu que cet animal, de disposition frugale, est inoffensif
par nature et ne devient dangereux que s'il est provoqué. Une
seconde raison pour que le botaniste reprît son calme, c'est qu'il
avait eu le temps de raisonner et de dire que sa « haute » situation
le mettait tout à fait en dehors du chemin de la bête; et que s'il
gardait le silence, l'ours ne l'apercevrait même pas. Il demeura
donc immobile comme une statue et retenant jusqu'à sa respiration.

Mais il n'était décidément pas heureux dans ses calculs ce jour-là. Il avait compté sans les petites affaires personnelles de l'ours, qui exigeaient sans doute que les choses ne se passassent pas ainsi. Après avoir à plusieurs reprises flairé les rochers au milieu desquels il se trouvait, en renouvelant plusieurs fois le grognement qui avait d'abord attiré l'attention du naturaliste, il se dirigea précisément vers l'endroit où Karl était assis. Une fois là, dressant ses pattes de devant pour les appuyer sur la corniche, il leva la tête, et ses yeux plongèrent dans les yeux effarés du chasseur de plantes.

XLVII.

UNE DESCENTE PRÉCIPITÉE.

Si Karl n'en revenait pas d'un rapprochement aussi inattendu, l'ours aussi n'en était assurément pas moins surpris. Un certain effroi s'était mêlé à son étonnement, car il se laissa retomber à quatre pattes et sembla un instant disposé à rentrer dans ses broussailles. Il se tourna, se retourna, et grogna en regardant dans la direction du botaniste. Peu à peu il parut se rassurer, revint à la falaise, et se prépara à sauter sur la corniche, à deux pas seulement de l'endroit où notre chasseur de plantes s'était assis naguère. Inutile de dire qu'il n'y était plus maintenant. Dès qu'il avait saisi l'intention de l'ours, il s'était levé, et, perdant un peu la tête, courait de çà et de là, se demandant, non sans terreur, par où il pourrait s'enfuir.

Quant à s'opposer au passage de l'ours, il n'y songea nulle-ment; car il n'avait pas même son couteau sur lui. Il savait d'ailleurs qu'à la moindre provocation, l'animal l'étoufferait entre ses pattes puissantes ou le jetterait en bas de la corniche. N'ayant aucun moyen de défense, il lui fallait bien recourir à la fuite.

Mais pour fuir, encore était-il nécessaire de savoir où. Suivre la terrasse eût été folie, puisqu'elle n'était ni assez longue ni assez large pour y faire assaut d'agilité avec le nouveau venu. Si celui-ci avait l'intention de l'attaquer, autant valait subir le choc là où il se trouvait que de le retarder de quarante ou cinquante pas au plus.

Durant les hésitations de Karl, l'ours gagnait du terrain. Le souvenir de la grotte entrevue une heure auparavant traversa alors l'esprit du chasseur, qui résolut de chercher à s'en faire une retraite. Il n'avait pas le temps de calculer si cela serait plus ou moins prudent, il fallait agir. De toute manière la lourde bête qui s'avançait ne pouvait manquer de chercher à lui faire un mauvais parti, et, sans plus de tergiversations, Karl s'enfuit dans la direction de la caverne. Quand il fut en face de l'ouverture, il s'y précipita, tâtonna un moment dans l'obscurité de l'intérieur, et finit par s'accroupir dans un angle peu éloigné. Bien lui en prit de s'être mis ainsi à l'écart. S'il fût resté dans le milieu de la caverne, il n'eût pas tardé à être renversé par l'animal ou broyé dans son étreinte; car à peine avait-il eu le temps de se faire petit dans son coin noir, que l'ours pénétrait à sa suite dans la grotte avec des grognements sourds; toutefois il ne s'arrêta pas, et, à en juger par la déperdition de sa voix, il s'enfonça assez profondément dans les entrailles de la terre.

La question à résoudre maintenant était celle-ci : Karl devait-il rester où il était ou bien revenir sur la plate-forme d'où l'animal l'avait chassé? L'une et l'autre alternative n'étaient pas sans danger. Sa retraite était loin d'être sûre; avec la vue perçante des animaux habitués aux ténèbres, l'ours ne manquerait pas de le découvrir, ou tout au moins de flairer sa présence. D'autre part, la corniche n'était pas un refuge. Il est vrai qu'au moins là il ferait grand jour, tandis qu'il répugnait au jeune homme de courir le risque d'être étranglé dans l'ombre par un ennemi invisible. Quelle douleur pour Gaspard et pour Ossaro, qui ne connaîtraient jamais son sort et ne pourraient même pas lui rendre les derniers devoirs ! S'il devait mourir victime de son imprudence et de son incurie, il voulait au moins mourir au grand jour, mourir en luttant, comme un homme enfin.

Il s'élança donc vers la corniche, et, une fois là, partagea son attention entre l'ouverture de la caverne, où l'ennemi pouvait apparaître d'un instant à l'autre, et la descente de son perchoir, où il n'osait s'aventurer.

Si Karl avait été mieux fixé sur le naturel de l'ours du Thibet, il se fût épargné bien du souci inutile. L'ours était aussi peu disposé à lui chercher noise que lui-même en ce moment, et, se rencontrant pour la première fois avec l'homme, il s'effrayait quelque peu de ce bipède inconnu et ne demandait qu'à s'en tenir aussi loin que possible. Il n'avait gravi la falaise et pénétré dans la grotte que pour rentrer dans son domicile, où l'attendaient sans doute une femelle et des petits, pour lesquels la présence de l'homme constituait peut-être dans sa pensée un danger pressant.

Mais Karl ne savait rien de tout cela. Il supposait, au contraire, que l'animal ne s'était élancé sur la terrasse que pour se mettre à sa poursuite; que s'il avait passé à côté de lui dans la grotte, c'était trompé par son instinct, qui l'avait entraîné trop loin, et qu'il devait maintenant revenir sur ses pas en le cherchant, et alors....

Ours.

18

C'est un fait avéré qu'un danger pressant diminue à nos yeux un péril moindre, et que le désespoir fait trouver du courage même aux poltrons.

Or, Karl n'était pas un poltron; loin de là, nous le savons. Cependant, si la descente de la falaise lui avait paru de sang-froid au-dessus de ses forces, maintenant qu'il était surexcité par la crainte de l'ours, la pente redoutable lui sembla moins escarpée, et il résolut de la franchir quand même.

Voilà donc notre pauvre garçon à genoux et serrant de nouveau l'extrême bord de la terrasse.

Il réussit au delà de ses espérances pour commencer; et ayant trouvé quelques saillies successives, il reprit confiance, et se berça de l'espoir qu'il s'en tirerait le mieux du monde. Encore quelques efforts, et il se trouverait bientôt sur un terrain plus facile, relativement uni, où il saurait bien se défendre contre l'ours. S'il ne pouvait mieux faire, une fois de plein pied, il se réfugierait sur un arbre, et s'il avait le temps de ramasser son fusil, qu'il se souvenait d'avoir chargé à balles, il ferait passer un mauvais quart d'heure au poursuivant.

Excepté quand notre chasseur était obligé de regarder où il posait ses pieds, il tenait son regard fixé sur le haut de son sentier de chèvre où il lui semblait toujours voir apparaître le museau noir de l'ennemi. Ah! si l'animal l'attaquait maintenant, quel sort terrible cela ne lui présageait-il pas!

Mais l'ours continuait à ne point donner signe de vie, et Karl s'éloignait lentement, mais sûrement, du bord de la corniche.

Il avait à peine franchi la moitié de la distance et se trouvait encore à sept mètres du sol, quand une aspérité de la falaise, sur laquelle il avait cru pouvoir s'appuyer, céda tout à coup sous

son poids, sans lui laisser assez de place pour y appuyer
même son orteil. Il se trouva donc suspendu à la muraille par la
force du poignet. Sa situation était affreuse. A moins qu'il ne se
trouvât immédiatement un point d'appui, il fallait qu'il se
laissât choir au pied de la falaise. Il lutta courageusement,
jetant ses jambes de droite et de gauche, dans l'espoir de

Les mains de Karl s'étaient desserrées, et il tomba à la renverse
au pied de la falaise.

rencontrer une aspérité, une saillie, une fissure, qui eût été
le salut. Mais la muraille était unie comme un miroir. Il essaya
de crisper ses membres pour parvenir à se cramponner à
l'échelon supérieur; mais ses bras affaiblis ne lui permettaient
qu'un effort insuffisant pour réussir. A peine s'il l'effleurait du
doigt, et c'était tout; tandis qu'obligé de laisser le poids de son

corps à une seule main pour reprendre l'usage de l'autre, il ne s'épuisait que plus vite. Il se sentit perdu.

Et cependant, d'une étreinte désespérée, il s'accrochait encore à une racine noueuse, seul support de tout son être, avec cette énergie suprême qui rattache la jeunesse à la vie. Il ne voulait pas lâcher prise, bien qu'il se sentît défaillir.

Tout à coup, au-dessous de lui, il entendit des voix bien connues qui lui criaient : « Courage ! tiens ferme ! nous arrivons. » Mais elles venaient trop tard. Un faible cri fut toute la réponse qu'il put faire à ces paroles encourageantes.

La force humaine a ses limites ; les mains sanglantes du chasseur de plantes s'étaient desserrées, et il tomba à la renverse au pied de la falaise.

XLVIII.

UN MONSTRE.

Ainsi donc, il est mort! Pauvre garçon! il méritait un meilleur sort. J'en suis vraiment désolé!

Allons, ami lecteur, ne vous attristez pas outre mesure, et voyons ce qui amenait les compagnons de Karl sur le théâtre de sa chute.

Gaspard et Ossaro, inquiets de l'absence prolongée de leur chef, s'étaient mis à sa recherche. Sans le digne Fritz, ils eussent pu courir le risque de s'égarer dans une fausse direction; mais quand on lui eut dit de retrouver Karl, « maître Karl, » le brave limier était parti tout courant et les avait amenés presque en droite ligne dans la ravine.

Ils étaient arrivés en vue de la corniche juste au moment où Karl commençait sa tentative désespérée pour rallier la terre ferme, et ils avaient poussé de grands cris pour le prévenir de leur approche; mais le pauvre garçon, absorbé par les difficultés de son entreprise et son anxiété au sujet de l'ours, n'avait rien entendu. Gaspard lui avait vu perdre pied, et, le voyant suspendu à un si frêle appui, il s'était précipité à son secours. Toujours prompt comme la pensée, il comprit tout de suite ce qu'on pouvait faire pour sauver son frère. Il demanda à Ossaro de lui donner vite son ample manteau de peau de buffle; et c'était pendant que les deux jeunes gens étendaient le manteau au-dessus de leur tête pour amortir la chute du botaniste, que celui-ci avait entendu pour la première fois leurs encourageantes paroles. Aussi, lorsque, vaincu par la défaillance qui le gagnait, il avait lâché prise, ç'avait été pour tomber dans le manteau tendu pour le recevoir. C'est pourquoi, bien que la force de la chute les eût précipités tous les trois par terre, ils se relevèrent tous en même temps sans avoir éprouvé le moindre mal.

— Voilà ce qui s'appelle arriver à propos, disait Gaspard en riant et en secouant la poussière de ses vêtements.

Je laisse à penser s'il y eut une scène touchante de félicitations et de remerciements, après cette délivrance pour ainsi dire miraculeuse. Une seconde plus tard, c'en était fait du botaniste; aussi Gaspard pouvait-il se vanter de « l'à-propos » de leur arrivée.

— Eh bien! continua celui-ci, je dois convenir que je suis dans un de mes jours de chance; et pourtant non, car enfin la journée a bien failli vous être fatale à tous deux.

— A tous deux! repartit Karl avec surprise.

— Mais oui, frère, tu es la seconde personne que j'ai contribué à sauver aujourd'hui.

— Comment donc? Ossaro s'est-il aussi trouvé en péril? Mais oui vraiment. Il est encore trempé jusqu'aux os, disait Karl en passant sa main sur les épaules du digne garçon, Mais, toi aussi, Gaspard, tu es tout ruisselant. Que s'est-il donc passé? Vous êtes tombés dans le lac, vous avez failli vous noyer?

— Oh! pire que cela, reprit Gaspard en riant. Ossy (c'était l'abréviation amicale qu'employait le jeune homme en parlant du Shikarri), Ossy a failli être avalé par un monstre effroyable.

— Un monstre!... Voyons, Gaspard, ne plaisante pas. Notre lac n'est habité ni par des requins, ni par des baleines. De quel autre monstre pourrais-tu parler?

— Mais je parle très sérieusement, Karl; nous avons failli voir disparaître notre brave Ossy. N'est-il pas vrai? Réponds.

— Oui, sahib.

— Allons, vous aussi, Ossaro? Si vous vous mettez tous les deux contre moi....

— Eh bien! si cela te fait plaisir, je conviendrai que le mot monstre n'est pas tout à fait exact, reprit Gaspard, souriant de l'air effaré de son frère. Il s'agit d'un phénomène naturel, mais tout aussi dangereux que n'importe quel monstre, et nous ferons bien d'y faire attention quand il nous plaira d'aller flâner autour du lac.

Voici le récit de l'aventure d'Ossaro, que, pour l'intelligence de cette histoire, nous ne transcrirons pas dans son langage imagé, mais fatigant.

XLIX.

LE BANG.

Ossaro rêvait de se procurer un engin de pêche. N'ayant point de bambou pour faire une nasse, et le botaniste ne voulant pas entendre parler d'empoisonner les eaux du lac, il avait cherché quelque substance qui pût lui fournir les matériaux indispensables à la confection d'un filet, et l'avait trouvée sous la forme d'une plante qui abondait aux alentours du lac.

Cette plante annuelle portait une tige unique garnie de quelques feuilles digitées, dentelées sur les bords et terminées par un panicule de fleurs d'une teinte verdâtre. Elle n'avait certes rien de bien remarquable, si ce n'est que sa tige était garnie de poils rudes et atteignait sans aucune ramification la taille de six mètres.

Le jour où Ossaro en avait fait la découverte, les deux frères l'accompagnaient, et Gaspard s'était écrié qu'elle lui rappelait le chanvre d'Europe; à quoi le botaniste avait répondu :

— Tu as parfaitement raison ; car c'est le véritable *cannabis sativa* ou chanvre indien.

Jamais Karl et Gaspard n'avaient rencontré de chanvre pareil. En Europe, il parvient à peine à la hauteur de l'homme, excepté en Italie et dans les parties méridionales de l'Espagne, où il rivalise avec le chanvre indien. Ils remarquèrent en outre que sur un certain nombre de plantes crues côte à côte, il en existait de beaucoup plus mûres les unes que les autres, qui semblaient déjà fanées à côté de leurs sœurs toutes verdoyantes.

Le botaniste en donna aussitôt l'explication. Les plantes qui commençaient à se flétrir étaient les mâles, tandis que celles qui étaient verdoyantes et prospères étaient les femelles, le chanvre étant rangé dans la catégorie des plantes dioïques. Dès que la plante mâle a terminé son office, qui est de déverser son pollen sur la plante femelle pour la féconder, elle dessèche et meurt, tandis que l'autre se développe et n'atteint sa maturité que des semaines plus tard. Les cultivateurs de chanvre, bien au courant de cette particularité, arrachent la plante mâle dès qu'ils la voient se faner, et laissent les femelles sur pied quatre ou cinq semaines de plus.

Qui ne sait que le chanvre est la plante la plus utile du monde pour la confection des toiles grossières et fortes, des câbles et des cordages ? On se sert pour cet usage de la partie fibreuse, appelée filasse, qui recouvre la tige et que l'on en détache par les mêmes procédés usités pour le lin. Le développement obtenu par la tige n'affecte en rien la qualité de la fibre, celle de l'Inde, par exemple, n'ayant pas plus de finesse que celles plus petites des espèces européennes.

En Russie, on extrait de la graine du chanvre une huile qui est employée pour la cuisine, et dont les peintres se servent pour

mêler leurs couleurs. Dans certains pays on donne de cette graine
à la volaille ; une croyance populaire lui attribue la faculté de
multiplier les œufs. Les petits oiseaux en sont généralement très
friands, et l'on prétend que si des bouvreuils ou des chardon-
nerets n'étaient pendant quelque temps nourris que de chènevis,
leurs plumes rouges ou jaunes se transformeraient en plumes
noires.

Chanvre mâle.

Malgré ces propriétés si utiles, le chanvre en a d'autres délé-
tères. Il renferme un principe narcotique très puissant et d'autant
plus développé, que le climat est plus chaud. Nul ne passerait
un laps de temps d'une certaine durée dans une chènevière sans
éprouver des vertiges et des maux de tête, qui dans un pays
chaud prendraient les proportions d'une véritable ivresse.

L'observation de cette dernière propriété a conduit les Orien-
taux à extraire du chanvre une drogue enivrante qui produit à

peu près les mêmes effets extatiques et abrutissants que l'opium.
Chacun des peuples qui l'emploient lui a donné un nom. Mais
qu'on l'appelle *bang*, *haschish*, *chinab* ou *ganga*, c'est toujours
une substance nuisible dont il convient de s'abstenir, si l'on tient
à conserver la santé du corps et celle de l'esprit.

Toutefois Ossaro n'était pas homme à se laisser arrêter par les
considérations que nous venons de signaler. Ce fut avec un cri
de joie qu'il reconnut le chanvre et s'élança pour se préparer
aussitôt une prise de *bang*, ce qu'il fit en réduisant en poudre
quelques feuilles desséchées trouvées sur les tiges mâles, et en
y ajoutant un peu d'eau. Généralement on additionne cette
mixture de quelque substance aromatique. Mais Ossaro tenait
plus à la force de sa drogue qu'à sa saveur. Aussi, sans perdre
de temps, avala-t-il l'horrible poison qui le transporta presque
instantanément dans le domaine des rêves enchantés.

Cette découverte avait rendu le Shikarri doublement heureux.
La privation de son bétel était pour lui une véritable souffrance,
que le tabac de rhubarbe n'avait que bien médiocrement allégée.
Mais les feuilles de chanvre, que l'on mêle quelquefois avec le
tabac lui-même, sont très bonnes à fumer. Il se trouvait donc
avoir à sa disposition une liqueur enivrante d'une part et presque
du tabac, ce qui l'empêcherait désormais de déshonorer son
singulier narghilé avec de la rhubarbe.

Il y avait plus encore : le chanvre, lui donnant de la filasse, le
mettait à même de faire de la ficelle, et avec la ficelle un filet,
grâce auquel ses chers sahibs ne se passeraient plus, à l'avenir,
de poisson.

Il ne lui fallut pas longtemps pour se mettre à l'œuvre. Le
chanvre fut bientôt arraché, lié en bottes, porté dans la source
et roui à point ; car il est avéré que l'eau chaude a en quelques

heures une action plus rapide sur le lin et le chanvre que l'eau froide en plusieurs semaines. Ossaro tailla son chanvre à la main et travailla sans relâche, si bien qu'en quelques jours il eut terminé un superbe filet de plusieurs mètres de longueur. Il ne lui restait plus qu'à le poser dans un endroit convenable pour s'assurer quelles espèces de poissons habitaient les eaux transparentes du lac solitaire.

Et sans tarder plus longtemps, voyons quel péril attendait notre brave Hindou sur ses bords.

L

LA POSE DU FILET.

Pour cela, reportons-nous vers le milieu du jour de l'accident de Karl. Il venait de sortir, quand Ossaro et Gaspard quittèrent la cabane à leur tour, mais non dans le but de rester ensemble. Gaspard, ayant fini sa baguette de fusil, s'en allait à la chasse, et le Shikarri allait poser son filet.

Comme il n'arriva rien à Gaspard, pas même la bonne chance de faire lever une tête de gibier, c'est de l'Hindou seul que nous devons nous occuper.

A peine au bord de l'eau, il trouva l'endroit qu'il désirait. C'était une petite baie qui faisait à la rive du lac une brèche d'une vingtaine de mètres et se terminait à l'embouchure de la petite rivière que formait la source d'eau chaude.

Cette anse était plus étroite à sa naissance que partout ailleurs; elle présentait là l'image d'un détroit en miniature. L'eau de cette baie était très profonde, mais le détroit lui-même avait tout au plus un mètre de profondeur; on voyait briller au fond comme de l'argent une couche de sable d'un blanc pur, sur lequel passaient les poissons de différentes espèces, qui allaient et venaient, se jouant dans ce cadre transparent de manière à charmer nos chasseurs dans leurs instants de loisir.

Seul Ossaro ne pouvait contempler leurs ébats sans un certain déplaisir; car, malgré ses efforts, il lui avait toujours été impossible d'en capturer. Il avait bien essayé d'établir une sorte de vanne, mais il n'y avait pas réussi, l'eau étant encore trop profonde. Enfin il avait passé bien des heures à exercer son adresse d'archer sur les poissons, mais ils nageaient trop au fond ou trop vite, de sorte qu'il ne les atteignait jamais. Le fait est que, n'étant pas habitué à cette sorte de chasse, et ne se doutant pas même des lois les plus élémentaires de l'optique, il manquait tous ses coups parce qu'il visait trop haut, ce dont il n'aimait pas à convenir.

Si c'eût été un Indien d'Amérique, au lieu d'un Indien d'Asie, il eût été dès l'enfance exercé à ce jeu, et jamais une de ses flèches n'aurait manqué son but; tandis qu'il passait la moitié de son temps à l'eau pour repêcher ses armes inoffensives qui n'effrayaient plus même le poisson.

Ces insuccès réitérés avaient aigri le caractère du digne homme à l'égard des innocentes bêtes qui se jouaient sous ses yeux, sans tenir compte le moins du monde de ses désirs, et lui avaient communiqué d'autant plus d'ardeur pour l'achèvement de son filet.

Maintenant que celui-ci était prêt, Ossaro gagnait le bord de l'eau en sifflant, tout joyeux de la prompte vengeance qu'il allait tirer de ce maudit poisson, auquel il en voulait amèrement de s'être retranché derrière sa propre maladresse pour le narguer en évitant de se faire tuer.

C'était en travers du détroit qui formait l'entrée de la petite baie dont nous avons parlé qu'il avait l'intention d'établir sa nasse. Il en avait calculé les dimensions d'après la place qu'il lui destinait et l'avait faite assez large pour aller d'un bord à l'autre.

Une lanière de cuir retenait la partie supérieure du filet; cette partie était garnie de flotteurs en bois légers, tandis que l'extrémité inférieure, à laquelle étaient fixés des cailloux en guise de plomb pour la maintenir au fond de l'eau, était fermée par une autre lanière.

Cela formait donc une sorte de claire-voie qui interceptait le libre passage de la petite anse, et ne permettait au poisson ni d'y entrer ni d'en sortir sans avoir maille à partir avec la nasse. Son filet était à trous très espacés; car l'Hindou dédaignait le menu fretin et ne voulait que quelques-uns de ces brillants individus qui lui avaient si longtemps porté sur les nerfs, en se dérobant à ses flèches et revenant ensuite frétiller au soleil comme pour se moquer de lui.

Il lui tardait de voir quelle figure ils feraient entre les grandes mailles qui les retiendraient prisonniers, et il s'excitait de plus belle en riant de son rire silencieux et railleur.

L'opération fut vite faite. Il attacha à un arbre la courroie qui formait la lisière du filet, puis, traversant le petit détroit, en fixa l'autre bout sur la rive opposée. Les cailloux entraînèrent la partie inférieure de la nasse au fond de l'eau, tandis que les flotteurs maintenaient la partie supérieure à fleur d'eau. Ainsi le tour était joué.

Il existait un grand arbre touffu qui déployait ses branches au-dessus du détroit ; et lorsque le soleil commençait à décliner, l'ombre de cette ramée couvrait la passe et l'obscurcissait au point qu'à peine apercevait-on encore le poisson se jouant sur le sable argenté.

C'était l'heure qu'Ossaro avait choisie pour poser son filet, afin que le poisson ne pût pas apercevoir et éluder cet engin attentatoire à sa liberté. Après avoir tout préparé comme il l'entendait, notre Hindou rancunier s'assit au bord du lac et attendit patiemment pour voir ce qui allait se passer.

Il resta plus d'une grande heure à épier tous les mouvements des flotteurs et les rides légères qui se formaient à la surface de l'eau. Mais on eût pu croire que la baie ne renfermait plus un seul poisson. Une ou deux fois, il est vrai, l'onde s'agita, les flotteurs eurent des frémissements de bon augure ; aussitôt le Shikarri se mit à l'eau pour constater sa prise, cette première prise qui devait le dédommager de toutes ses désillusions passées. Mais il en fut quitte pour reprendre sa place avec un désappointement de plus. Ou ces frémissements avaient été produits par ce fretin tant dédaigné, ou ils étaient le fait d'une proie plus grosse qui avait flairé le danger et s'en était prudemment éloignée.

Pauvre Ossaro ! Il commençait à murmurer contre la mauvaise fortune qui s'attachait à ses pas dès qu'il s'agissait de poisson, et il pensait à la triste figure à laquelle le condamnerait devant ses compagnons cette nouvelle déconvenue. Il avait compté sur un triomphe mémorable avec son fameux filet ; allait-il donc à la place subir la plus humiliante déception ?...

Mais au moment où le découragement le gagnait, une idée lumineuse vint raviver toutes ses espérances. N'était-il pas bien simple de conduire au filet le poisson qui n'y voulait pas aller de lui-même ? Il ne fallait pour cela qu'entrer dans l'eau et y marcher

19

en faisant beaucoup de bruit et en produisant une vive commotion. C'était assurément un plan trop avantageux pour en retarder l'exécution. Ossaro se mit donc à l'eau avec un long bâton et un choix de grosses pierres pointues, et commença à plonger, à battre l'eau et à jeter ses pierres dans les recoins les plus reculés de la baie de manière à terroriser ses habitants pour longtemps.

Ceci réussit à merveille. Il y avait à peine deux minutes qu'il se livrait à ce manège, quand les violentes secousses imprimées aux flotteurs attirèrent l'attention de l'Hindou. Il courut vers eux et eut la satisfaction de constater qu'un splendide poisson se débattait dans les mailles du filet. Il jeta donc son bâton, pour s'assurer de sa prise qui vraiment compensait toute la peine qu'il s'était donnée pour l'avoir. Mais la bête était forte et résistait à tous les efforts que faisait Ossaro pour s'en emparer. Pour mettre fin à cette lutte homérique, il dut lui écraser la tête avec une des pierres qui lui restaient encore de sa provision.

Il n'avait plus qu'à retirer du filet cette pêche merveilleuse qui lui promettait pour le soir un triomphe assuré. Seulement le poisson, en se débattant pour recouvrer sa liberté, avait si bien entortillé autour de ses ouïes et de ses nageoires les mailles du réseau qui le retenait captif, qu'Ossaro se trouva avoir du fil à retordre pour l'en dégager. Il lui fallut plus de dix minutes avant de s'être assuré la victoire ; et lorsqu'il eut enfin pris possession de sa prise, il l'éleva triomphalement en l'air avec un cri de joie.

Mais quand il voulut revenir à terre pour y déposer sa capture, quel ne fut pas son étonnement de ne pouvoir avancer d'un seul pas ! Il essaya de soulever la jambe droite, puis la gauche, avec un égal insuccès. Elles étaient toutes les deux serrées comme dans un étau. D'abord cela lui parut plus singulier qu'inquiétant.

Mais bientôt la consternation se peignit sur son visage. Il venait de découvrir la cause de cette immobilité forcée : il se trouvai sur un banc de sable mouvant, où il avait enfoncé insensiblement pendant le temps qu'il lui avait fallu pour démêler son filet. Déjà le malheureux était pris jusqu'aux genoux et ne pouvait plus plier ses articulations inférieures ; il restait droit et ferme comme s'il eût été planté là.

Sa terreur s'accrut encore en constatant, après quelques instants employés à tâcher de s'arracher à cet ensevelissement, que non seulement il n'avait rien gagné par ses efforts, mais qu'au contraire il enfonçait graduellement. Le sable atteignait maintenant les cuisses ; et comme l'eau avait environ un mètre de profondeur, elle lui touchait déjà le menton. Encore quelques minutes, et elle couvrirait sa bouche, et il se noierait : impuissant à lutter contre cette mort affreuse qui le prendrait là debout, les yeux ouverts à la souriante clarté du soleil.

Ossaro, vous pouvez m'en croire, ne se résignait pas du tout à son sort. Et ne pouvant faire autre chose, pour réagir contre une aussi affreuse perspective, que crier en appelant au secours, il le fit consciencieusement. Les appels de sa voix de stentor retentirent dans toutes les directions à un mille à la ronde et alternèrent avec les sifflements les plus aigus. Heureusement que Gaspard, flânant en quête du gibier (ce jour-là introuvable), entendit ces appels désespérés. Il comprit que quelque danger menaçait un des membres de la petite communauté, et, guidé par le son, il arriva au plus vite sur le théâtre de la catastrophe.

Son premier mouvement fut de rire de tout son cœur du singulier tableau que présentait le Shikarri, dont le visage exprimait le plus piteux embarras. Mais quand il se fut mis à l'eau pour le secourir et qu'il s'aperçut que ses forces seraient insuffisantes

pour sauver son ami et pour lutter lui-même contre l'ensevelissement qui menaçait de le gagner, sa gaieté se changea en terreur,
et il commença à ressentir le contre-coup des angoisses
d'Ossaro.

Gaspard poussa la courroie sur la branche, en jeta une extrémité
à son ami, puis se laissa retomber dans l'eau.

Mais, nous l'avons déjà vu maintes fois, Gaspard était l'homme
des situations désespérées. La promptitude de son esprit n'était
jamais plus grande qu'en face d'un péril imminent. Et dans la
circonstance présente, il découvrit aussitôt le moyen de sauver
son digne compagnon.

— Ne bouge pas, lui cria-t-il, en sautant hors de l'eau.

Puis en un clin d'œil il coupa les mailles qui retenaient la
courroie du filet, s'en saisit et grimpa rapidement à l'arbre, dont
une maîtresse branche s'étendait précisément au-dessus de la

tête du Shikarri. Il passa la courroie sur la branche, en jeta une extrémité à son ami, en lui enjoignant de se l'attacher autour du corps, puis se laissa retomber dans l'eau.

Quelques secondes après la courroie était solidement attachée sous les aisselles d'Ossaro. Gaspard et lui se suspendirent alors à l'autre bout qui pendait de l'arbre et commencèrent à peser dessus de tout leur pouvoir.

A leur grand soulagement, ils ne tardèrent pas à sentir que leurs forces réunies contrebalançaient l'action dévorante et la ténacité du banc de sable. Leurs efforts redoublèrent; après bien du mal assurément, les jambes d'Ossaro reparurent à la surface, et les deux amis, se tenant par la main, s'élancèrent vers la rive, où les mêmes échos qui avaient résonné des cris désolés du Shikarri répétèrent cette fois à l'envi les acclamations joyeuses des deux jeunes gens, non moins heureux l'un que l'autre.

LI.

LA GRAISSE D'OURS TROUVE DES AMATEURS.

Le péril auquel il venait d'échapper avait pour ce jour-là guéri Ossaro de sa passion pour la pêche. Sans compter que le filet, rudement endommagé par les mains profanes de Gaspard, demandait de grandes réparations. Aussi, après avoir relevé la nasse et le poisson, cause première de toutes ces péripéties, Gaspard et le pêcheur regagnèrent leurs pénates en causant.

À leur arrivée, ils s'étonnèrent d'abord et s'inquiétèrent ensuite de l'absence de Karl ; et comme nous l'avons vu, ils partirent aussitôt, aidés de Fritz, à sa recherche.

Reprenons maintenant le fil de notre histoire au moment où l'arrivée opportune de Gaspard et d'Ossaro avait arraché le jeune naturaliste à une mort certaine.

— Dans tout cela tu ne nous as pas dit, frère, ce que tu étais allé faire là-haut, dit Gaspard avec curiosité.

Karl répondit à cette interrogation par le récit détaillé de ses aventures, comment il avait cru pouvoir escalader la falaise au moyen d'une série d'échelles, et comment ce beau projet s'était terminé par une cruelle déception. Quand il en vint à sa rencontre avec l'ours, l'intérêt de Gaspard redoubla d'intensité.

— Un ours ! s'écria-t-il. En es-tu bien sûr ? Mais où est-il passé ?

— Passé ?... Dans la caverne où il est encore.

— Dans la caverne !... Il y est encore..... Oh ! parfait ! Il ne sera pas difficile de l'en déloger. Montons, avant peu il sera à nous.

— Non, frère, non, ne faisons point de folie ; et c'en serait une d'aller l'attaquer dans son repaire.

— Allons donc ! reprit l'intrépide chasseur ; ce qui en serait une, ce serait de manquer l'occasion de lui loger une balle dans la tête. Ossaro m'a dit qu'il n'y a pas plus lâches que ces gros messieurs-là ; et qu'il ne redouterait pas de se trouver aux prises seul avec l'un d'eux lors même qu'il n'aurait que sa lance pour défense. Est-ce vrai, Ossy ?

— Très vrai, sahib. Moi pas avoir peur, eux poltrons terriblement.

— Du reste, ne te souviens-tu pas comme l'autre s'est sauvé dès qu'il nous a aperçus ?

— Mais celui-ci n'est pas du tout de la même espèce, répliqua le botaniste, en ajoutant une description détaillée de l'animal.

L'Hindou le reconnut aussitôt et le déclara aussi inoffensif que l'ours aux grandes lèvres. Il l'avait souvent chassé dans les montagnes du Sylhet, où cette race est extrêmement nombreuse, et il prétendit que ce n'était pas s'exposer davantage de le chasser dans la caverne qu'ailleurs.

Karl cessa enfin ses objections et finit par admettre que peut-être l'ours, après tout, n'avait pas eu l'intention de l'attaquer. Cela paraissait d'autant plus probable, que, ne le trouvant pas dans la grotte, il ne l'avait pas poursuivi. Toute l'affaire se réduisait alors à de plus justes proportions ; l'ours avait seulement cherché à regagner sa demeure, et c'était pour éviter la lutte, non pour la provoquer, que la pauvre bête s'était risquée si près de son adversaire.

Il fut donc résolu qu'on tenterait une incursion dans la caverne, dans le but de tuer, si c'était possible, son habitant.

Toutefois ce projet ne fut adopté qu'après une très longue délibération. Les deux motifs qui militaient en sa faveur l'emportèrent enfin sur les très prudentes considérations de Karl. Le premier de ces motifs était de se procurer la graisse de l'ours. Non qu'ils en eussent besoin pour leurs chevelures : pour le moment celles-ci avaient acquis un développement plus que satisfaisant. Les cheveux frisés de Gaspard flottaient en épaisses boucles brunes qui se jouaient au gré du vent ; les longues tresses noires d'Ossaro menaçaient de toucher bientôt ses reins ; les mèches soyeuses qui s'échappaient de la coiffure de Karl et retombaient sur ses épaules étaient assez longues pour flatter l'orgueil du plus romanesque des réfugiés allemands.

La coquetterie n'entrait donc pour rien dans ce besoin de graisse d'ours ; mais cette substance devait leur être fort utile pour la cuisson de leurs aliments et la fabrication de chandelles.

On ne saurait se faire une idée, dans les pays où l'on a le beurre et le saindoux à discrétion, de ce que c'est que d'être complètement privé de ces deux bases essentielles à toute bonne cuisine ; et l'on ne peut vraiment connaître la valeur inappré-

ciable d'un morceau de lard qu'en voyageant dans les contrées
où le porc ne figure pas au nombre des animaux domestiques.
Sans lui, c'est une aride besogne d'entreprendre de se mettre
cordon bleu , et nos amis en savaient quelque chose !

C'était sur des considérations de cette nature que Gaspard
s'était appuyé pour déterminer son frère. Il avait fait valoir que
tous les ours ont une énorme quantité de graisse, et de la
meilleure qualité ; qu'ils pourraient ainsi en faire une ample
provision pour l'hiver qui s'approchait ; que peut-être il y avait
plus d'un ours dans la caverne , et alors.... Quelle aubaine pour
nos chasseurs !

Mais la raison déterminante , et qui décida du sort de l'ours
dans l'esprit de Karl, avait une tout autre valeur, et ce fut
encore Gaspard qui la mit en avant.

— Nous avons tout intérêt d'ailleurs à pénétrer dans cette
grotte, dit-il ; car enfin elle pourrait avoir, de l'autre côté de la
montagne, une autre issue par laquelle il nous serait possible
peut-être de sortir d'ici.

A cette seule idée, Karl et Ossaro bondirent.

— Oh ! nous n'y avions pas songé, s'écrièrent-ils.

— J'ai lu des relations de voyages où des faits semblables se
sont présentés, continua Gaspard. Il existe en Amérique un
passage de ce genre, tu sais bien, frère, le Mammouth, je crois ;
il a vingt kilomètres de long et traverse une montagne de part en
part. N'as-tu pas dit que cette caverne t'a paru profonde ? Raison
de plus pour qu'il soit urgent de l'explorer.

C'était une possibilité bien chanceuse assurément ; mais le
projet de Karl étant décidément impraticable, rien ne s'opposait
à une exploration qui en fin de compte pouvait les conduire sur
un autre versant de chaîne fatale qui les retenait prisonniers ; et

puis c'était un espoir à caresser, une chimère peut-être, mais enfin un moyen de leur faire prendre patience.

Il fut donc convenu que dès le lendemain on irait visiter la grotte. Si l'on avait eu des torches, on se serait mis en route sur l'heure; car peu leur importait le jour ou la nuit pour s'enfoncer dans les entrailles de la terre. Mais il leur fallait des torches, et de plus un arbre entaillé pour les aider à escalader la falaise, et il fallait se les procurer.

Sans perdre une minute, ils se mirent à l'œuvre tout en regagnant leur demeure. Si grande était leur impatience de commencer leur expédition, que personne ne songea au repos cette nuit-là avant que tous les préparatifs fussent achevés.

LII.

LA CHASSE A L'OURS.

Dès l'aube ils étaient sur pied, et le soleil n'était pas haut à l'horizon quand ils prirent la route de la caverne.

Deux d'entre eux transportaient l'échelle improvisée. C'était un jeune pin de douze mètres environ, où des entailles régulièrement pratiquées de trente en trente centimètres remplaçaient les échelons absents, excepté à sa partie supérieure, où l'on avait conservé dans ce but la base des branches dont on avait dépouillé l'arbre.

Si le pin eût été vert, je doute fort que Gaspard et Ossaro eussent pu se tirer de leur tâche. Par bonheur, ils avaient eu la bonne fortune de rencontrer un arbre mort et par conséquent plus léger, qui remplissait toutes les conditions voulues. Ils eurent souvent lieu de s'en applaudir, car c'était tout ce qu'ils pouvaient faire, malgré leur vigueur, que d'avancer sous le poids

considérable représenté par un arbre de cette dimension. Karl
était chargé de tout le reste : des deux fusils, de la lance d'Ossaro,
des torches, etc. Quant à Fritz, qui n'avait rien à porter que sa
queue, il s'en acquittait crânement. Il semblait comprendre qu'il
partait en conquête et que l'expédition de laquelle il avait l'honneur de faire partie avait des visées peu ordinaires.

Grâce aux haltes nombreuses qui leur étaient indispensables,
nos amis employèrent plus de deux heures pour gagner la ravine.
Il leur fallut une autre heure pour dresser leur échelle, qu'ils
placèrent en face de l'orifice de la grotte, parce qu'il existait là
une fissure qui leur permit de l'y assujettir de manière à ce
qu'elle ne tournât pas sur elle-même, point capital avec un engin
aussi grossier. Quant à l'extrémité qui touchait terre, elle fut
rendue aussi solide que possible par un véritable monceau de
rocs que nos amis y entassèrent — à bras, bien entendu. — Il
ne resta plus ensuite qu'à opérer l'escalade, allumer les torches
et pénétrer dans la caverne.

Alors surgit une question que nos amis avaient omis de faire
entrer dans leurs calculs. L'ours était-il encore dans la caverne ?
C'était plus que douteux, et il n'y avait aucun moyen de s'en
assurer. C'est un animal qui ne dédaigne pas les promenades au
clair de lune, et, au lieu d'être, en hôte empressé, occupé à
attendre les visiteurs, il pouvait bien s'être attardé à savourer le
miel d'une ruche ou à toute autre excursion de rapine.

Aucun indice ne témoignait de sa présence ; seulement sa
porte était ouverte, et les passants pouvaient entrer pour peu que
le cœur leur en dît.

Nos chasseurs hésitèrent quelque temps. Valait-il mieux rester
en embuscade ou s'aventurer à tout hasard ?

Il était hors de doute que c'était là son repaire ; car les alentours portaient les traces de ses griffes et de son passage. Son gîte étant connu, il était facile de le prendre au piège ; mais ce mode répugnait à Gaspard et à Ossaro, et il n'y avait pas jusqu'à Fritz qui opinât à sa façon pour la bataille, dût la lutte être corps à corps.

Ossaro surtout appuyait en faveur d'une chasse en règle, affirmant qu'il y avait moins de danger à attaquer l'ours du Thibet que le sambour. De plus, si la bête était au gîte, il pouvait s'écouler des jours entiers avant qu'elle en sortit. Après un repas copieux, elle s'endort parfois pour longtemps. Il ne pouvait être question pour eux de prendre leurs quartiers sur cette terrasse isolée. Il valait donc mieux pénétrer dans le fort de l'animal et le terrasser dans son antre.

Toutefois c'était plaider en faveur d'une cause gagnée. Karl seul était d'avis d'adopter les mesures de prudence vis-à-vis de l'ours, mais d'autre part il brûlait du désir de pénétrer dans la caverne. Les paroles de son frère avaient produit une vive impression sur son esprit. L'exploration de cette grotte n'aboutirait peut-être à rien, mais elle pouvait aboutir à quelque chose ; et quel est celui qui, en train de se noyer, refuse de s'accrocher au brin d'herbe qu'il trouve à sa portée ?...

Donc, sans plus de tergiversations, l'échelle fut escaladée, et nos amis se trouvèrent sur la corniche déjà illustrée par les malheurs du botaniste.

Chacun avait repris possession de ses armes. Karl tenait à la main sa longue carabine ; Gaspard, son fusil à deux coups ; Ossaro, qui avait le plus de choix, était armé de sa lance, de son arc, de ses flèches, de sa hache et de son coutelas.

De plus, les deux frères portaient chacun une torche d'un mètre de long, avec un manche de même dimension. Elles étaient faites des copeaux de pins provenant de l'équarrissement des arbres de la passerelle. Parfaitement secs et liés en faisceaux, ils brûleraient à la perfection. Ce n'était pas la première fois qu'ils faisaient usage de semblables torches. Ils s'en étaient maintes fois servis à leurs veillées et savaient qu'ils pouvaient compter dessus.

Par esprit d'économie, ils ne les allumèrent pas d'abord. Peut-être la grotte n'était-elle pas assez vaste pour être complètement obscure. Mais aussitôt qu'ils eurent fait quelques pas dans l'intérieur et que la lumière du jour commença à leur faire défaut, leur conviction fut fixée à cet égard. Ils reconnurent qu'elle allait en s'élargissant et que la voûte s'en élevait de plus en plus ; quant à sa profondeur, nul n'en pouvait juger, elle se perdait au milieu des ténèbres.

On alluma les torches, et une transformation subite se produisit. La caverne resplendissait à perte de vue de mille feux. D'innombrables stalactites suspendues à la voûte, et auxquelles scintillaient des gouttes d'eau comme autant de diamants, reflétaient la lumière et en renvoyaient l'éclat aux chasseurs, éblouis par leurs facettes étincelantes. Les jeunes Européens se crurent tout à coup transportés dans un des palais enchantés des *Mille et une Nuits*.

Ils poursuivaient leur route dans une large galerie, s'arrêtant parfois pour rapprocher leurs torches de quelque anfractuosité sombre où l'ours aurait pu se réfugier. Ils n'avaient encore trouvé aucune trace de l'animal, bien que les aboiements de Fritz ne leur laissassent aucun doute. Le chien suivait certainement une piste chaude, et c'était tout ce qu'ils pouvaient faire de se maintenir à l'allure rapide qu'il avait adoptée.

Tout à coup celui-ci revint sur ses pas et parut se préoccuper de quelque chose de caché dans un des recoins de la grotte. Les chasseurs, supposant que la bête était prise au gîte, s'arrêtèrent derrière le chien et épaulèrent leurs armes.

Ce ne fut que l'affaire d'un instant. Fritz se détourna presque aussitôt et revint à la piste qu'il avait jusqu'alors suivie. Les torches furent abaissées pour examiner ce qui avait arrêté le limier, et on découvrit une épaisse litière d'herbes et de feuilles sèches qui portait encore l'empreinte du corps qui y avait reposé. C'était la retraite de l'ours, qui paraissait se traiter assez bien et tenir à ses aises. Malheureusement le gibier avait flairé le danger et avait délogé, laissant à regret la couche tiède qu'il occupait à l'approche de l'ennemi.

Fritz continuait à aller de l'avant, faisant entendre de temps à autre un aboiement sourd et significatif. Ce n'était ni à la délicatesse du flair ni à la rapidité de la course qu'il se faisait remarquer, le brave chien; mais une fois sur la piste, il était sans égal pour la fermeté. Rien ne parvenait à l'en détourner, et on pouvait le suivre avec une confiance parfaite, certain de n'être jamais induit en erreur.

Les trois chasseurs ne s'occupèrent donc plus que de suivre Fritz. Si celui-ci marchait devant eux, c'était qu'il était sûr de son fait. Il ne tarderait pas à joindre l'ours, et la chasse se réduirait à ceci : ne pas perdre le chien de vue. La nature du terrain, semé de quartiers de rocs ou hérissé de stalagmites, retardait sa course en l'obligeant souvent à des détours. De plus, l'ours était souvent revenu sur ses pas avec des haltes fréquentes, arrêté par les inégalités de la route et se demandant quel chemin il devait prendre, et ces allées et venues que Fritz refaisait après lui étaient autant de causes de retard.

Parfois les jeunes gens cessaient de l'apercevoir, et, indécis, hésitaient à leur tour ; mais bientôt les longs aboiements de l'intelligente bête les remettaient sur la bonne voie.

Mais, dira-t-on, en marchant tout droit devant eux à la suite du limier, comment pouvaient-ils le perdre de vue ?

C'est que depuis déjà quelque temps cette grotte, aussi merveilleuse qu'immense, se ramifiait dans toutes les directions. Emportés par l'ardeur de la chasse, Ossaro et Gaspard remarquaient à peine les tours et les détours où la poursuite du gibier les entraînait.

Mais Karl, d'une nature plus calme, commençait à se préoccuper du dédale où l'ours les entraînait à sa suite. Il se disait qu'à s'en aller ainsi à l'aventure, sans avoir rien pour s'orienter, sans jeter de jalons, ils couraient risque de s'égarer, et alors que deviendraient-ils s'il fallait qu'ils fussent perdus ?...

Mais il n'avait pas eu le temps d'appeler ses compagnons pour attirer leur attention sur le nouveau danger qui les menaçait, quand un bruit tout particulier leur fit dresser l'oreille. Il était facile de reconnaître les voix irritées de deux animaux en furie.

C'était Fritz qui avait rejoint l'ours et était aux prises avec lui.

LIII.

COMBAT.

Le lieu de la rencontre n'était pas éloigné, vingt mètres à peine; guidés par les cris irrités des deux combattants, les chasseurs y arrivèrent bientôt, en dépit des obstacles qui se rencontraient sur leur route.

Quand la lueur des torches tomba sur eux, l'ours et le chien se trouvaient au centre d'une salle immense ouverte de tous côtés; l'ours était debout sur une roche plate d'un mètre de haut, qui lui formait piédestal, et le chien sautait après, en lui mordant les jambes, tantôt à droite, tantôt à gauche, avec une agilité désespérante. L'ours se défendait de son mieux avec ses grosses pattes de devant, et de temps à autre prenait son élan pour tâcher d'embrasser le chien dans sa rude étreinte. Mais Fritz était trop intelligent pour ne pas savoir ce que lui vaudrait une si chaleureuse embrassade; aussi ne cherchait-il à endommager,

20

dans son adversaire, que la partie dont, chez le porc, on fait les jambons. Pour éviter ces rudes assauts qui l'agaçaient considérablement, l'ours était obligé de tourner sur lui-même comme sur un pivot.

Rien n'était plus drôle que le spectacle présenté par les deux animaux. Si nos amis n'avaient suivi la chasse que pour leur amusement, ils eussent laissé le combat continuer quelque temps encore dans ces conditions; mais ils n'y songeaient guère; ce qu'il leur fallait, c'était la graisse de l'ours, et, en regardant autour d'eux, ils sentaient que dans un pareil labyrinthe, s'ils ne prenaient pas leurs précautions, l'ours et sa graisse pourraient fort bien disparaître et leur échapper aussi rapidement que dans une forêt.

Ils n'avaient besoin d'aucun autre stimulant pour armer leurs bras. De plus, l'occasion était belle; sa position sur le roc en faisait un excellent point de mire, aussi bien pour les balles de fusil que pour les flèches d'Ossaro. Avec un peu d'adresse, on ne risquait point de blesser maître Fritz.

Une double détonation retentit, tandis qu'une flèche coupait l'air en sifflant; au même instant la lourde masse noire s'affaissa du rocher et roula par terre dans les convulsions de l'agonie. Fritz se jeta à la gorge de son adversaire renversé, et par ses attaques incessantes hâta la mort de la pauvre bête, qui ne tarda pas à rendre le dernier soupir.

Ce fut au tour des chasseurs d'approcher. On fut obligé de se fâcher pour éloigner de là le limier triomphant. L'examen de la bête fut on ne peut plus satisfaisant. C'était un admirable spécimen de l'espèce, d'un embonpoint calculé pour produire une quantité de graisse prodigieuse.

Mais dès qu'ils eurent fait cette constatation, pleine de promesses, une autre, grosse d'appréhensions et de tourments, s'imposa à leur attention. Quand ils voulurent reprendre leurs torches, ils s'aperçurent qu'elles donnaient leurs dernières lueurs. Encore quelques minutes, et ils allaient être dans les ténèbres.

La position de l'ours sur le roc en faisait un excellent
point de mire.

Les ténèbres! Affreuse pensée! Comment feraient-ils pour sortir de ce labyrinthe, pour regagner l'entrée de la caverne avec ces quantités de quartiers de rocs, de stalagmites et de stalactites dont ils avaient eu tant de mal à se garer avec une bonne lumière? Et puis, combien cela n'allait-il pas leur faire perdre de temps d'aller chercher d'autres torches, et de revenir jusque-là pour enlever l'ours et le soumettre aux diverses préparations par lesquelles il devait passer?

Hélas! ce ne fut qu'après avoir tâtonné pendant plusieurs heures, trébuchant contre les rochers, tombant dans des fissures profondes, se heurtant contre les angles de granit, et cela sans apercevoir la moindre lueur, le moindre indice qui leur permit de se croire sur la bonne voie, que les infortunés commencèrent à comprendre ce que leur situation avait d'horrible.

Dans leurs prévisions les plus tristes, jamais ils ne se seraient imaginé un malheur semblable à celui qui leur arrivait, que la splendeur du jour fût à jamais perdue pour eux.

LIV.

DANS LES TÉNÈBRES.

Vous souvient-il du temps où vous jouiez à colin-maillard? Dans ce cas, vous vous rappelez sans doute quelle désagréable sensation l'on éprouve à ne pouvoir jamais se rendre compte de sa situation exacte. On se croit près de la fenêtre, et la main effleure le manteau de la cheminée. On pense avoir en face de soi celui que l'on a hâte de saisir, mais rien ne donne la moindre certitude que l'on soit dans la bonne direction pour le faire.

Nos trois chasseurs étaient précisément dans la situation du colin-maillard, avec cette différence que l'endroit où ils se trouvaient était immense, sans points de repère possibles, et qu'il n'y avait personne pour leur crier : « Casse-cou, » quand ils risquaient en effet de se briser contre les innombrables obstacles qui s'opposaient à leurs progrès.

Quand ils eurent une fois l'horrible conviction, malheureusement trop fondée, qu'ils ne reverraient plus la lumière, les trois amis s'arrêtèrent quelques minutes comme paralysés par la terreur. Ils se tenaient par la main et n'osaient se quitter, de peur d'être à jamais séparés. Telle était l'influence que ces ténèbres profondes exerçaient sur ces hommes que nous avons vus braves jusqu'à la témérité. Ils ne réfléchissaient pas que la voix eût suffi à les guider les uns vers les autres, et ils se sentaient comme des enfants qui éprouvent le besoin de ne pas se trouver seuls dans l'obscurité.

Après un certain temps d'immobilité complète, ils se remirent en marche, se serrant plus que jamais les mains, ce qui était sage, cette précaution étant plus utile quand ils avançaient que quand ils étaient en repos. Par ce moyen, ils diminuaient le danger de se heurter contre les blocs de pierre ou de tomber dans une crevasse.

Ils marchèrent ainsi plusieurs heures, et, à leur idée, ils devaient avoir fait de nombreux kilomètres; mais leurs progrès étaient si lents et si difficiles, qu'il était impossible de juger du chemin parcouru. Obligés de tâter du pied et de la main à chaque pas qu'ils faisaient, ils se lassaient vite et se voyaient contraints de s'arrêter pour se reposer. Mais ces haltes n'étaient jamais longues. Ils étaient trop inquiets pour rester longtemps immobiles. Ils se remettaient presque aussitôt en route et se traînaient de nouveau en tâtonnant, sans savoir où ils allaient.

Tout à coup ils reconnurent, à n'en pas douter, un des endroits où ils avaient déjà passé. Cela mit un peu de baume sur leurs cœurs désolés; ils pourraient donc, en faisant attention, se familiariser avec les principaux passages et détours, et finir par retrouver leur chemin. Déjà ils se voyaient au bout de leurs

peines, quand une réflexion chagrine vint flétrir ce frêle espoir.
De quoi vivraient-ils en attendant d'avoir acquis cette connaissance des lieux? C'était folie de se bercer d'une pareille illusion,
et leur douleur s'en augmenta.

Fritz ne les quittait pas un instant, et soit devant, soit derrière,
il était littéralement attaché à leurs pas. Il gardait le silence et
semblait non moins consterné que nos trois amis. Ce n'était que
par le bruit de ses ongles sur la pierre, chaque fois qu'il se
présentait quelque obstacle à franchir, que l'on constatait sa
présence. A quoi bon s'inquiéter de lui? Il ne pouvait voir plus
loin que son maître dans cette intense obscurité; mais il avait
sur lui un avantage auquel personne n'avait encore réfléchi :
c'est que son nez pouvait lui servir à se conduire.

Ce fut à Gaspard que cette lumineuse remarque se présenta
pour la première fois.

— Hé! pourquoi ne pas prendre Fritz pour guide? Son flair
pourrait fort bien lui faire retrouver son chemin, et je suis sûr
qu'il s'y prêtera d'autant mieux, qu'il est au moins aussi fatigué
que nous de cette horrible prison.

— Rien n'empêche d'essayer, répondit Karl d'un ton décou-
ragé. Appelle-le, Gaspard, c'est toi qu'il connaît le mieux.

Gaspard appela le chien, qui se dressa aussitôt devant lui
pour solliciter une caresse.

— Comment faire? demanda alors le jeune homme; faut-il le
laisser à lui-même?

— Non, je crains qu'il ne reste immobile et ne songe pas à
nous devancer.

— Essayons toujours, répliqua le jeune chasseur.

Ils s'arrêtèrent et attendirent assez longtemps pour voir quelle
serait la conduite du chien; mais celui-ci, ne sachant pas de

qu'on attendait de lui, resta patiemment à leurs côtés, sans témoigner la moindre velléité de les quitter.

Premier insuccès.

— Maintenant, dit Karl, ordonne-lui de marcher devant nous ; peut-être nous conduira-t-il dans la direction de la sortie.

Le chien obéit, et on l'entendit s'éloigner avec un grognement sourd. Mais nos amis n'en furent pas plus avancés. Ils ne savaient quelle direction avait prise le limier. S'il eût été en chasse, il aurait donné de la voix de temps à autre, et l'on eût pu le suivre ; mais le bruit qu'il faisait de loin en loin, en égratignant le rocher, ne pouvait suffire à guider les chasseurs. C'était un nouvel insuccès. Un coup de sifflet rappela l'animal.

Mais si l'expérience n'avait point encore réussi, elle avait eu un bon résultat. Comme beaucoup d'autres expériences manquées, elle fut suivie de plus de réflexion et d'une combinaison meilleure.

Ossaro proposa tout à coup de lui attacher une corde à la queue.

— Non, dit Gaspard, dont la vive intelligence avait trouvé la véritable solution du problème ; non, car il ne voudrait pas marcher ; mais je vais le tenir en laisse, et cette fois je réponds du reste.

Aussitôt, se mettant à l'œuvre, les poires à poudre, les sacs à balles furent détachés, et l'on confectionna avec les courroies une belle et forte laisse qui fut passée au cou de Fritz. L'ordre de marcher lui fut ensuite donné ; Gaspard prit l'extrémité de la courroie, et les autres le suivirent en se rapportant à sa voix.

Quand ils eurent, dans cet ordre, fait une centaine de mètres, Fritz recommença à faire entendre son grognement sourd et l'aboiement qui caractérise le flair d'une passe, puis il s'arrêta brusquement. Les secousses que la laisse communiquait à Gaspard lui firent comprendre que le chien était aux prises avec quelque chose. Il se baissa aussitôt en tâtonnant; mais, au lieu de rencontrer la surface rugueuse du roc, sa main se plongea dans une épaisse fourrure.

Hélas! c'était encore un espoir déçu. Au lieu de les conduire à l'ouverture de la grotte, Fritz les avait ramenés au cadavre de l'ours.

Le désappointement de nos chasseurs fut d'autant plus vif, qu'une fois là, le chien refusa absolument de démarrer. Ni prières ni menaces ne l'émurent. En vain Gaspard le prit dans ses bras et le porta à quelque distance; dès qu'il recouvrait sa liberté, c'était près de la carcasse de l'ours qu'il l'entraînait de nouveau. C'était exaspérant.

Leur première impression était voisine du désespoir. Cependant, après réflexion, Karl releva le moral de ses deux compagnons en faisant ressortir dans ce fait une intervention providentielle. Un des dangers qu'ils avaient redoutés à juste titre se trouvait momentanément écarté. Ils ne risqueraient plus de mourir de faim. A présent ils avaient de la viande pour plusieurs jours; et durant cet intervalle ils tâcheraient de se reconnaître dans ce dédale et d'y établir des points de repère. L'eau ne manquait point; elle filtrait du rocher; et du reste, ils avaient à quelque distance traversé un petit ruisseau, qu'ils étaient sûrs de pouvoir retrouver au besoin. Toute la question était de savoir s'ils réussiraient à retrouver l'entrée de la caverne avant de ne plus pouvoir tirer parti de la chair de l'ours.

La découverte de cet animal avait donc infiniment amélioré leur situation; et quand ils se réunirent autour de sa dépouille pour dîner, ce fut avec une satisfaction qu'ils n'auraient jamais cru éprouver en pareil lieu.

Jamais repas ne demanda moins de préparatifs; car il n'est pas besoin de dire qu'il ne fut pas cuit. Nos amis ne firent pas les difficiles, une faim dévorante leur faisant trouver désirable l'aliment qui, en d'autres circonstances, leur eût le plus répugné.

Karl et Gaspard dînèrent — ils en convinrent — d'aussi bon appétit que si un lustre eût déversé ses flots de lumière sur leur table. Je crois même que l'absence de cette lumière les favorisait en ce moment. L'une des énormes pattes de l'ours constituait la pièce de résistance de ce dîner improvisé, et les chasseurs prétendent que bouilli, rôti ou cru, c'est toujours un fin morceau.

Quand ils eurent fini ce repas, tous les trois se dirigèrent vers un endroit où s'entendait le murmure de l'eau. Ils trouvèrent précisément la place où une infiltration continue déversait un filet d'eau pure dans un petit étang, et en quelques minutes ils étanchèrent leur soif. Puis ils revinrent au lieu où ils avaient dîné, et, complètement épuisés par les péripéties d'une journée si aventureuse, ils s'étendirent sur le roc pour y chercher le repos. Leur couche n'était pas des plus moelleuses; mais ils avaient l'avantage de ne pas y souffrir du froid, l'intérieur des grandes cavernes étant d'une température égale et généralement chaude.

C'est de là qu'on a inféré que le séjour des cavernes pouvait être préférable à tout autre pour les gens qui redoutent les extrêmes du froid et du chaud, et qu'il a été établi dans le Mammouth, dont parlait naguère Gaspard, un hôtel vaste et luxueux pour la réception des poitrinaires. Sans vouloir contester

que la douceur de l'air souterrain qu'ils y respirent ne contribue
à prolonger leur existence, n'est-il pas probable que les malheureux, en sortant de là, sont plus prédisposés que jamais à
souffrir des fluctuations de la température et de leurs fâcheuses
conséquences ?

Quels que soient les avantages qui puissent en dériver, nos
amis n'étaient nullement d'humeur à les apprécier, et certainement ils eussent échangé sans hésitation la tiède atmosphère
qui les entourait contre les chaleurs torrides de l'équateur ou le
coin le plus froid des régions arctiques. La morsure envenimée
des moustiques ou les rafales glacées du pôle leur eussent
semblé préférables à cette zone exceptionnellement tempérée dans
laquelle ils languissaient, où le soleil n'avait jamais dardé ses
rayons ni la neige étendu son blanc linceul.

En dépit de leurs angoisses morales, la fatigue l'emporta, et
nos trois chasseurs oublièrent momentanément dans un profond
sommeil les difficultés de leur situation.

LV.

EXPLORATION DE LA CAVERNE.

Quand ils se réveillèrent, ils se sentirent assez dispos et supposèrent, d'après cela, qu'ils avaient dû dormir longtemps. Ils essayèrent en vain de se rendre compte du temps écoulé depuis leur entrée dans la grotte. Leurs diverses estimations présentaient entre elles un écart d'au moins douze heures. Karl pensait qu'il y avait bien deux jours et une nuit qu'ils étaient prisonniers, tandis que les autres abrégeaient plus ou moins ce laps de temps. La raison dont le botaniste appuyait son dire avait bien sa valeur.

La première journée, disait-il, était assez avancée quand ils avaient pénétré dans la grotte. Ils avaient fait beaucoup de chemin avant de rencontrer l'ours; et depuis lors, que de tours et de détours n'avaient-ils pas faits dans cet inextricable labyrinthe ! En somme , à tort ou à raison, il se croyait au matin du troisième jour.

Si long et si profond qu'eût été leur sommeil, il n'en avait pas moins été troublé par d'affreux cauchemars. Ils avaient rêvé d'abîmes incommensurables où les poussait une main invisible, de luttes homériques avec des ours et des taureaux furieux ; mais de tels rêves n'avaient rien que de très naturel. Ce qui leur parut autrement inexplicable, ce furent leurs premières sensations au réveil. Au lieu du radieux soleil qui égayait d'ordinaire leurs regards, de la lueur vaporeuse de l'aube aux reflets rosés, ils n'apercevaient rien.... Au lieu du gazouillement des oiseaux, du doux murmure de la brise, des mille accents de la vie champêtre, ils n'entendaient rien.... Un silence de mort, les ténèbres de la tombe, voilà tout ce dont ils subissaient l'effroyable perception.

Et à mesure que le souvenir leur revenait plus distinct, ils se disaient avec amertume que c'était bien le lieu où ils reposeraient avant peu, et que, profanes, ils ne troubleraient pas longtemps ce silence et cette immobilité qui les tueraient. Telles furent leurs premières réflexions ; et ils en vinrent presque à regretter les cauchemars qui les avaient troublés, mais en leur présentant l'image de la vie à côté de ce tombeau qui ne leur laissait entrevoir que des images de mort.

Néanmoins la nature impérieuse se faisait sentir, en dépit des ténèbres lugubres et des idées noires plus lugubres encore, et une autre patte crue fut dévorée sans sel, ni autre condiment que la faim.

Dès qu'ils eurent repris des forces, ils entreprirent l'exécution du projet de Karl pour les ramener à la lumière. L'endroit où gisait le corps de l'ours était, on s'en souvient, une immense caverne à laquelle venaient aboutir un grand nombre de galeries. Il ne s'agissait de rien moins, dans la pensée du botaniste, que de les explorer toutes l'une après l'autre, d'abord par petites distances et en se créant des points de repère. Là où quelque inégalité du sol serait suffisante, ce serait bien ; mais là où il n'y aurait rien d'assez remarquable, il faudrait créer quelque chose, soit empiler des pierres, soit entailler la muraille de granit, comme le pionnier se taille des brisées pour retrouver son chemin dans une forêt.

C'était une idée ingénieuse, qui, avec le temps, promettait de leur faire découvrir l'issue de leur cachot. Mais que de patience et d'efforts il allait leur en coûter ! Heureusement qu'ils n'étaient pas hommes à reculer devant les longues besognes. La construction de la passerelle l'avait déjà bien prouvé.

Leur intention était de choisir d'abord une direction déterminée et de n'abandonner l'étude d'une galerie que lorsqu'ils la connaîtraient bien ; qu'ils auraient acquis la certitude qu'elle aboutissait à une impasse, ou qu'elle les conduisait dans une fausse direction. En procédant ainsi avec ordre et méthode, ils ne pouvaient, pensaient-ils, manquer de découvrir une issue à leur gigantesque prison.

Avant de commencer leur exploration, nos amis voulurent tenter un dernier effort auprès de Fritz ; mais rien ne put le déterminer à s'éloigner de la carcasse de l'ours, et ils virent bien qu'il était inutile de baser aucun espoir sur le flair de l'animal. Ils le débarrassèrent donc de sa laisse et commencèrent le travail inouï qui ne les rebutait pas, malgré tout.

Voici comment ils procédèrent. Ils marchèrent en tâtonnant le long de la muraille, jusqu'à ce qu'ils eussent rencontré l'ouverture d'une des galeries qui aboutissaient dans cette salle appa-

remment centrale ; et de peur de se trouver égarés, un d'entre
eux restait immobile près de l'entrée, tandis que les deux autres
allaient de l'avant en notant leurs points de repère. Si donc l'un
des deux s'engageait dans une fausse direction, la voix du
troisième, resté au rendez-vous commun, suffisait à le ramener
à son point de départ.

De cette façon ils parcouraient la galerie sans grande appré-
hension, mais avec une lenteur qui était leur sauvegarde et leur
seule garantie de salut. Ils rencontraient sans cesse de nouveaux
passages latéraux, qu'il fallait marquer et contremarquer, afin
de les rendre reconnaissables pour un futur examen. Ces
marques ou points de repère exigeaient quelquefois un temps
considérable ; et il fallait les renouveler assez fréquemment pour
que le retour au moins fût plus rapide et plus facile. En outre, il
faut tenir compte des difficultés inouïes d'un terrain inconnu
semé de blocs de granit et souvent raviné.

Quand la nuit vint, c'est-à-dire l'épuisement total de leurs
forces et de leur ardeur, et qu'ils reconnurent l'impérieuse
nécessité de se reposer et de se restaurer, ils n'avaient pas
même fait un kilomètre ; ce qui n'empêchait pas les courageux
enfants, en se réunissant autour de leur souper, d'échanger des
paroles de consolation et d'encouragement. Ils ne doutaient pas,
les braves cœurs ! Demain, après-demain, un jour qui ne pouvait
tarder, ils se retrouveraient, disaient-ils, à portée des vivifiants
rayons du soleil, des caresses de la brise et des enchantements
de la vie en plein air et au grand jour.

LVI.

CONSERVE DE VIANDE D'OURS.

Malgré tout leur optimisme, il existait un point noir à leur horizon. Combien de temps leurs provisions se conserveraient-elles ?

La bête était grosse et grasse assurément, et représentait une série très respectable de rations, mais à la condition que sa chair ne se corrompît pas. Or, comment faire pour éviter à la longue cette catastrophe ? Certes sa situation dans une grotte aussi profonde était exceptionnellement favorable à sa conservation ; car il est reconnu que l'air et le soleil contribuent pour leur bonne part à l'action de la décomposition. Mais il y a toujours de l'air dans une caverne ; et bien qu'il y en ait moins qu'ailleurs et que la corruption soit plus lente, elle finit toujours par se produire ; et dans ce cas, les sources de la vie tariraient pour nos pauvres chasseurs.

Aussi éprouvaient-ils la plus vive inquiétude à cet égard, et ils s'ingénièrent à découvrir un moyen de conserver cette unique et précieuse ressource. B'en qu'il y eût de l'eau en différents endroits de la caverne, l'air qu'on y respirait était étonnamment sec. Privés de sel et de feu pour boucaner leur viande, nos amis songèrent à mettre à profit cette remarque. Peut-être qu'en découpant la viande en tranches minces, qu'on étendrait ou suspendrait dans la caverne, on parviendrait à la dessécher. Telle était du moins l'opinion d'Ossaro ; et les deux frères, n'ayant rien de meilleur à proposer à la place, se rangèrent à cet avis.

La difficulté était grande toutefois. Comment dépouiller la bête sans y voir, la découper en tranches minces et la disposer pour sécher ?

Ce qui nous embarrasserait, nous habitants d'un pays civilisé, où l'on trouve toutes ses aises, n'était plus rien pour nos chasseurs rompus à toutes les exigences de la vie demi-sauvage qu'ils menaient depuis quelque temps. Ils étaient maintenant en quelque sorte habitués aux ténèbres, et l'Hindou se serait chargé de dépecer la bête dans une obscurité plus profonde encore, s'il eût été possible qu'elle existât.

Assisté de ses deux compagnons de captivité, Ossaro disposa la bête dans une attitude convenable et se mit à l'œuvre avec la lame effilée de son bon couteau. Il débarrassa la carcasse de son épais revêtement avec autant de dextérité que si une douzaine de becs de gaz lui eussent déversé leur lumière. Puis on l'étendit soigneusement de côté, afin de ne pas perdre cette belle peau qui leur promettait une chaude fourrure pour l'hiver.

Le découpage des tranches exigea plus de temps, mais se fit avec la même adresse et la même rapidité, malgré la perfection

21

qu'il fallait apporter à cette opération délicate. Car si la viande avait été trop épaisse, loin de se conserver, elle ne se fût corrompue que plus vite. Mais Ossaro n'avait pas son pareil pour tous ces travaux du chasseur; et si les tranches qu'il venait de couper eussent pu être soumises à un expert au grand jour, celui-ci n'eût jamais pu admettre qu'une besogne si proprement expédiée l'avait été dans les ténèbres.

Au fur et à mesure que le dépeçage avançait, les deux frères débarrassaient l'Hindou de ce qui était coupé et le déposaient sur la peau de l'ours, en attendant que ce premier travail fût terminé. Le moment arriva enfin où il ne resta plus rien sur les os de l'animal.

La question se posa alors : Qu'allons-nous faire de ce monceau de venaison? Valait-il mieux l'étendre sur le roc ou l'étendre sur des cordes ?

Sur des cordes! vous écriez-vous.

Oui, vraiment; et c'était le pratique Ossaro qui opinait pour ce mode de conservation, disant que la viande sécherait mieux de la sorte, et qu'elle serait hors de la portée de Fritz, qui, pour se consoler des ténèbres, eût fort bien pu manger à lui seul en un jour les rations d'une semaine.

Certes le plan avait du bon; mais comment l'exécuter? Où étaient les cordes, et les piquets pour attacher les cordes? Il y avait bien dans la poche d'Ossaro le reste de la ficelle de son fameux filet, et c'était un bout respectable; mais qu'était-ce en comparaison de ce qu'il en fallait ?

— Coupons la peau en lanières, s'écria tout à coup Gaspard.

Et, bien que ce fût un véritable sacrifice de se démunir de cette chaude toison, on la coupa sans plus tarder.

On enleva la masse de viande qu'on avait déposée dessus ; on l'étendit avec soin et on la découpa en bandes de deux centimètres, qui, nouées ensemble, fournirent une longueur considérable et purent s'attacher aux deux extrémités du carrefour. L'un des bouts de cette corde fut noué à une anfractuosité de la muraille et l'autre placé sur une sorte de tablette qu'ils découvrirent sur la paroi opposée. Ils fixèrent leur courroie au moyen d'une grosse pierre qui la maintint immobile.

Quand ils eurent essayé la solidité des cordes de leur séchoir improvisé, ils s'empressèrent d'y étendre un à un leurs lambeaux de chair; mais la courroie se trouva pleine avant que leurs provisions fussent épuisées. Il fallut procéder à l'installation d'une seconde traverse, dont la peau de l'ours fournit encore les éléments, et nos amis ne songèrent au repos que lorsque cette longue et minutieuse opération fut achevée.

Ils mangèrent alors leur repas du soir et s'étendirent avec l'intention de ne dormir que quelques heures, afin de ne retarder que le moins possible le moment de reprendre leurs pérégrinations et de se remettre à la recherche du soleil.

LVII.

RÊVES.

Nous l'avons dit, Karl était une nature douce et romantique, tant soit peu adonnée à la rêverie. Or, durant cette nuit, il eut un rêve splendide dans lequel il lui semblait être admis à un nouveau *fiat lux*. Avec quelle joie il en suivait le développement ! Comme il admirait cette lueur croissante qui jetait autour de lui des rayonnements infinis ! Comme il se baigna dans ce flot lumineux qui n'avait plus rien de terrestre !...

Pauvre Karl !

Ce rêve, qu'il prit un moment pour la réalité, lui fit du réveil une intense souffrance. Un cri de joie suivi d'un long sanglot mal étouffé fut le salut dont il accueillit le retour de ces épaisses ténèbres qui contrastaient plus que jamais avec le resplendissement dont son imagination éblouie avait conservé comme un reflet.

Ces exclamations réveillèrent en sursaut ses deux camarades.

— Si tu savais ce que j'ai rêvé, s'écria Gaspard tout joyeux : un rêve étrange, bizarre....

— Et quoi donc, cher ami?

— Oh! un rêve de circonstance, je t'assure. De quoi pourrais-je avoir rêvé, si ce n'est de lumière? répondit Gaspard.

Karl tressaillit; son frère avait-il comme lui vu cette lumière céleste?...

— Quelle sorte de lumière? demanda-t-il encore.

— Oh! les plus belles du monde! Il y en avait assez pour nous tirer d'ici; mais.... Dieu me pardonne! je me demande jusqu'à quel point j'ai rêvé! Je crois que j'étais parfaitement éveillé quand cette idée m'est venue. Qu'en dis-tu, Karl? n'est-elle pas superbe?

— De quelle idée parles-tu? interrogea Karl, tout effrayé de la surexcitation de son frère.

Il se demandait, le pauvre garçon, si tant d'épreuves n'avaient pas altéré l'aimable et joyeux esprit de Gaspard.

— De mon idée de chandelles, parbleu!

— De chandelles?... reprit Karl, plus tourmenté que jamais. Ah! mon Dieu! se disait-il, il ne nous manquait plus que cela! Ces ténèbres perpétuelles lui ont tourné la tête! Pauvre ami!

— Ah! mais, je ne t'ai pas dit mon rêve, il me semble seulement.... Est-ce un rêve?... Voilà ce que je voudrais savoir. Je suis si enchanté de la perspective! Plus de cette horrible obscurité, de cet éternel tâtonnement. Nous aurons de la lumière, pense donc, frère! pense, Ossy! Comment se peut-il que je n'y aie pas songé plus tôt? Voilà ce qui m'exaspère.

— Mais encore une fois, mon ami, de quoi s'agit-il? Tu ne t'expliques pas....

— Maintenant que je suis tout à fait réveillé, je suis bien certain que ce n'est point un rêve. Je songeais à cela avant de m'endormir, et j'ai continué à y réfléchir quand l'assoupissement m'a eu gagné à demi ; et tu sais, frère, combien de fois je t'ai dit que si quelque chose me préoccupe et m'embarrasse, c'est souvent dans un état de demi-sommeil que j'en découvre la solution, et en voici un nouvel exemple réellement frappant. Je suis sûr cette fois d'avoir trouvé le seul moyen pratique d'abréger nos peines.

— Le moyen de sortir d'ici, tu veux dire ?

— Naturellement.

— Eh bien ! ton moyen, quel est-il ?

— De nous établir, sans plus tarder, fabricants de chandelles.

— Ah ! se dit Karl avec désespoir, il n'y a plus à en douter, il est fou ! Faut-il qu'un pareil malheur ait fondu sur nous ! Cher garçon, si dévoué, si affectueux !

Telles étaient les pénibles réflexions du botaniste, en entendant déraisonner son frère, et c'était avec effort qu'il contenait l'explosion de sa douleur.

— Oui, fabricants de chandelles, continuait Gaspard de son ton moitié badin, moitié sérieux, et plus tôt nous nous y mettrons, plus tôt nous serons hors d'affaire.

— Et avec quoi les fabriqueras-tu, ces chandelles, mon ami ? répondit Karl de cette voix douce que l'on prend auprès d'un malade dont on ne veut pas par la contradiction augmenter l'accès de fièvre.

— Avec quoi !... Mais avec la graine de l'ours. Crois-tu qu'il n'y en ait pas assez ?

— Ah ! reprit Karl, dont le ton redevint plus naturel en s'apercevant que la folie de son frère ne manquait pas d'une certaine logique.

— Sans doute, cher ami ; n'avons-nous pas remarqué que cette brave bête semblait s'être engraissée à plaisir ? Qui nous empêche d'employer son suif à éclairer cet affreux labyrinthe ?

Karl saisit les mains de son frère et les serra à les briser ; mais il ne lui dit pas sur l'heure que cette chaleureuse étreinte ne visait pas son projet réellement lumineux. Sa joie la plus vive n'était pas de sortir bientôt de la caverne : c'était d'être assuré que la raison de son frère n'avait pas sombré au milieu de tant de dangers.

LVIII.

ESPOIR.

Ossaro partageait la joie des deux frères, et les trois amis se rapprochèrent pour examiner la proposition de Gaspard et discuter le moyen de la faire passer dans le domaine de la réalité.

Mais ni Karl ni Ossaro n'eurent de grands efforts d'imagination à faire, car le promoteur de l'idée qui révolutionnait leurs perspectives d'avenir en avait d'avance arrêté tous les détails, dans le demi-sommeil dont il avait eu conscience. Ce n'était point un rêve comme il l'avait cru d'abord. La possibilité d'utiliser la graisse d'ours lui était apparue pendant qu'Ossaro procédait au dépeçage de l'animal, et depuis lors jusqu'au moment où il s'était assoupi, l'idée de cette possibilité l'avait pour ainsi dire hanté.

— J'avais eu une première notion de quelque chose à faire avec le suif en aidant Ossy, dit-il à ses compagnons, auxquels il racontait en détail comment son plan était arrivé dans son esprit à ce degré de maturité parfaite. Je sentais au toucher que la moitié de la viande qui me passait par les mains n'était que pure graisse, et je me demandais comment arriver à la faire brûler. Je me disais qu'il n'y avait rien à en faire tant qu'elle n'aurait pas été fondue et qu'une mèche n'y aurait pas été introduite, et cela m'amenait à déplorer l'absence du feu, et ensuite d'une chaudière ou d'un récipient quelconque à mettre dessus.

— Assurément, reprit le botaniste avec découragement, il n'y a rien à faire sans tout cela....

— Attends donc, frère; je me suis d'abord lamenté comme toi, et j'ai failli abandonner mon plan sans vous en parler, puisque vous ne pouviez pas plus que moi changer le roc en combustible.

— C'est vrai, il eût presque autant valu n'en rien dire, puisque nous n'y pouvons rien, reprit Karl avec tristesse.

— Mais attends donc, te dis-je.... J'avais beau me dire que c'était impraticable; une fois que la chose se fut logée dans ma cervelle, je ne pus plus l'en déloger. J'y revenais en dépit de moi-même. Comment se procurer du feu? me disais-je incessamment. Je savais que pour l'allumer, nous avions de l'amadou et de la poudre, mais comment l'entretenir? Tu le vois, je faisais bon marché de la marmite, car, à défaut de chandelles, une veilleuse nous aurait suffi et eût déjà constitué un luxe inouï pour des hommes dans notre position. La mèche ne m'inquiétait pas non plus. Je savais qu'Ossaro en avait dans sa poche des quantités prodigieuses sous forme de ficelle. Tout y était, sauf le feu.

— Quel esprit inventif tu as, mon Gaspard! Jamais pareilles combinaisons ne me seraient venues à l'esprit! Quel dommage que tout ça n'ait pu aboutir!

— Et qui donc ose me pronostiquer un échec? interrompit le

jeune chasseur en riant. Il me fallait du combustible ; j'en ai trouvé.

— Bravo ! bravissimo ! crièrent les deux interlocuteurs ravis.

— Et par quoi remplaces-tu le bois ? demanda Karl avec curiosité.

— Je ne le remplace pas, je me sers de celui que j'ai.

— Ah ! c'est encore mieux ; seulement veux-tu me faire connaître ta réserve ?

— Oui, tout à l'heure ; mais le plus bizarre, c'est que je commençais à m'endormir en songeant à la marmite, et elle a fini par surgir de mes réflexions ou de mes rêves, je ne sais ; l'important, c'est que je la tiens.

— Ça, c'est le plus fort ! s'écria Karl émerveillé.

— Et maintenant, écoutez bien ; vous m'aiderez peut-être à perfectionner quelques détails ; mais voici mon plan dans son ensemble. Nous avons deux fusils, Ossaro a une lance, un arc, un bon paquet de flèches et un immense carquois d'un bambou aussi épais que sec. Je propose d'abord que nous fendions les crosses de nos fusils avec la hachette. Nous les remplacerons dans la forêt, ainsi que tes armes, Ossaro, sois tranquille. Avec tout cela nous obtiendrons un feu assez vif pour fondre autant de chandelles que le cœur nous en dira.

— C'est parfait, Gaspard ; mais je t'avoue que je suis fort curieux de voir apparaître la marmite.

— Je conviens qu'elle m'a terriblement tracassé l'imagination, reprit l'ingénieux garçon, et cependant ce n'était pas bien malin. Tu sais que ma poire à poudre est un véritable bijou dans son genre. Elle est en cuivre garanti sans paille ni défaut, et la partie supérieure se dévisse. Nous l'enlevons, nous en vidons soigneu-

sement le contenu dans nos poches et nous mettons le fond sur
le feu, où il nous remplace à merveille une chaudière. Le seul
inconvénient, c'est que notre récipient sera fort petit. Nous en
serons quittes pour le remplir plus souvent.

— Oui, c'est cela, et avec la ficelle d'Ossaro, tu fais des
mèches que tu plonges dans la graisse bouillante ?

— Ah ! mais, non, répondit Gaspard d'une voix triomphante ;
cette fois-ci, tu n'y es pas, mon cher. D'abord je me contentais
comme toi d'une modeste veilleuse, mais à présent, il me faut
mieux que cela, ce sont bien des chandelles moulées dont j'ai la
prétention de me servir.

— Des chandelles moulées ?... Comment donc vas-tu t'y
prendre ?

— Ceci, c'est mon secret. Quand il s'est agi de prendre le tigre
à la glu, M. Ossaro a fait le discret et n'a pas voulu nous mettre
dans la confidence. A mon tour à présent de le tenir en suspens.
C'est ma revanche, n'est-ce pas juste ?

Et le jeune homme partit d'un de ses bons rires joyeux, le
premier bien certainement qui eût jamais réveillé les échos de
ces voûtes profondes. Instabilité des choses humaines ! Qui leur
eût dit la veille qu'ils trouveraient le cœur de rire dans cette tombe
anticipée ?

LIX.

LA LUMIÈRE DANS LES TÉNÈBRES.

On se mit à l'œuvre sous la direction de Gaspard. Les fusils furent les premiers démontés et les crosses morcelées ; on n'épargna même pas les baguettes, dont on eut la précaution toutefois de réserver soigneusement la tête, que l'on réunit à toutes les autres pièces de métal. Les chasseurs procédaient avec un esprit d'ordre et de prudence d'autant plus parfait, qu'ils étaient plus certains de sortir bientôt de leur prison et d'avoir de nouveau besoin de ces armes dont la partie combustible allait déjà leur rendre un si éminent service. Il n'y eut pas jusqu'aux moindres goupilles qui ne fussent empaquetées avec soin pour être retrouvées sous peu, car on savait qu'on ne pouvait rien remplacer et que la moindre chose égarée compromettrait la reconstitution de l'arme.

Ce fut ensuite le tour des armes d'Ossaro. La lance fournit une douzaine de morceaux et le reste une quantité de petit bois qui brûlerait comme des allumettes. Une importante addition à leur provision leur revint en mémoire de la manière la plus inattendue. C'étaient les deux longs manches au bout desquels ils avaient attaché leurs torches, un peu à la façon des balais de bouleaux. Ils étaient restés là où les torches s'étaient éteintes et ne pouvaient être fort loin. Nos trois amis se mirent aussitôt à leur recherche en tâtonnant. Maintenant, ils riaient et plaisantaient des accidents sans nombre qui leur arrivaient à tout propos. L'espérance rend tout si facile à supporter ! Ils finirent par les trouver; et comme un bonheur ne vient jamais seul, il y avait encore après une bonne quantité de copeaux résineux qui faciliteraient la besogne.

Voilà donc nos chasseurs pourvus d'une belle file de bois, si respectable, qu'ils ne jugèrent pas nécessaire d'y ajouter le manche de la hachette, que l'on tenait à réserver le plus longtemps possible en cas d'éventualités imprévues. Cependant ils hésitaient à y mettre le feu. Il était facile de prévoir que leur provision, fût-elle encore plus grosse, s'éteindrait avant que leurs opérations fussent terminées, s'ils la laissaient flamber à l'air libre. Il fallait à tout prix l'empêcher de brûler trop vite.

Nouvelle difficulté d'autant plus grave, que s'il en était ainsi, il ne leur resterait plus qu'à mourir !

Aussitôt une autre combinaison vint modifier leurs projets. Gaspard imagina de fabriquer avec des éclats de rocher un petit four ayant tout au plus quinze ou vingt centimètres de diamètre. Le bois devait être allumé à l'intérieur de ce fourneau, et le récipient posé immédiatement au-dessus de la flamme contenue par l'enceinte de pierres devait recevoir plus de chaleur que sur un foyer ouvert de toutes parts.

Une autre considération importante fit applaudir à l'ingénieuse combinaison du fourneau. C'est qu'on pourrait à la fois en modérer la flamme et en augmenter la chaleur en jetant sur le bois parfaitement allumé des débris de graisse d'ours.

Tous ces arrangements furent menés à bien sans lumière ; mais le fourneau une fois agencé, les trois jeunes gens, le cœur ému à la pensée de revoir la lumière, approchèrent leur briquet des copeaux de résine, et l'instant d'après, l'immense voûte si longtemps ensevelie dans d'opaques ténèbres, étincelait comme si on l'eût tout à coup constellée de diamants.

A la clarté de cette flamme joyeuse, nos amis travaillaient avec un redoublement de vivacité et d'entrain.

On voyait Ossaro penché sur la vaste carcasse et enlevant tous les débris de graisse qui, dans l'obscurité, leur fussent restés inutiles ; Karl était activement occupé du feu qu'il alimentait sans cesse avec ces débris ; tandis que Gaspard arrangeait quelque chose aux canons de son fusil.

Que pouvait-il bien avoir à y faire, puisque l'arme était démontée et par conséquent hors d'usage ? dites-vous avec surprise.

Regardez : il a dévissé les deux cheminées et fait passer par l'ouverture qu'elles laissent libre une ficelle qui ressort par la bouche des canons. Ah ! je vois que vous avez deviné. Il prépare les moules où il compte fabriquer ses chandelles.

Mais à quoi bon nous appesantir sur cette scène ? Nos amis ont soif d'air et de soleil, et vous en éprouvez le besoin avec eux et pour eux. J'abrégerai donc.

La graisse fond à merveille dans la marmite improvisée, et d'instant en instant on vient en vider le contenu dans les moules destinés à cet effet. L'opération est longue toutefois, et bien du temps s'écoule avant qu'ils soient pleins. Mais Gaspard triom-

phant annonce enfin que pour le moment il y en a assez. Il faut
maintenant laisser refroidir le suif. Ah ! voici un temps d'arrêt
qui exerce la patience de nos amis. Comment l'abréger ? C'est
bien simple : portons le canon dans la source qui jaillit du
rocher.

A la clarté de la flamme, nos amis travaillaient avec un redoublement
de vivacité et d'entrain.

Et le bois qui brûle sans nécessité ! Vite, étouffons-le ; car,
pour plus de sûreté, il est sage de faire une autre paire de
chandelles. On est si facilement pris au dépourvu, et mieux que
tous autres, nos amis en savent quelque chose.

Toutefois, vous, paisible spectateur de toute cette scène, vous
vous demandez pourquoi, ayant deux fusils, nos chasseurs
s'astreignent à ces délais qui les font mourir d'impatience. C'est
que l'arme de Karl était une carabine ; c'est-à-dire que l'intérieur

de son canon était rayé de spirales qui auraient empêché la graisse de sortir, quand elle eût été refroidie, et nos amis étaient trop prudents pour ne pas s'en être aperçus.

Ce temps toutefois ne fut pas tout à fait perdu. Les chasseurs profitèrent du petit feu qui couvait sous la cendre pour se préparer quelques grillades cuites à point qui leur parurent bien savoureuses, en dépit du sel et des condiments qui manquaient. Cela leur communiqua une nouvelle énergie.

Que de fois ils allèrent toucher les canons du fusil pour juger de son refroidissement ! Oh ! comme ces dernières heures de captivité, bien qu'adoucies par l'espérance, que dis-je, la certitude d'une délivrance prochaine, leur parurent longues ! A chaque pèlerinage près de la source, l'un ou l'autre des trois compagnons revenait en déclarant que cela ne figerait jamais. Pourtant le moment vint où le moule fut froid comme glace. Il fallut alors le tiédir de nouveau, puis les chandelles se laissèrent extraire sans la moindre difficulté, et elles étaient bien belles, je vous assure, malgré l'absence de cire !

Une seconde paire se trouva coulée en son temps, et l'on en tenta l'essai. Ce fut une véritable illumination, elles brûlaient comme des cierges !

Ils eurent le courage de patienter pour compléter la demi-douzaine. Ils avaient maintenant de la lumière assurée pour environ cent heures. Ils eussent pu continuer longtemps encore, car ni le combustible ni les matériaux ne manquaient. Mais quoi que Gaspard en eût dit, aucun des trois ne se sentait en ce moment le feu sacré du véritable fabricant de chandelles. Et sûrement, avant d'avoir épuisé leurs provisions, ils auraient retrouvé les admirables luminaires de la création.

Je ne vous raconterai pas en détail leurs longues pérégrinations dans l'interminable dédale de galeries et de passages qui les retint encore captifs plus de cinq heures. Qu'il me suffise de vous dire qu'enfin l'orifice de la galerie principale apparut à leurs yeux comme un météore, et que, jetant au loin leurs cierges désormais inutiles, ils se précipitèrent vers ce point lumineux et, le cœur oppressé de joie et de reconnaissance, contemplèrent longuement l'astre des jours qui, à la fin de sa carrière, s'éteignait dans des flots de pourpre et d'or !

CONCLUSION.

~~~

Vous vous imaginez peut-être qu'après une pareille aventure, nos amis se gardèrent bien de remettre les pieds dans la grotte. Ils n'y fussent peut-être jamais revenus, s'ils avaient pu découvrir une issue quelconque à leur ravissante prison. Mais aucune ne s'offrit à leurs regards, et il leur était toujours resté une vague idée que, dans les innombrables détours de cette immense caverne, il se trouverait quelque tunnel qui traverserait de part en part la montagne.

Cette idée vague, c'était peut-être le salut.

Ils résolurent donc de n'abandonner cette faible chance de recouvrer leur liberté que lorsqu'il leur serait démontré par l'évidence qu'ils avaient tort d'y compter encore. Pour cela, il fallait une exploration complète, minutieuse, de ce labyrinthe;

et pendant plus d'une semaine, ils s'employèrent exclusivement à s'y préparer, et firent une ample provision de torches et de chandelles à cette intention.

Quand ils furent certains de ne plus s'exposer aux risques qu'ils avaient courus une première fois, ils commencèrent leur exploration avec l'esprit de méthode et de suite qui caractérisaient les procédés de Karl. Jour après jour, ils revenaient à la caverne et y passaient plusieurs heures en recherches infructueuses, croyant toujours que le lendemain leur livrerait le secret du passage qui les rendrait à la vie sociale.

Mais les semaines s'écoulèrent, et les déceptions se multiplièrent. Ils acquirent la conviction d'avoir parcouru toutes les galeries, sondé toutes les excavations, toutes les anfractuosités de cette caverne géante. Hélas! tout était muré; le roc se dressait impénétrable au bout de toutes les galeries longues ou courtes. Cette grotte aux proportions colossales n'était après tout qu'une sombre et lugubre impasse.

Quand ils en sortirent enfin, avec la certitude qu'il était inutile qu'ils y revinssent jamais, les trois amis se laissèrent aller défaillants sur la corniche qui avait manqué devenir si fatale au botaniste. Ils y demeurèrent longtemps sans trouver la force d'échanger une parole.

Qu'avaient-ils besoin de parler? Une même et douloureuse pensée remplissait le cœur de tous. C'en était fait! Ils n'auraient plus de communication avec le monde des vivants et ne reposeraient plus jamais leurs regards sur les visages aimés qui peuplaient leur souvenir.

Gaspard fut le premier à rompre le silence.

— Oh! soupira-t-il, avec une explosion d'amertume bien rare dans son jeune cœur, sort cruel! sort fatal! Nous ne reverrons

Nous ne reverrons jamais le foyer paternel !

jamais le foyer paternel ! C'est ici que nous devrons vivre..., ici que nous devrons mourir, seuls, toujours seuls !

— Non, répondit Karl, cherchant à surmonter sa douleur pour alléger celle de son frère ; non, ami, nous ne sommes pas seuls, nous ne le serons jamais ! Dieu nous reste. Efforçons-nous seulement d'oublier le monde et de ne chercher désormais notre bonheur qu'en lui !

FIN.

TABLE.

———

FIN DE LA TABLE.

Rouen. — Imp. MÉGARD et Cᵉ, rue Saint-Hilaire, 136.

M. & Cie

ROUEN. — IMPRIMERIE MÉGARD ET Cie.

Reliure serrée

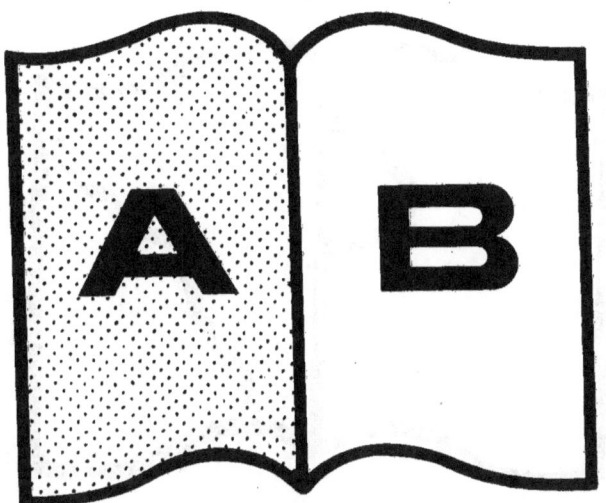

Contraste insuffisant

NF Z 43-120-14

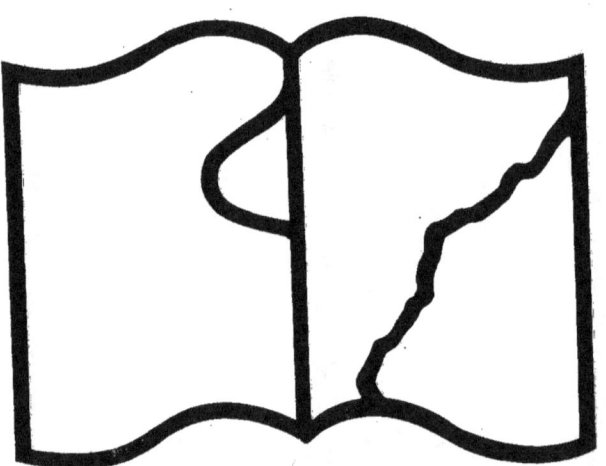

Texte détérioré — reliure défectueuse

NF Z 43-120-11